이동휘 新무협 판타지 소설

창천일성
蒼天一星

창천일성 1

이동휘 新무협 판타지소설

초판 1쇄 찍은 날 § 2005년 9월 1일
초판 1쇄 펴낸 날 § 2005년 9월 10일

지은이 § 이동휘
펴낸이 § 서경석

편집장 § 문혜영
편집책임 § 서지현
편집 § 장상수 · 최하나

펴낸곳 § 도서출판 청어람
등록번호 § 제1081-1-89호
등록일자 § 1999. 5. 31
어람번호 § 제2-0687호

주소 § 경기도 부천시 원미구 심곡1동 350-1 남성B/D 3F (우) 420-011
전화 § 032-656-4452 팩스 § 032-656-4453
http://www.chungeoram.com
E-mail § eoram99@chollian.net

ISBN 89-5831-711-6 04810
ISBN 89-5831-710-8 (세트)

蒼天一星

이동휘 新무협 판타지 소설

창천일성

Fantastic
Oriental
Heroes

1

잠입(潛入)

도서출판 청어람

목차

사부가 죽었다.

아, 돌아가셨다고 해야겠지.

사실 지금 심경이 워낙 복잡하여 어법 따위에 신경 쓸 겨를이 없다.

물론 부모 대신으로 나를 오 년 가까이 키워준 사부이기에 슬퍼서 그렇기도 하지만, 그런 감정은 장사 치른 지 이틀이 지난 지금은 어느 정도 희석이 된 상태이다.

조금 비정하게 들릴지는 몰라도 근 삼 년간을 오늘내일 하며 골골거리던 사부이기에 이제 더 이상 병세로 고통 받지 않으실 것을 생각하면 잘됐다 싶기도 하다.

지금 심경이 복잡한 가장 큰 이유는, 앞으로의 생계 걱정과 사부가 남겨준 유언 때문이다.

내 비록 겨우 열세 살이긴 하나 그저 끼니나 때우며 살자 하면 그럴 능력은 있는 몸이다.

사부가 나에게 가르쳐 준 유일한 절기, 예전 젊을 적에 자신에게 신투(神偸)란 호칭이 따라붙게 만들었다는 신기의 기술이 있기 때문이다.

신투니 신기니 하는 말이 조금 신빙성이 떨어지긴 하지만 어쨌거나 사부가 전수해 준 소매치기 기술은 제법 쓸모가 있다.

이곳 항주처럼 복잡한 도시에서, 인간 군상들이 바글거리는 번화가의 중심에서 지갑 두둑한 얼간이 몇 놈 사냥하는 것쯤은 일도 아니고, 돈 없을 때 거리에 한 번 나갔다 들어오면 한 달 놀고먹으며 살 수입 정도는 가볍게 벌어들일 수 있다.

뛰어난 나의 실력으로만 따지자면 금세 부자가 되는 것도 어려울 것이 없겠으나, 애석하게도 방해자가 있는 관계로 그러한 미래를 꿈꾸기는 어렵다.

나의 미래를 불투명하게 만드는 방해자란 바로 이 지역의 밤거리를 주름잡는 흑묘방 패거리들이다. 원래 흑호방이란 그럴듯한 이름이 있었으나 최근 항주 동부 지역의 패주가 된 백호타가 두려워 이름을 호에서 묘로 바꾼 간도 작고 보잘것없는 삼류 흑도방파이다.

보잘것없다고 표현하긴 했으나 나와 같은 거리의 어린애들한테는 백호타 못지않은 위세를 떨치는 놈들이기도 하다.

이놈들의 수입 중에는 소매치기 업종도 포함되어 있는 탓에, 나와 같이 흑묘방에 속해 있지 않은 좀도둑들에게는 구역 수입을 줄어들게 한다며 여간 성가시게 하는 것이 아니다. 내가 소매치기를 하면서 가장 두려워하는 것은 훔치려고 작업 중이던 손님에게 들키는 것이 아니고 지나가던 흑묘방 놈들의 눈에 행여 띌까 하는 것이다.

놈들에게 잘못 걸리면 반죽음이 되도록 얻어맞는 것이 예사이기에 실력이 있음에도 나는 결코 소매치기 일을 자주 나서지 못한다. 그래도 사부와 같이 활동할 적에는 사부가 예전부터 오랫동안 이 거리에 굴러먹던 가락이 있기에 놈들도 '영감 너무 나대지만 마시오!' 하고 지나가는 정도였으나 사부가 드러누운 뒤로는 노골적으로 실력 좋은 나를 의식하고 탄압하기 시작했다. 이 근처에서 가장 목 좋은 제석로에는 아예 감시조가 상시 설치되어 있는 상황이고, 그 다음으로 괜찮은 자경루 뒷길 역시 흑묘 패거리가 두 눈을 부릅뜬 채 배회하고 있는 광경을 심심찮게 볼 수 있다.

이런 연유로 인해 최근 수입이 나날이 줄어 사부의 약값조차 대기 벅차하고 있던 차였다.

이제 사부가 돌아가시긴 했으나 놈들이 나를 주시하고 있는 한 이 동네에서 소매치기로 벌어먹고 살기는 매우 어려운 현실이고 하여, 나는 지금 직업을 바꿀 것을 심각하게 고려하고 있다.

사실 이직의 기회가 있긴 하다. 그런데 그 기회가 갑자기 도적처럼 닥쳐든 탓에 지금 갈피를 못 잡고 있다. 내 심경을 복잡하게 만드는 가장 큰 원인이 바로 이 이직 문제인 것이다.

직업을 옮긴다는 것은 이제껏 살아왔던 방식을 바꿔야 한다고 알고 있다. 또 그게 얼마나 어려운 일이라는 것 정도는 어리긴 하나 충분히 짐작할 수가 있다.

그러나 소매치기를 고수하기보다는 이직을 해야 한다는 쪽으로 점점 마음이 기울고 있다. 내 기술이 여전히 쓸모있고, 또 흑묘방 놈들이 나를 주시하고 있는 이곳을 떠나서 서부나 남부 쪽에 정착한다면 생계 걱정은 안 해도 되겠지만, 몇 푼 더 벌고 덜 벌고를 떠나 더 이상 이렇게 남 눈치 보며 사는 인생은 살기 싫다.

사부만 해도 죽음에 이른 까닭이 무모하게 무림 고수로 보이는 자에게 소매치기를 시도하다 들켜 얻어맞고 몸져누운 것이 아니었나.

훔치는 손님한테 눈치 보이고, 주변 흑도방파에게 눈치 보이고, 관원들 눈치 보면서 살아가야 하는 소매치기란 직업, 사부의 최후를 보고 있자니 정나미가 떨어지기 시작했다.

이러한 나의 생각에 사부 역시 전적으로 동의하는 듯, 유언으로 더 이상 이 일 하지 말고 다른 일을 알아보라고 권유하셨다.

그러면서 이직의 구체적인 방법까지 제시하고 돌아가셨는데, 그게 바로 나를 고민케 하는 이유인 것이다.

한 사람이 이직을 한다는 것은 지금 있는 직업보다 옮길 직업이 더 전도유망하고, 벌이가 좋으며, 타인에게 보다 인정받는 등의 여러 가지 요인이 있기 때문일 것이다.

사부가 제시한 직업은 그러한 요인에 모두 부합하는 듯하다.

거리를 지나가는 누구를 붙잡고 물어봐도 무림 고수는 소매치기보다 전도유망하고, 벌이가 좋으며, 타인에게 인정받는 사람이라고 대답할 게 확실하니까.

사부는 유언과 함께 유품을 한 가지 남기셨다.

사부는 그것을 나한테 넘기면서 이런 말을 하셨다.

"이것은 내 사십 년 소매치기 생활의 최고의 업적이다. 신투라 불리던 전성기의 끝자락에 다소 무모한 도전을 행했던 것이 놀라운 결과를 빚고 말았다. 내 돌발적인 행동으로 인해 사천 무림이 그 후 삼 년간 발칵 뒤집혔던 것을 생각하면 아직까지도 뿌듯한 자부심이 일곤 한단다. 그러나 너에게는 내 뒤를 밟으라고 강요하지 않겠다. 너는 자질도 뛰어나고 성실하여 나를 능가

하는 소매치기도 될 수 있겠으나, 지금 집도 절도 없이 쓸쓸히 죽어가는 내 비참한 말로를 따라오게 하고 싶은 마음은 결코 없구나. 사실 이것은 무가지보(無價之寶)라고 칭할 수 있는 보물이지만 일개 소매치기가 처리하기에는 너무 버거웠다. 이것을 제값 받으려 하다가 팔기는커녕 죽을 뻔한 일이 정말 비일비재했고, 그나마 지금껏 목숨을 붙여온 것도 지금 생각해 보면 천운인 듯싶다. 너에게 이것을 전해주는 이유는 이걸 팔아 돈 벌 생각을 하지 말고 이것을 이용해 성공하길 바라는 마음에서다! 모든 강호인이 이걸 얻음으로써 이루려 하는 일을 네가 직접 해봐라!"

사부가 나에게 준 것은 한 권의 낡은 책이었다.
웬만한 일에는 잘 놀라지 않는 성격의 나이지만 책 제목을 읽고는 눈을 크게 뜰 수밖에 없었다.

"지난 사 년간 이 늙고 병든 노인네를 아비처럼 봉양해 준 네게 주는 마지막 선물이다. 네가 성공하는 모습을 귀신이 되어서라도 보고 싶구나."

사부는 그 말을 마지막으로 그날 밤 숨을 거두셨고, 장례는 큰 격식 없이 간단히 치렀다.
눈앞에 놓여 있는 사부의 유품을 바라보며 나는 지금 심각하게 고민 중이다.
무림에 대해서 큰 관심이 없는 나이지만 그런 나의 귀에까지 들려올 정도로 유명한 얘기가 하나 있다.

기병을 얻는 자, 성(城)을 호령하고

영약을 얻는 자, 일주(一州)를 취하며
기서를 얻는 자, 천하를 흔든다.

당금 강호에 꽤나 떠들썩하게 떠도는 노래이다.

이 노래에 담긴 명칭들은 십일대비기라고 칭해지는 열한 가지 보물에 관한 것인데, 그 열한 가지는 오병, 사약, 이서로 구성되어 있다고 한다.

그 하나하나가 뭔지는 정확히 모르지만 어쨌거나 노래 내용에서도 알 수 있듯이 기서가 가장 중요하고 대단한 것 같다.

다른 보물들은 잘 몰라도 이 두 기서에 대해서만은 내가 그 내용을 잘 알고 있는데, 천하를 흔들 수 있는 두 기서는 전대 천하제일인인 검진만리(檢進萬里) 영호진(슈狐進)이 말년에 자신이 익혔던 모든 무학의 정수만을 모아 집대성했다는 검진비결과 영호진이 인정했던 유일한 호적수인 공공자(空空子)가 집필한 혼돈지서(混沌之書)라고 한다.

왜 갑자기 기서 얘기를 꺼내는가 하면, 탁자 위에 올려져 있는 사부의 유품, 낡디낡은 책 겉표지에 이렇게 써 있기 때문이다.

검진비결(劍進秘訣).

육 년 전 검진만리가 사망하고 나서 얼마 안 되었을 때, 사천 무림의 뒤이어 천하 무림이 발칵 뒤집히는 사건이 벌어졌다고 한다.

비밀리에 모처로 옮겨지던 검진비결의 필사본 하나가 분실되었다는 것인데, 영호진이 창건하고 부흥시켰던 당시 천하제일세력인 진검성(眞劍城)에서는 반드시 범인을 잡겠다며 사천 무림을 샅샅이 뒤졌으나 끝내 범인을 잡지 못했다고 한다.

그런 소동이 있은 후 진검성은 의외로 금방 몰락하게 된다. 영호진 사후 구심점을 잃은 진검성은 그의 아들들의 지리멸렬한 세력 다툼이 이어지다가 마침내 가신들까지 연루된 내분으로 인해 무너지게 되는데, 성이 몽땅 불타면서 그만 검진비결조차 타버리고 말았다고 한다.

진검성이 무너진 것은 애석해하는 자가 많지 않았으나 검진비결이 불타 버려 검진만리의 무공이 유실된 것은 전 무림이 애석해했다.

그러나 그의 무공이 완전히 사라져 버린 것은 아니었다. 간 큰 도둑이 훔쳐간 비결의 필사본은 여전히 존재할 것이기에. 누구든 그것을 얻을 수만 있다면 영호진 사후 육 년간 아직껏 주인을 찾지 못하고 있는 천하제일인의 자리를 얻을 수 있을 거라는 말이 강호에는 여전히 떠돌고 있었다.

공공자란 인물은 영호진 외에 직접 본 사람도 거의 없고 그의 무공에 대한 평가도 영호진이 한 말 외에는 더 내세울 근거가 없는데다가 그가 남겼다는 혼돈지서의 행방조차 전혀 알려진 바가 없었다. 그래서 기서에 대한 강호인들의 부푼 꿈은 거의 검진비결에 몰려 있는 게 현실정이다.

나는 눈앞에 놓인 검진비결을 보면서도 이게 진짜인가 눈을 비비고 있다.

천하제일세의 보물을 훔친 간 큰 도둑이 사부였다니! 직접 듣고 본 바가 없다면 결코 믿을 수가 없는 일이다.

사실 내 고민이 여기서 끝나는 것은 아니다. 좀 전에 무림에 대해서는 별 관심 없다고 얘기했음에도 내가 이 두 권의 책과 그에 얽힌 사연을 빠삭하게 아는 데에는 이유가 있다.

한 달 전쯤 흑묘방 놈들을 피하느라 중부까지 나간 적이 한 번 있었다. 그곳은 이쪽 동부 거리보다 훨씬 번화가이지만 관원들이 워낙 많아 좀처럼 가지 않던 곳인데 사부 약값이 급했던지라 과감하게 들어서보았었다. 어쨌든 사람으로 미어터지는 그곳에서 우연찮게 얻어온 물건이 있었는데, 그로 인해 내가 이 강호의 이대기서에 대해 관심을 가지게 된 것이다.

그 물건은 지금 검진비결 옆에 나란히 놓여 있다.

그 물건 역시 책이고 책 제목은 이렇다.

혼돈지서.

자, 얘네들을 가지고 나는 이제부터 무얼 해야 할까.

제1장

장건, 강호출도하다

장건, 강호출도하다

　　　　　사부가 돌아가신 지도 일 년이 지났다.

　지난 일 년간 글공부에 열중하느라 눈코 뜰 새 없이 바빴다. 소학을 떼고 나서부터는 사람 이름 쉬운 거와 지명 외에는 거의 까막눈이던 내 눈이 좀 환해진 듯싶다.

　어제에서야 비로소 두 권의 기서를 독파했다.

　사실 사부의 유지도 있고 이직에 대한 소망도 있고 하여 무림 고수가 될까 마음을 먹었지만 금방 포기하고 말았다. 내 비록 견문이 짧긴 하나 무림인이 되고, 고수가 된다는 게 책만 읽고 달성되기는 지난한 일이라는 것을 잘 알고 있다.

　이러한 것은 서당에서 글을 배우면서 절실히 깨달았다. 제아무리 머리가 비상하고 뛰어난 아이라 해도 혼자 공부하는 것과 훈장님이 있어서 지도해 주는 것과의 진도 차이는 말 그대로 천양지차였다.

고작 서당에서 천자문, 소학 떼는 것조차 이럴진대 하물며 천하제일의 무공에 있어서야 더 말할 것이 있을까.

강호의 소문에서야 이 두 권의 기서 중 한 권만 있으면 천하를 흔들 수 있다고 한다지만 내 상식으로 판단할 때 나 혼자서 책을 보고 천하제일고수가 되려 한다면 기백 년은 수련해야 간신히 달성할 듯싶었다.

자신도 없고 하여 두 책을 어떻게든 팔아볼까 마음을 먹기도 했었다. 그러나 사부님의 전례에서도 알 수 있듯이, 장물이 너무 비싸면 처분이 어려운 법이다. 그런 기준에서 따져보면 이 두 권의 책은 처치 곤란 그 자체였다. 제값은 고사하고, 팔다가 쥐도 새도 모르게 죽임당하기 알맞을 정도로 지독하게 비싼 물건들이었다.

장고 끝에 내린 결론은 기백 년이든 누천 년이든 일단 책 내용이나 잘 알아보고 다음을 결정해 보자는 것이었다. 그러나 책을 일단 펴보니 눈앞이 깜깜, 검은 것은 글씨요, 누런 것은 종이란 것만 알아볼 수 있을 따름이었다.

그 다음날로 서당을 찾았다.

목표가 있으니 꽤나 공부를 열심히 하는 편이었다. 훈장도 기특한지 나를 늘 신경 써주었다. 그 결과 소학을 떼고 대학, 논어까지 진도가 나갔다. 그러나 책의 내용을 완전히 알아볼 정도가 되니 더 배울 필요가 없다고 느껴져서 서당을 그만두었다. 훈장님이 무척 아쉬워했지만 다음 목표 달성이 급한지라 하는 수 없었다.

글공부를 마친 후 완독해 보니 두 기서는 생각 외의 내용을 담고 있었다. 기서를 얻으면 천하를 흔들 수 있다는 말이 아주 헛소문은 아니었던 듯, 읽다 보니 기백 년의 수련을 각오할 필요는 없다는 판단이 들기 시작했다.

혼돈지서의 내용은 이렇다.

혼돈지서의 저자이며 천하제일인인 검진만리 영호진이 유일하게 호적수로 공인했다는 이 공공자란 사람은 암기와 독으로 유명한 사천당문 출신이었다. 그는 당가 출신답지 않게 어릴 적부터 도법에 심취해 있었다. 그러한 그를 당가의 어른들은 못마땅해하며 암기술과 용독에 보다 주력하라고 다그쳤는데, 그는 그러한 충고를 일축하며 도법에만 심취했다.

그가 젊었을 당시에 당가는 사천의 호적수인 교룡방과 일전을 치르고 있었는데, 그가 속한 무리가 교룡방과 충돌했을 때 사단이 벌어지고 말았다.

그는 세가 불리함을 깨닫고 교룡방 측의 수장이던 부방주와 일 대 일 비무를 신청했다. 당가의 독을 무서워했지 도법을 무서워하지 않았던 교룡방의 부방주는 옳다구나 하고 비무를 승낙했다. 그런데 비무 결과는 예상밖에 그의 완승이었다. 그는 승리를 만끽하며 상대에게 항복을 권유했으나 문제는 그때 벌어졌다. 교룡방 측이 약속을 깨고 다수의 힘을 앞세워 일제히 당가 무리에게 덤벼든 것이다. 당시 워낙 수가 적었던 당가 측은 그와 다른 한 명을 제외하고 모두 전멸하고 말았다.

간신히 몸을 피해 당가로 귀환한 그를 기다린 것은 혹독한 문책이었다. 평소 그를 못마땅해하던 당가의 어른들은 세가 불리한 상황에서 처음부터 독을 살포하고 후퇴했으면 절대 그런 피해는 없었을 거라며 그의 오만을 성토했다. 결국 비난과 동료를 죽게 한 죄책감을 견디지 못한 그는 스스로 당가의 적을 버리고 가문을 떠나고 말았다.

그런 연후 홀로 비무행과 수련을 거듭하기를 삼십 년, 마침내 그는 자신의 도법을 완성했다. 그러나 무의 극의를 맛본 후 남는 것은 허탈 감뿐이었다.

그에게는 돌아갈 가문도, 완성된 도법을 물려줄 후손도 없었다. 당가는 그가 사고를 당했던 당시 죽은 동료의 아들이 가주 직을 맡고 있어서 도저히 돌아갈 엄두를 내지 못했다.

공허한 나날을 보내던 그는 한 가지 결심을 굳혔다. 어떻게든 자신의 도법을 후대에 전하고 싶었던 그는 자신의 모든 무학을 집대성한 비급을 만들어냈다.

그러나 비급을 완성하고 나서도 그는 만족할 수가 없었다. 제아무리 완벽한 문장으로 자신의 깨달음을 서술해도 읽는 자가 그것을 이해하고 깨우칠 수 없다면 아무 소용이 없는 것이다. 과연 천하 무림인 중에 이 비급을 읽고 자신만큼의 깨달음을 얻을 수 있는 자가 과연 몇이나 될까.

그는 고개를 절레절레 저었다. 자신만큼은 아니라 해도 극한의 고련을 거치지 않으면 절대 경지에 이를 수 없었다. 이 비급을 천하 모든 무림인들에게 필사해서 돌린다 해도 그 경지에 이를 자는 몇 없을 듯 싶었다.

그는 다시 생각을 고쳐먹었다.

어차피 무공을 익히는 목적은 단 한 가지이다. 적을 제압하면 그만인 것이다. 자신의 무학적 깨달음은 더할 나위 없이 대단한 것이지만 깨우치지 못하면 전혀 쓸모 없는 것이기도 했다. 그는 기왕 후학에게 전해줄 것이라면 자신이 수십 년간 몸으로 익혀온 적을 완벽히 제압할 수 있는 실용적인 기술 위주로 누구든지 쉽게 익힐 수 있도록 다시 쓰겠다고 마음을 먹었다.

그는 젊었을 적의 뼈저린 실패를 잊지 않고 있었다. 도법만을 추구하느라 가문의 암기와 독을 은근히 경시했고, 무인의 정정당당한 승부만을 추구하다가 인간의 교활한 근성을 지나치게 간과했다.

그 결과가 동료들의 죽음을 불렀다.

당가에서 나온 후, 무수한 결투와 비무를 거치면서 그는 강호의 수많은 생존 방식을 터득했고, 이제는 그것 역시 집대성할 만한 수준이 되어 있었다.

그는 다시 책을 썼다. 그저 한 자루 칼로 눈앞의 적과 자신을 이길 수 있는 구도자적인 방법이 아닌 때로는 독을, 때로는 암기를, 때로는 암습을, 때로는 협공을 써서 적을 이길 수 있는 방법들을.

그런데 두 번째 책을 집필 도중 그는 뜻밖의 손님을 맞이한다. 집필 당시에는 공공자란 이름을 쓰고 있었지만 강호를 질타할 적에는 낭인왕이라 불리던 그였다. 그의 옛 이름을 수소문하여 찾아온 사람은 다름 아닌 천하제일인 영호진이었다.

젊었을 적에 꼭 한 번 겨뤄보고 싶었는데 그만 기회를 놓쳤었다는 영호진과 그는 금세 친해졌다. 손속을 나눠보기도 했지만 진지하게 하지는 않았다. 두 사람은 딱히 직접 겨뤄보지 않아도 상대의 수준이 어느 정도인지 가늠할 만한 능력이 있었고, 강호에서 처음 마주치는 호적수라는 것을 서로 알 수 있었다.

그는 자신이 집필하고 있는 책을 영호진에게 보여주었다. 영호진은 그 책을 보며 감탄해 마지않았다.

그 후 영호진은 그 책의 완성형을 보고 싶다며 그를 물심양면으로 지원했다. 당가 출신이긴 하나 암기와 용독이 크게 뛰어나지는 않은 그를 위해 진검성에 보관하고 있던 천하에 산재한 암기 수법과 독술을 전달해 주었고, 심지어 천하오대기병이라 일컬어지는 물건들까지 가져다주며 그 물건들로 상대를 완벽하게 제압하는 방법까지 만들어보라고 권유하기도 했다.

그러기를 일 년여, 그는 마침내 두 번째 책을 탈고했다. 그런데 탈고하자마자 비보가 날아들었다. 영호진이 병에 걸려 급사했다는 소식이었다.

말년에 얻은 마음 통하는 친구를 잃은 슬픔에 잠겨 있던 그는 곧 시름시름 앓기 시작했다. 젊을 적에 싸우면서 얻었던 상처의 후유증과 노구임에도 불구하고 집필에 열중하느라 무리한 몸이 마음의 병으로 인해 더욱 상태가 나빠진 것이다.

책에 기록된 내용은 여기까지이다.

내 생각에 그는 마지막 글을 쓴 얼마 후에 죽은 듯하다. 내가 항주에서 훔쳤던 것은 이 책이 들어 있는 가죽 주머니였는데, 주머니에 종이 한 장이 붙어 있었다. 종이에는 '당진량의 유품'이라고 써 있고, 구 년 전 어느 일자가 써 있었는데 공공자의 이름이 당진량이고 써 있는 일자는 그의 기일인 모양이었다.

공공자는 책 맨 뒷부분에 이 두 번째 집필서인 혼돈지서를 당가의 후예들에게 남긴다고 했는데, 죽은 지 구 년이 지난 지금에야 유품이 이동하고 있었던 것으로 보아 그의 유언이 죽을 당시 제대로 전달이 되지 않았던 것 같다.

내가 그 가죽 주머니를 훔칠 당시 그것을 운반하고 있던 놈은 무림인도 아니었고, 그저 일개 심부름꾼 같은 차림새를 하고 있었다. 게다가 가죽 주머니는 입구가 바늘로 봉해진 채 밀봉된 상태였다. 그런 것으로 미루어보면 운반하던 놈이나 운반을 의뢰한 사람이나 그 주머니 안에 혼돈지서란 보물이 들어 있는 것은 몰랐던 것 같다. 그저 죽은 노인이 당가로 전해달라 했던 물품을 뒤늦게 발견하고 당가로 보내는 중이었거나, 아니면 그저 이리저리 떠돌던 장물이었는지도 모르지.

어쨌든 중요한 것은 혼돈지서의 내용이 그리 어렵지는 않다는 것이었다. 천하에 산재한 온갖 무기들을 가장 적절히, 효용성있게 조합하여 적을 제압하는 내용이 처음부터 끝까지 서술되어 있었는데, 한 몇 년만 열심히 수련하면 꽤 괜찮은 수법들을 익힐 수 있겠다는 느낌이 들고 있다.

두 번째 책인 검진비결은 이 책과는 또 전혀 상반되는 내용을 담고 있는데…….

*   *   *

또 일 년이 지났다.

작년 한 해 글공부를 했던 것 같은 과정을 이번 일 년간 다시 겪어야 했다. 이번에는 무술 공부였다.

우선 혼돈지서에 주력하기로 마음을 먹고 보니 책을 시작하기 전에 거쳐야 할 잡다한 사항이 많았다.

이 혼돈지서라는 책 자체의 시작이 기본적인 암기, 용독, 검, 도술을 익힌 전제 아래 출발하고 있어서 이러한 잡다한 기술들을 최소한은 익혀야 했고, 이러한 기술을 가르쳐 줄 무술 선생을 수소문해서 돈을 주고 기술을 익혀야 했다.

무술 선생들은 무술 종류별로 하나씩 구해야 하는데다가 글 선생에 비해 돈을 밝히는 놈들이 많아서 별로 쓰고 싶지 않던 소매치기 실력을 여러 번 남용해야 했다. 그 덕분에 흑묘방 놈들한테 걸려서 얻어맞은 적도 꽤 여러 번 있었다.

어쨌거나 이제 수년간 미운 정 고운 정 다 들었던 이 거리를 떠나야 할 듯싶다. 오늘 드디어 사고를 치고 말았기 때문이다.

장건(張乾)은 간단한 짐만 꾸린 채 재빨리 집을 나섰다. 언제 흑묘방 놈들이 들이 닥칠지 몰라 지체할 시간이 없었다.

그는 성문 쪽으로 향하지 않고 거리의 뒷골목으로 먼저 들어섰다. 미로처럼 얽힌 골목길을 한참 가다가 그가 들어선 곳은 지저분한 판자촌의 한구석이었다.

판잣집의 다 떨어져 나갈 듯한 문을 열고 들어선 그를 맞이한 것은 빼빼 마르고 파리한 안색의 소년이었다. 그는 장건을 보고서는 놀라 외쳤다.

"건이 형! 아직 안 도망쳤어?"

"도망가는 중이다. 미미는?"

"방에 누워 있어. 이제 막 잠들었거든."

장건은 소년이 가리킨 방문을 살짝 열었다. 그 안에는 이제 열다섯쯤 되었을 것으로 보이는 소녀가 잠들어 있었다. 예쁘장하게 생긴 소녀였지만 얼굴이 멍 자국과 눈물 자국으로 범벅이 되어 있는 것으로 보아 뭔가 지독한 횡액을 당한 듯했다.

방문을 조용히 닫고 나오면서 장건은 소년에게 꾸러미를 하나 건넸다.

"이게 뭐야?"

"돈이다. 은자 열 냥이랑 구리돈 천 문이야. 미미가 깨는 대로 너희는 즉시 남문 근처의 복웅태란 무사를 찾아가라. 내 암기 선생이었던 자인데, 돈을 좀 밝히기는 해도 악한 사람은 아니니 내 이름을 대면 내치지는 않을 것이다. 그자에게 은자 닷 냥을 주고 그 사람 일을 도우면서 터전을 잡도록 해라. 그곳은 흑묘방 놈들의 세력 밖이니 너희에게 큰 위험은 없을 것이다."

그 말에 소년의 얼굴이 밝아졌다가 곧 일그러졌다.

"형은 어쩌려고? 우리야 구역 밖으로 도망가면 그만이지만 형은 왕독사를 죽였으니 그놈들이 항주 밖까지라도 쫓아갈 텐데?"

"내 걱정은 마라. 어차피 이곳을 뜨려던 차였다."

그는 소년을 다독이고서 판자촌을 나섰다.

그의 형편으로는 상당한 거금을 소년에게 주고 나온 것이었지만 그의 표정은 홀가분했다.

그는 어젯밤을 떠올렸다.

"까아아악!"

으슥한 밤길을 걸어 귀가하던 장건은 익숙한 비명 소리에 귀를 번쩍 세웠다. 항주의 뒷골목은 지저분한 놈들로 넘쳐 나고 사건 사고가 끊이지 않는 곳이기에 평소 같으면 모른 척 지나갔을 그였지만 비명을 지르는 목소리가 너무도 귀에 익었기 때문에 무심히 넘어갈 수가 없었다.

비명이 나는 곳으로 달려가니 역시 좋지 않은 광경이 벌어지고 있었다. 한 사내가 반항하는 소녀를 강제로 범하려 하고 있었다.

'미미!'

소녀는 그가 잘 아는 아이였다. 그와 함께 소매치기 짝패를 하는 중 소진이란 소년의 한 살 터울 누나였는데, 어린 나이에도 불구하고 성숙한 외모를 지니고 있어서 평소 음탕한 시선을 주는 사내들이 많았다.

그중에서도 흑묘방의 이 구역 담당인 왕독사란 놈이 특히 그러했는데, 놈이 오늘 드디어 날을 잡은 모양이었다.

장건은 황급히 달려가서 미미를 덮치고 있는 왕독사를 등 뒤에서 부여잡았다.

"아이고, 왕 형님! 이게 무슨 짓입니까?"

누군가 등 뒤에서 허리를 붙잡고 끌어대니 당황한 왕독사였지만 뒤에 붙은 놈이 그인지 알아차리고서는 욕지거리를 퍼붓기 시작했다.

"장건, 이 새끼! 냉큼 안 꺼져?"

"어허, 형님도 참. 나이도 한참 많은 분이 채신머리없게 어린애 갖고 왜 이러세요? 그러지 말고 제가 기가 막힌 기녀 있는 기루로 모실 테니 그리 가시죠. 예?"

장건이 떠날 생각은 안 하고 더욱 끈질기게 붙어오자 왕독사는 성질이 폭발했다.

"이 새끼가 진짜!"

그는 미미를 잡고 있던 두 손을 풀고 등 뒤에 달라붙은 장건에게 주먹을 날렸다.

"아이쿠!"

장건은 내동댕이쳐졌고, 왕독사는 그를 밟아대기 시작했다.

"이게 죽으려고 오늘 환장을 했구나? 감히 이 몸의 행사를 방해해?

간이 배 밖으로 나왔냐?"

그러는 사이 미미는 몸을 추슬러서 달아나려 했다. 그러나 몇 걸음 못가 낌새를 알아채고 쫓아온 왕독사에게 다시 덜미를 잡혔다.

"아아악! 제발 놔주세요!"

"흐흐흐, 이 아저씨가 시키는 대로 말만 잘 들으면 된다니까."

음소를 흘리며 미미를 다시 조용한 곳으로 끌고 가려던 왕독사는 다시금 걸음을 멈춰야만 했다. 걷어채인 후 쓰러져 있던 장건이 어느 틈에 기어와서는 그의 두 다리를 잡았기 때문이다.

"형님, 제발… 그 아이는 건드리지 마세요……."

성정이 워낙 독해서 본 이름 대신 독사라 불리고 있는 왕독사였다. 평소 자신의 눈치만 보던 장건이 의외의 반항을 계속하자 노화가 폭발했다.

"네놈이 이 왕독사가 어떤 놈인지 아직 모르는구나."

쩡!

그의 허리에 채워져 있던 장도가 쇳소리와 함께 뽑혀져 나왔다.

"네놈 하나 죽여 버린다고 해서 이 거리에서 내게 뭐라 할 사람 아무도 없다. 정녕 죽고 싶은 게냐?"

장건은 목젖까지 다가온 시퍼런 칼날을 커다래진 눈으로 바라보았다. 왕독사가 손목 한 번만 까딱하면 목이 잘려질 판이었다.

장건이 겁을 집어먹었다고 생각한 왕독사는 칼을 거두고는 그를 발로 한 번 더 걷어차 버렸다. 그리고는 다시 미미에게 몸을 돌렸다.

그는 공포에 질려 비 맞은 새처럼 떨고 있는 미미에게 다가갔다. 그런데 그 순간,

"왕독사!"

또다시 장건의 목소리였다.

건방지게 형님도 아니고 별명을 직접 부르는 것에 화가 난 왕독사는 노화를 터뜨리며 몸을 돌렸다.

"네놈이 진정 칼 맛을 봐야……!"

갑자기 왼쪽 무릎이 뜨끔 하는 것을 느끼며 왕독사는 말을 채 잇지 못했다.

부릅뜬 그의 눈에 자신의 왼 무릎에 박힌 표창이 들어왔다.

왕독사는 장건이 자신에게 위해를 가한 것을 믿을 수가 없었다. 평상시 두들겨 팰 건수가 생길 때마다 잡아 패곤 하던 꼬마였다. 그렇게 만만하던 놈이 감히 이런 짓을 하다니!

"장건, 이놈!"

표창을 빼내 집어 던진 왕독사는 노화를 터뜨리며 장건에게 달려들었다.

장건은 냉정하려 애썼다. 지금껏 배우고 익힌 바를 실전에 써먹는 첫 시도였다. 그러나 첫 결투의 상대를 영 잘못 고른 것 같았다. 놈을 소리없이 쓰러뜨리지 못하면 더 이상의 미래가 없을 수도 있다.

'이왕 시작한 이상 반드시 이긴다!'

그의 머리 속에서 꼭꼭 담아두었던 혼돈지서의 초반 내용이 흘러갔다.

장건은 달려오는 왕독사의 왼발을 주시했다. 무릎의 상처 때문인지 놈은 뛰면서도 왼발을 질질 끌고 있었다. 그렇다면 왼쪽으로의 방향 전환은 당연히 늦어질 수밖에 없는 것!

장건의 왕독사를 기다리지 않고 그의 왼쪽으로 빠르게 이동했다. 장건을 따라 몸을 움직이던 왕독사는 왼발을 크게 디디면서 인상을 찡그렸다.

왼발의 통증 탓에 왕독사가 움찔하는 찰나, 장건의 두 번째 공격이 날아들었다. 두 개의 표창이 오른 무릎과 명치를 향해 동시에 파고들었다.

그러나 왕독사도 이번에는 만만치 않았다. 흑묘방이 접수하고 있는 다섯 거리 중 하나를 담당할 정도로 뛰어난 무공을 갖추고 있는 그였다. 아까처럼 부지불식간이면 모를까 일단 칼을 빼 들고 상대의 공격을 기다리는 상황에서는 그리 호락호락하게 당할 그가 아니었다.

왕독사는 칼을 비틀어 명치로 날아오는 표창을 쳐내고 그와 동시에 오른발을 뒤로 쭉 빼며 두 번째 표창을 피했다.

그때 장건이 다시 그의 왼쪽 측면으로 이동하며 달려들었다.

왕독사는 당황했다. 표창을 피하기 위해 오른발을 드느라 왼발이 축이 되고 있었는데, 왼발은 지금 통증 때문에 함부로 움직이기가 어려웠다. 그걸 노리고 놈이 파고드는 것이라면 참으로 절묘한 공격이었다.

"치잇!"

왕독사는 오른손의 칼로 파고드는 장건을 베어갔다. 그러나 축이 되는 발이 부상을 당한 터라 그 위력은 현저히 감소되었고, 장건은 날아드는 칼을 품에서 꺼낸 비수로 빗겨 막으며 자세를 낮춰 왕독사의 왼 무릎을 걷어찼다.

"으악!"

표창이 박혀 있던 자리를 정통으로 맞은 왕독사는 통증을 참지 못하고 그 자리에 쓰러졌다.

장건은 기회를 놓치지 않으려는 듯 비수로 왕독사를 내리찍었다. 그러나 왕독사는 재빨리 몸을 굴려 그를 피했다. 장건은 그의 뒤를 쫓아가며 비수를 다시 내리찍었지만 노련한 왕독사는 이미 그의 움직임을 읽고 있었다. 왕독사는 몸을 한 바퀴 구른 후 누운 채로 칼을 휘둘러 장건의 발목을 노렸다.

오로지 찌를 생각만 가득했던 장건은 뜻밖의 반격에 당황했지만 반사적으로 몸을 띄워 그 공격을 피했다. 그러나 왕독사는 장건이 어떻게 피할 것인지도 예상한 듯, 그가 몸을 띄우자마자 벌떡 일어서며 그의 가슴을 향해 칼을 찔러왔다.

장건의 눈에 일순 암담함이 스쳐 지나갔다. 몸을 띄운 상황에서 손에 들고 있는 작은 비수로 날아오는 장도를 쳐낼 수는 없었다.

칼이 거의 가슴팍까지 파고드는 순간, 장건은 비수를 떨구고는 두 손으로 날아오는 도신을 잡아챘다. 도신을 잡아챔과 동시에 몸을 비틀어 파고드는 칼끝을 간신히 옆구리 사이로 빼냈다.

설마 장건이 칼을 직접 손으로 잡을 것을 예상 못한 왕독사가 당황하는 사이, 장건은 잡아챈 칼을 지지대 삼아 공중에 뜬 상태로 발을 날려 칼을 잡고 있는 왕독사의 손목을 걷어찼다.

"큭!"

불의의 일격에 그만 장도를 놓쳐 버린 왕독사는 장건이 착지하여 장도를 고쳐 잡는 사이 그가 떨어뜨린 비수를 주워서는 다시 달려들었다.

"죽어라, 이 새끼야!"

왕독사의 눈은 반쯤 까뒤집힌 채 이성을 상실한 듯 보였다. 예상밖의 수세에 몰려 극도로 분노한 그는 장건의 공격은 신경 쓰지 않는 듯 동귀어진이라도 할 것 같은 기세로 장건에게 덤벼들었다.

장건은 닥쳐오는 왕독사를 향해 다급히 칼을 휘둘렀다. 장도가 왕독사의 옆구리에 꽂히는 찰나, 왕독사의 비수가 그의 심장을 향해 파고들었다.

푹!

장건은 가슴에 통증을 느끼면서도 장도를 휘두르는 손에서 힘을 풀지 않았다. 장건이 내지른 칼은 왕독사의 옆구리에 절반쯤 파고들었고, 왕독사의 비수는 끄트머리가 장건의 옷에 박혔을 뿐, 그의 몸속으로 더이상 전진하지 못했다.

까뒤집힌 왕독사의 두 눈에서 왜? 하는 의문이 떠올랐다.

나아가지 못하던 비수는 다시 쳐들려져서 장건의 목을 향해 파고들었지만 거기까지 도달하지는 못했다. 장건의 소매 춤에서 나온 두 번째 비수가 그의 목에 먼저 박혀 버렸기 때문이었다.

장건은 어제 일을 생각하며 고개를 절레절레 저었다. 운이 따르지 않았다면 황천 가는 것은 왕독사가 아닌 자신이었을 것이다.

그는 양손을 들어 펼쳐 보았다. 그의 두 손에는 갈색의 가죽 장갑이 끼어져 있었다. 포룡권갑(捕龍拳鉀)이라는 거창한 이름이 붙은 이 권갑을 그는 은자 석 냥이나 주고 뜨내기 무기 상인에게 구입했었다. 상인 말로는 천하오대기병 정도가 아니고서는 어떤 보검이라도 일격에 잘리지 않는 최고의 상품이라고 했지만 왕독사의 일격에 오른쪽 장갑은 벌써 반이 갈라진 상태였다. 그로 인한 상처로 오른손은 주먹을 꽉 쥐기 어려울 정도였다.

'그나마 도(刀)였기에 다행이지.'

왕독사의 병기가 검이었다면 결코 옆구리로 비껴내지 못했을 것이다. 한 면에 날이 없었기에 그의 왼손이 수월하게 도신을 잡아챌 수 있었던 것이다.

그는 혼돈지서 초반에 기재된 호신구의 장을 읽고 나서는 몸을 보호하는 호신구에 관심을 두고 있었다. 그래서 최근에는 권갑과 호신구를 뜨내기 상인들에게 구해서 성능을 시험해 보곤 했었는데 운 좋게도 그 물건들이 어제 그의 목숨을 구한 것이다. 그러나 비싸게 주고 산 값에 비해 전부 일회용으로 판명된 것이 아쉬웠다. 권갑을 샀던 상인에게 역시 은자 석 냥을 주고 산 호신갑은 별로 날카롭지도 않은 그의 비수에 구멍이 나고 만 상태였다.

호신구의 장에서 특히 심장 보호에 유의하라는 주의 사항을 잘 읽었던 그가 가죽을 덧대놓지 않았다면 어제 황천행은 왕독사가 아닌 그였을지도 몰랐다.

'여길 뜬 다음 병장기를 좋은 것으로 구해야겠군.'

장건은 마음을 굳히며 미로처럼 얽힌 뒷골목을 조심스럽게 걸었다. 왕독사의 시체는 쥐도 새도 모르게 처리했지만 그리 조용했던 싸움이 아니었으므로 보는 눈이 있었을 것이고, 곧 흑묘방에서 알아챌 것이다. 어쩌면 이미 알아챘을지도 모른다. 고로 흑묘방의 구역을 벗어날 때까지는 결코 안전한 상태가 아니었다.

'항주를 벗어나면 안전하겠지?'

그리 생각하던 장건은 곧 피식 웃었다. 그때야말로 정말 안전함과는 거리가 먼 생활이 시작될 것이다. 이곳과는 달리 전혀 낯설고 생경한 세상, 누구 한 사람 기댈 수 없고 도움을 바랄수도 없으며, 항상 칼과 피가 난무한다는 그곳, 강호에 진입하게 될 테니까.

"좋아, 가보자고. 과연 책 두 권으로 천하를 뒤흔들 수 있는지 시험해 보겠다!"

장건은 호기롭게 말하고는 힘차게 발을 내딛었다.

제2장
장건, 이름을 알리다

장건, 이름을 알리다

"에잇!"

낭랑하고 씩씩한 기합 소리와 함께 작은 목검이 허공을 갈랐다. 기세 좋게 내리 꽂힌 목검은 상하좌우로 기운찬 연속 동작을 펼쳐 냈다.

한참을 움직이던 목검이 거두어지고, 목검의 주인인 작은 꼬마가 숨을 헐떡이며 그의 앞에 서 있는 청년에게 물었다.

"어때? 비슷하게 한 것 같은데?"

꼬마의 검법을 지켜보던 청년은 키가 훤칠하여 육 척에 가까웠으나 얼굴은 소년티가 가시지 않아 아직 스물이 채 되지 않은 듯 보였다. 그는 빙긋이 웃으며 말했다.

"많이 비슷해졌다."

"정말?"

꼬마의 얼굴이 환해졌다.

둘은 망치질 소리가 들려오는 대장간의 큼지막한 앞마당에 있었다. 청년은 어느덧 열여덟 살이 된 장건이었다. 그는 꼬마의 아버지가 경영하는 이곳 대장간에 주문한 물건이 제조되기를 기다리며 며칠 묵는 중이었다. 그 와중에 그의 검법에 매료된 꼬마에게 검술을 가르치고 있었다.

장건은 웃음기를 거두며 꼬마에게 말했다.

"아직 좋아하긴 일러, 아소. 비슷하게 흉내 내는 것만으로 만족한다면 네가 친구들과 매일 하는 칼싸움과 다를 바가 없는 거야."

아소라 불린 꼬마는 입을 내밀었다. 나름대로 어제 배운 것을 저녁 내내 열심히 연습하여 보여준 것인데, 장건의 평가가 너무 박했던 것이다.

"쳇, 그럼 어떻게 해야 진짜로 하는 건데?"

장건은 아소의 목검을 건네받았다.

"움직이는 검에 네 의지를 담아야 하지."

장건의 검이 아소가 처음 구사했던 동작을 시전했다. 바람을 가르며 자신에게 다가오는 검에 아소는 움찔하며 뒷걸음질쳤다. 장건이 당연히 자신을 찌르지 않으리라는 것을 알고 있었지만 다가오는 목검은 정말로 자신의 몸을 관통할 듯이 느껴졌기 때문이다.

"어때?"

장건의 물음에 아소는 진저리를 치며 말했다.

"무섭네. 근데 의지를 담는다는 게 무슨 뜻이야?"

아소의 눈이 두려움보다는 호기심에 반짝이는 것을 본 장건은 흐뭇한 미소를 지으며 대답했다.

"네게는 조금 어려운 얘기일 수도 있겠다. 검을 휘두른다는 것은 여러 가지 목적이 있을 수 있어. 상대를 죽이려고, 혹은 제압하려고, 또는 그저 겁을 주려고, 아니면 상대의 공격을 방어하기 위함일 수도 있지. 검을 내뻗는 개개의 목적에 따라 그 검에 실린 기세와 위력도 천차만별이 되기 마련이야. 그러나 그 어떤 목적에 의해 휘두르는 검이라 해도 의지가 결여되어 있다면 그 검은 이미 실패한 검이라고 할 수 있어. 반드시 검을 휘두르는 의도를 성공시키겠다는 의지, 그것이 온 정신과 육체에 충만해야 해. 그래야만 자신이 검을 쓰는 목적을 달성할 수 있게 되는 거야.”

“예컨대 검에 혼을 담으라, 이 말이지?”

아소의 맹랑한 대꾸에 장건은 피식 웃으며 그의 머리에 꿀밤을 먹였다.

“아얏! 왜 때려?”

“어디서 주워들은 것은 많구나. 벌써부터 그렇게 거창한 의미를 부여할 필요는 없다. 그저 휘두르는 검에 최대한 집중하고 반드시 성공할 수 있다는 확신을 가져라. 그것이 검이 나아가는 가장 기본의 원칙이다.”

아소는 장건에게서 검을 건네받고는 다시 휘두르기 시작했다. 나름대로 의지를 담아서 힘차게 휘두르기를 몇 번, 장건이 다시 입을 열었다.

“힘이 너무 들어가 있는걸. 무슨 생각으로 검을 휘두르는 거야?”

아소가 신나게 검을 내지르며 대꾸했다.

“의지를 담으라며? 난 지금 형을 쓰러뜨릴 의지를 담아 휘두르고 있다고.”

따콩!

"아야! 왜 또 때려?"

"녀석아. 연습할 때는 '이 연습을 충실히 해야겠다' 하는 의지만 있으면 충분해. 벌써부터 누구를 해할 작정으로 검을 휘두른다면 넌 검수로서 실격이야."

장건은 다시 아소에게서 목검을 받아 들었다.

"이 형도 누굴 가르쳐 보는 것은 처음인지라 되려 네 머리를 복잡하게 할 말만 늘어놓은 듯하구나. 벌써부터 검을 잡는 목적에 대해 진지하게 생각할 건 없다. 검이란 것은 어찌 되었든 사람을 해하는 무기이니까. 그러나 남아로 태어난 이상 스스로와 소중한 사람들을 지키기 위해서라도 힘을 갖추어야 하고, 제대로 된 검법을 익힐 수 있다면 나름대로 그 조건을 충족시킬 수 있는 좋은 방편이 될 수 있지. 자, 잘 보도록 해."

그는 아소에게 가르쳤던 육합검법(六合劍法)의 다섯 초식을 다시 한 번 천천히 시전했다. 아소가 똑똑히 기억할 수 있도록.

"이 초식들을 다음에 내가 올 때까지 열심히 연습해 둬."

아소는 아쉬운 표정으로 말했다.

"겨우 다섯 초식? 형이 다시 오려면 일 년은 꼬박 걸릴 거라며. 그때까지 고작 이것만 익히고 있으라고?"

어제저녁 늦도록 연습한 탓에 이미 익숙해진 다섯 초식이었다. 검법을 배운다는 것에 들떠 있던 아소로서는 벌써 지겨워지는 동작들을 꼬박 일 년 동안 연습하라는 말이 끔찍하게 들렸던 것이다.

장건은 진지해진 표정으로 말했다.

"난 이 다섯 초식도 많다고 생각한다. 아소, 복잡하고 화려한 초식들은 실전에 나가서는 아무 쓸모가 없다. 검을 들고 싸울 때 검수가 쓰게 되는 초식은 가장 몸에 익은 몇 초식뿐이야. 싸움에 임해서 이것저것 생각하고 고려하다가는 이미 죽은 목숨인 것이다. 생각 이전에 몸이 먼저 나가야 하는 게 실전이고, 단 한 초식이라도 얼마나 완벽히 익혔는가가 생사의 갈림길이 될 수 있다. 무슨 얘긴지 알겠니?"

장건의 설명을 듣던 아소는 고개를 끄덕였다. 그가 강조하는 것을 어렴풋이나마 이해한 눈빛이었다.

장건은 그제야 표정을 풀며 아소의 머리를 쓰다듬었다. 그때 돌연 뒤쪽에서 웃음소리가 들려왔다.

"하하하하! 아주 그럴듯한 사제 간의 대화군."

"좋은 얘기로구먼요."

"글쎄 말이오. 고명한 검객이니 본 장에도 한번 초빙해야겠는걸?"

장건과 아소는 말소리가 나는 쪽으로 고개를 돌렸다. 세 명의 사내가 다가오고 있었다. 아마도 아소의 아버지가 경영하는 대장간을 찾아온 듯했다. 노인과 사십대 중년인, 그리고 이십대로 보이는 청년이었는데 중년인과 청년은 생김새가 비슷했다. 둘은 검을 휴대하고 같은 복장의 청의 무복을 입고 있어서 무가(武家)의 일원인 듯 보였다.

장건과 아소의 대화를 엿들은 듯한 이야기를 나누고 있는 것은 청의 청년과 노인이었다. 다른 사람의 무공 수련 광경을 본 것만 해도 무례하다 할 수 있는 것인데 이들은 그걸 본 것을 들릴 정도로 크게 떠들고 있으니 강호의 관례에 비춰보면 이만저만한 실례가 아니었다. 그러나 청년은 장건과 아소는 안중에도 없는 듯 오만한 미소를 지은 채 거리낌 없이 말하고 있었고, 노인은 그에게 장단을 맞추며 다소 비굴하게 느껴지는 어투로 맞장구를 치고 있었다.

"서 노인, 시중의 개나 소나 익히는 육합검법이라 해도 일 년 내내 열심히 연습하여 완벽히 익힐 수 있다면 능히 검법의 고수가 될 수 있다는 것이 저 고명한 검객의 말씀인데, 참으로 크게 와 닿는 말씀이 아니오?"

청년의 비아냥거리는 말에 노인은 간사하게 웃으며 대꾸했다.

"이 서모가 강호에서 굴러먹은 지도 오십 년 가까이 되었습니다만 이처럼 간결하게 와 닿는 검법의 요결은 들은 기억이 없습니다."

장건은 둘의 대화에 신경 쓰지 않고 무표정한 얼굴로 그들 세 사람을 살폈다. 건방진 청년과 같은 복장의 중년인은 무게감이 느껴지는 무인이었다. 들떠 있는 청년의 발걸음과는 대조적으로 보폭이 일정하고 매우 차분하여 중심이 잘 잡혀 있는, 한눈에 고수인 것을 알아볼 수 있는 자였다. 청년 역시 제법 기본기가 되어 있는 몸가짐이었으나 중년인에 비해서는 손색이 있었다.

청년과 대화하고 있는 노인은 키가 작고 왜소한 데다가 얼굴이 영락없는 쥐상이었다. 걸음은 전족을 한 여인처럼 종종걸음을 걷고 있어서 경극에 나오는 간신배를 연상시키는 풍모였다. 중년인과 청년을 무심히 지나치던 장건의 눈빛이 그에게는 조금 오래 머물렀다.

청년은 장건이 자신들 쪽을 쳐다보자 불만있냐는 듯 눈을 번득였다. 장건은 시비를 일으키기 싫은 듯 그의 시선을 피해 고개를 돌렸고, 청년은 그제야 만족한 듯 낄낄거리며 그를 지나쳤다.

세 사람은 대장간 안으로 들어갔다. 아마도 아소의 아버지에게 무기를 청탁한 무인들 같았다.

아소는 그들이 사라지자 분한 듯 말했다.

"저 사람들 왜 저래? 형, 저 사람들 나중에 나오면 혼내줘!"

장건은 쓴웃음을 지으며 말했다.

"그럼 곤란하지. 그렇게 되면 너희 아버지의 소중한 고객이 발걸음을 끊을 수 있잖니. 그러면 내가 너희 아버지 볼 면목이 없지."

그때 그들의 뒤에서 목소리가 들려왔다.

"말은 참 잘하네. 혼내줄 자신이 없는 건 아니고?"

다가온 것은 장건보다 한두 살쯤 어려 보이는 소녀였다. 늘씬한 키에 양 갈래로 땋은 머리, 깨끗하고 하얀 피부가 인상적인 소녀는 아소의 누나인 수련이었다. 그녀는 빨갛게 익은 홍시를 담은 쟁반을 들고 있었는데, 아소에게 다가와 홍시 하나를 내밀었다.

"엄마가 갖다 주란다. 냉큼 받아."

아소는 홍시를 받으면서 입을 삐죽 내밀었다.

"건이 형이 그깟 놈들 못 이길 것 같아? 다 우리 생각해서 참는 거지."

수련은 코웃음쳤다.

"요것아, 저 사람들은 이 근방을 들었다 났다 하는 은검장에서 온 사람들이야. 너의 사부인 풋내기 검사께서는 그림자도 못 밟을 위치에 있는 사람들이라고."

"이씨, 말 다했어, 꺽다리?"

사부를 우습게 보는 말에 화가 난 아소는 벌게진 얼굴로 수련에게 달려들었다. 그러나 장건에게 곧 붙들리고 말았다. 장건은 웃으며 그를 달랬다.

"진정해라, 아소. 네 누나 말이 틀린 것이 아니다."

"형을 깔보잖아!"

"하하, 다 그것도 관심의 표현이니라."

"……?"

아소는 무슨 소린가 싶어 장건을 올려다보았고 수련도 의아한 눈으로 그를 쳐다보았다.

"무슨 뜻이야, 형?"

"말은 저리 퉁명스럽게 해도 매일 너랑 연습하고 있을 때 꼬박꼬박 과일을 가져다주잖니. 관심있는 남자가 아니면야 여염집 처자가 외간 남자에게 그런 일을 반복할 리가 있겠어?"

듣고 있던 수련이 어처구니없는 듯 고개를 흔들었다.

"착각도 유분수지. 너 같은 뜨내기를 뭐 볼 게 있다고?"

장건은 유들유들한 미소를 지으며 대꾸했다.

"에이, 왜 그래. 삼 년 전에 왔다갈 때만 해도 바짓가랑이를 잡고 울며불며 언제 다시 올 거냐고 그랬잖니. 수련, 벌써 잊은 거야?"

그 말에 수련의 얼굴이 들고 있는 홍시처럼 붉어졌고, 너무 어렸기에 삼 년 전의 기억이 없는 아소는 둘의 얼굴을 번갈아보며 의아해했다.

"진짜야, 진짜 누나가 그랬어?"

"헛소리! 내가 언제?"

수련은 말도 안 된다는 듯 목소리를 높였지만 삼 년 전 대장간에 잠시 기거했던 장건이 떠날 때 어린 그녀가 울었던 것만은 사실이다. 장건의 표현처럼 울며불며 매달린 것은 아니었지만.

"허허, 아소처럼 어린 것도 아니었고, 열세 살 적 일을 기억 못할 리가 없을 텐데. 그리 부끄러워할 것 없어 수련 소저. 이제 시집갈 나이도 다가오는데 남자 좋아하는 게 이상한 일도 아니고 말이지."

"헛소리 말앗!"

장건의 말을 듣다 못한 수련이 버럭 소리를 지르며 들고 있던 홍시

쟁반을 휘둘렀다. 그러자 쟁반에 담겨 있던 홍시 네 개가 장건을 향해 정확히 날아왔다.

타닥, 탁탁!

장건은 두 손을 빠르게 휘저어 동시에 날아오는 네 개의 홍시를 모두 잡아챘다.

"와, 대단해 형!"

아소가 탄성을 터뜨렸다.

장건은 아소에게 고개를 돌리며 말했다.

"자, 봐라. 넌 한 개, 형은 네 개잖니. 이게 바로 관심의 차이라 할……."

뎅!

떠드느라 미처 보지 못한 쟁반이 뒤늦게 날아와 옆통수를 치는 통에 장건은 말을 더 이상 이을 수 없었다.

"아이구야!"

머리를 싸매는 장건을 보며 수련이 코웃음 쳤다.

"흥, 그러니까 네가 풋내기라는 거야. 아직 멀었어!"

그리고는 냉큼 돌아가는 그녀를 보며 아소는 여전히 머릴 감싸고 있는 장건에게 물었다.

"형, 저것도 관심의 표현이야?"

장건은 억지로 웃으며 대꾸했다.

"그, 그럼. 저게 다 관심있다는 증거지."

"쳇, 남녀 관계란 것도 골치 아프네."

아소는 툴툴거렸다. 쓴웃음을 짓던 장건은 나뭇가지에 걸어놓았던 아소와 자신의 웃옷이 사라진 것을 발견했다. 집 쪽을 바라보니 수련이 옷가지를 들고 가고 있었다. 땀에 절은 옷을 빨려고 하는 모양, 장건의 입가에 엷은 미소가 걸렸다.

그때 대장간에서 아까의 세 사내가 걸어 나왔다. 청년은 지나가는 수련을 보더니 씩 웃으며 말을 걸었고, 수련은 대답을 하는 둥 마는 둥 하며 화닥닥 집 안으로 들어갔다. 청년은 다른 둘을 따라오면서도 수련이 들어간 쪽으로 몇 번 고개를 돌리고는 했다.

그들이 사라진 후 장건은 연습하는 아소를 놔두고 대장간으로 들어갔다.

대장간의 주인이며 아소와 수련의 아버지인 오충렴은 일거리를 놔둔 채 모루에 걸터앉아 생각에 잠겨 있었다. 그는 장건이 들어오자 고개를 들었다.

"오, 자네 왔나. 아소가 많이 귀찮게 하지?"

"하하, 아닙니다. 가르치다 보니 제가 얻는 것도 많은 걸요."

"후후, 그런가."

장건은 모루 맞은편 의자에 걸터앉았다.

"은검장 사람들이 까다로운 주문이라도 했나 보죠?"

평상시의 오충렴은 영업 시간에 일손을 놓는 법이 없는 사람이었다. 그런 그가 가만히 앉아 있는 것이 의아했기에 하는 질문이었다.

오충렴은 침울한 표정으로 고개를 끄덕였다.

"좀 골치 아프게 되었네. 후우, 자네에게는 좀 미안하게 되었네만, 주문한 표창 백 개의 제작이 조금 늦어질 듯한데 괜찮겠나?"

장건은 흔쾌히 말했다.

"괜찮습니다. 바쁜 것 먼저 처리하십시오. 늘 저렴한 가격에 좋은 무기를 얻고 있는데 그 정도야 감수 못하겠습니까."

미안한 표정을 짓던 오충렴은 잠시 주저하다가 말을 이었다.

"그럼 미안한 김에 한 가지만 더 부탁할 수 있을까? 내가 이런 부탁을 할 사람이 지금 사정상 자네밖에 없군."

"말씀하십시오. 제가 할 수 있는 일이라면 해드려야지요."

"말이라도 고맙네. 실은 내 사형이 태원 남문 근처에서 대장간을 운영하고 있다네. 거기 좀 갔다 와주지 않겠나?"

"알겠습니다. 대략 오 일쯤 걸리겠는데요. 뭘 전하고 오는 건가요?"

"아닐세. 안부나 전하면 될 걸세."

"안부요?"

뚱딴지같은 오충렴의 말에 장건은 의아한 표정을 떠올렸다. 급한 일이라면서 고작 안부를 묻고 오라니?

오충렴은 모루에서 일어나더니 작업 탁자 위에 올려져 있는 철궤의 뚜껑을 열고 그 안에 있는 물건을 꺼냈다.

"이걸 봐주게. 자네라면 알아볼 수 있는 물건일걸세."

오충렴이 건넨 물건을 넘겨받은 장건의 눈이 커졌다. 그가 받은 물건은 검병(劍柄)의 모양새를 갖추고 있었다. 검의 손잡이는 있는데 그 위에 달려 있어야 할 검신(劍身)은 보이지 않았다. 대신 손잡이 부분이 무척 길어서 거의 한 자 반은 됨직했다.

"이것은?"

"자네도 바로 알아보지는 못하는군."

다시 장건에게서 물건을 넘겨받은 오충렴은 검병을 움켜쥐더니 힘차게 휘둘렀다.

위이이잉!

파공성과 함께 작업 탁자의 한 모퉁이가 잘려 나갔다.

장건은 그제야 탄성을 질렀다.

"은형검! 은형검이군요."

오충렴은 휘두르던 검병을 세웠다. 검병의 위에는 여전히 아무것도 보이지 않았으나 분명 그것이 스치고 지나간 탁자의 귀퉁이는 매끈하게 잘려 있었다.

"그렇네. 이게 바로 오대기병에 버금간다는 신병 은형검일세."

"그걸 그자들이 가져온 겁니까?"

오충렴은 고개를 끄덕였다.

"은검장에서 내 얘기를 어떻게 알고 찾아왔는지 몰라도 이걸 내주면서 수리해 달라 하더군."

오충렴은 다시 검병을 휘둘렀다. 그러자 다시 윙윙거리는 파공성이 들렸다.

"손잡이의 조작부가 완전치 않아. 누가 작동법을 모르고 거칠게 다룬 모양이야. 이게 이상하군."

은형검을 응시하며 중얼거리던 그는 장건 쪽으로 고개를 돌려 말했다.

"이 검은 일종의 속임수가 가미된 재미난 물건이네. 매미날개처럼 얇은 검날이 평상시에는 이 길쭉한 검병 속에 숨어 있지. 그러다가 손잡이를 조작하며 휘두르면 접혀져 있던 검날이 튀어나와 검의 역할을 하게 되는 건데, 검날이 협봉검의 십 분지 일 정도로 얇아 잘 보이지도 않을 정도지만 그 예기와 강도는 절세보검에 못지않기에 신병으로 인정을 받고 있지. 자네, 이 물건을 누가 만든 것인지 아나?"

"진검성에 있던 물건 아닙니까? 그렇다면 당연히 담청기 장인이……."

오충렴은 웃으며 고개를 저었다.

"사부께서 모든 물건을 만든 것을 아닐세. 오대신병이 제작된 이후에는 관리만 하시고 실제 제작은 거의 우리 제자들이 했지. 이 은형검은 방금 전에 내가 말한 사형이 만든 물건이라네."

장건은 다소 의외라는 생각이 들었다. 오충렴이 진검성의 신수(神手)라 불리던 담청기의 제자란 것은 알고 있었으나 평상시의 그는 진검성과 담청기 얘기를 하기를 꺼려 하여 그와 아주 가까운 사람도 그가 진검성 소속의 장인이었다는 것을 알지 못하는 실정이다. 그런 그가 먼저 진검성에 관한 이야기를 꺼내는 것은 뜻밖이었다.

"이 물건은 진검성이 무너진 후 사형이 보관하고 있던 것으로 알고 있네. 그런데 왜 저자들이 가지고 있고, 또 관리가 제대로 안 된 채로 나에게까지 온 것인지 알 수가 없군."

"아까 그자들도 아저씨가 진검성 소속이었다는 것을 알고 있었습니까?"

"그렇지는 않은 것 같네. 그저 괜찮은 장인이라는 소문을 듣고 온 모양이더군. 어쨌거나 은형검을 보고 나서 그걸 그냥 내보낼 수가 없기에 내가 수리하겠다고 덜컥 맡고 말았네. 그리고 나서 이런 상태를 보니 사형이 걱정되는군. 어쨌거나 자네가 좀 수고해 주게. 태원에 가서 장 사형에게 무슨 변고가 있는지 좀 알아봐 주게."

"알겠습니다. 한시가 급한 일이군요. 바로 출발하겠습니다."

"고맙네."

장건은 대장간에 붙어 있는 오충렴의 집으로 들어가 여장을 챙겼다. 그가 떠날 채비를 하고 방을 나서자 옆방에 있던 아소가 쪼르르 뛰어나오더니 놀라 외쳤다.

"형! 벌써 가? 며칠 더 있는다고 했잖아?"

장건은 울상이 된 아소의 머리를 쓰다듬으며 말했다.

"아니야, 지금 가는 거. 금방 다시 올 거다. 그러니 걱정 말고 검술 연습 잘하고 있어."

"진짜 금방 올 거지?"

"그럼, 빨리 다녀와서 아소 검술을 봐줘야지."

장건은 아소를 달래고는 몸을 돌렸다. 집 밖으로 나서는 그에게 누군가가 다가왔다.

"이거 가져가. 장포도 안 걸치고 돌아다닐 거야?"

수련이었다. 그녀가 내민 것은 아까 가져갔던 장포였다. 그가 떠나려는 것을 알고는 빨지도 못하고 다시 가져온 모양이었다.

장포를 받아 든 장건은 맨질맨질하게 닳은 팔꿈치 부분에 가죽이 덧대어진 것을 발견하고는 신기해하며 말했다.

"수련이 네가 한 거냐? 고맙다."

수련은 얼굴을 붉히며 말했다.

"누가 뭘 했다는 거야? 엄마가 빨래 거리 가지고 꼼지락거리더니 그랬나 보네."

장건은 미소를 지었다. 아주머니가 한 것치고는 지나치게 투박한 바느질이었기에.

"잠깐 다녀올 거니까 이번에는 울지 말라고."

수련은 어이가 없다는 듯 코웃음을 치며 혀를 길게 내밀었다.

장건은 한바탕 크게 웃고는 집을 나섰다. 관도를 향해 달려가다 잠시 뒤를 돌아보니 집 밖에 나온 아소가 열심히 손을 흔들고 있었고, 그 뒤에 수련이 서 있는 것이 보였다. 장건은 손을 한 번 휘젓고는 몸을 돌렸다. 그는 방금 전 자신이 본 광경이 그들의 마지막 모습이라는 것을 꿈에도 생각하지 못했다.

*   *   *

서달룡은 역한 피비린내에 욕지기가 치밀었다. 수십 년간 강호를 구르면서 온갖 볼 꼴 못 볼 꼴 다보고 살아온 그였으나 진한 피비린내는 첫 살인을 했던 열아홉 살 때나 육십이 넘은 지금이나 구역질이 나게 하는 냄새였다.

그는 혀를 차며 들고 온 거적때기를 시체 위에 덮었다.

"묏자리는 못 봐줄지언정 이렇게라도 해드리리다. 극락왕생들 하시오."

거적때기에 덮인 오충렴의 시체를 보며 말한 서달룡은 몸을 틀어 피가 사방에 튀어 있는 대장간 내부를 뒤지기 시작했다.

만들어져 있는 검을 하나하나 살피며 그는 감탄성을 내뱉었다.

"과연 담청기의 제자다운 솜씨군. 하나하나 예기가 제대로 깃들지 않은 검이 없어. 아주 양질의 검이야."

그는 살피던 검을 다시 내려놓았다. 좋은 검이긴 했으나 그가 탐낼 만한 가치의 물건들은 아니었다.

이 잡듯 대장간을 뒤지던 그는 구석에 놓여 있는 큼지막한 궤짝을 발견하고는 뚜껑을 열어보았다. 안에는 표창이 가득 들어 있었다.

"표창? 암기술 쓰는 놈이 주문한 것인가?"

표창 역시 검처럼 아주 잘 버려진 뛰어난 물건이었다. 그는 표창을 몇 개 집어 품속에 넣었다. 역시 자신이 탐낼 만한 물건은 아니었으나 암기로 쓰기에 좋을 듯하여 챙긴 것이다.

"거참, 뭔가 있을 것도 같은데. 진검성이 무너질 때 없어진 보물이 한두 가지가 아니고, 태원에서처럼 은형검 같은 보물이 이런 구석쟁이에서 '어서 가져가쇼!' 하고 갑자기 튀어나올 가능성이 분명 있을 텐데 말이지."

혼잣말을 하며 사물함과 공구함까지 뒤지던 그가 굽혔던 허리를 펴는 순간이었다. 서릿발 같은 예기가 목젖 앞으로 다가왔다. 뒤이어 누군가의 손이 그의 목덜미를 움켜쥐었다.

서달룡은 얼어붙듯 동작을 멈춘 채 눈만 내리깔았다. 턱 밑으로 대어진 시퍼런 칼날이 눈을 부시게 하고 있었다. 목을 잡은 손이 조금만 움직여도 칼날이 목구멍까지 들이칠 것이 분명했다.

그는 열리지 않는 입을 간신히 열어 더듬거렸다.

"누… 누구……."

냉기가 풀풀 풍기는 음성이 그의 귓전을 간질였다.

"질문을 할 입장이 아니란 것을 잘 알고 있겠지? 묻는 말에만 대답해라."

"아, 알았소."

"네놈의 이름은?"

"서… 서달룡이오."

"본명인가?"

다소 의외의 질문이었다. 지금 상황에서 본명이고 가명인 게 뭐가 중요하단 말인가. 어쨌거나 서달룡은 대답했다.

"그렇소. 본명이오."

"좋아. 살인은 누가 했나."

"은검장의 자들이 했소."

뒤에 있는 자는 별로 놀라지 않는 듯했다. 질문이 이어졌다.

"이 사람 말고 다른 가족들에게도 손을 댔나?"

서달룡은 침울한 표정을 지었다. 뒤의 사람이 원하지 않는 답을 해야 하기 때문이었다.

"그렇소. 그들도… 당했소."

뒤의 사람은 잠시 말이 없었다. 서달룡은 목덜미를 움켜쥔 손이 미약하게 떨리는 것을 느꼈다.

다시 냉기 어린 목소리가 들려왔다.

"은형검은 가져갔나?"

"그렇소."

"너는 여기서 뭘 하고 있는 거지?"

"뒷정리를……."

"거짓말 마라. 한 번 더 헛소리를 한다면 사지를 하나씩 자른 후 입만 남겨두고 다시 묻겠다."

서달룡은 등골이 오싹했다. 뒤의 사람은 그러고도 남을 만한 살기를 뻗어내고 있었다.

"보, 보물이 있을까 하여 찾고 있었소."

"오충렴이 과거에 진검성의 장인이었다는 것을 알고 있었다는 거로군?"

"그렇소."

"너는 오 일 전 은검장의 두 사람을 안내하여 이곳에 왔다. 그런데 그자들은 오충렴이 진검성 소속이었다는 것을 몰랐다. 그런데 너는 알고 있었다. 왜 그것을 감췄지?"

"그자들이… 장사천을 잔인하게 살인하는 것을 눈으로 보았기 때문이오. 오충렴 일가마저 그렇게 죽게 하고 싶지 않았소."

장사천은 오충렴의 사형이었다. 은검장은 그의 일가를 살해하고 은형검을 빼앗았다. 우연찮게 그 광경을 똑똑히 본 서달룡은 그들의 잔인함에 몸서리를 쳤다.

"단순히 동정심 때문이었다? 그건 아니겠지, 너에게는 또 다른 목적이 있었을 것이다. 이실직고 하는 게 어떨까, 천면서(千面鼠)."

서달룡은 찬물을 뒤집어쓴 듯 오한을 느꼈다. 뒤의 사람은 자신의 정체까지 알고 있었다. 서달룡이란 이름만으로 천면서라는 것을 알아차렸으리라고는 상상하기 어려웠다. 천면서란 별호는 자신이 몸담고 있는 계통에서는 그런 대로 유명한 편이었지만 그 별호와 본명을 연결시킬 수 있는 자는 강호를 통틀어도 몇 명 없었기 때문이다.

"나를 알고 있소?"

"질문은 허용하지 않는다고 했다."

서달룡은 깊은 한숨을 내쉬었다. 그는 근본적으로 삶에 애착이 많은 사람이었다. 자신의 정체까지 파악하고 있는 자에게 딱히 숨길 얘기도 없을 듯했다.

"알았소. 내가 아는 사실은 다 말해 주지. 내가 그자들이 장사천 일가를 죽이는 것을 목도한 까닭은, 나도 역시 은형검을 노리고 있었기 때문이오."

서달룡은 천면서라 불리는 강호에서 오래 굴러먹은 도둑이었다. 지닌바 무공은 별반 신통찮지만 경신술이 탁월하고 제법 괜찮은 정보 조직을 가지고 있어서 나름대로 이쪽 계통에서는 인정받는 자였다. 그런 그가 우연히 은형검의 주인이 대장장이로 일하고 있다는 정보를 입수하게 되었다. 장사천의 주변을 맴돌며 은형검을 훔칠 기회를 엿보던 그는 그와 비슷한 시기에 정보를 입수하고 들이닥친 은검장에 선수를 빼앗겼다. 은검장은 몰래 물건만 훔치려던 그와는 달리 가진 힘을 이용하여 장사천과 그의 일가를 무참히 살해하고 은형검을 빼앗았다. 그 와중에 은형검이 손상된 것을 눈치챈 서달룡은 무기 상인으로 신분을 가장하고 은검장 무리에게 접근했다. 그는 적당히 그들을 꼬여서 은형검을 고칠 수 있는 솜씨 좋은 장인을 소개시켜 주겠다고 했다. 그런 연후에 그들을 이끌고 오충렴을 찾아온 것이다.

서달룡은 오충렴이 은형검을 다 고치길 기다렸다가 은검장보다 앞서 은형검을 훔치려고 했었다. 자신이 은형검을 훔쳐간 것을 알면 은검장이 오충렴은 신경 쓰지 않으리라 생각했다. 그런데 은검장은 그보다 먼저 선수를 쳤다. 서달룡의 생각 이상으로 잔인했던 그들은 은형검이 고쳐진 것을 확인한 즉시 객잔에 묵고 있는 서달룡에게도 살수를 보내고 오충렴에게도 살수를 보낸 것이다. 자신들이 은형검을 탈취했다는 것을 아는 모든 자들을 살인멸구하려는 의도였다.

발이 빠른 서달룡은 다행히 살수를 피해 객잔을 빠져나왔다. 그런 후 이곳까지 찾아온 그는 목불인견의 참상에 눈살을 찌푸리면서도 도둑의 본능이 발동하여 오충렴이 혹시 진검성의 보물이라도 숨겨놓지 않았을까 하여 집안을 뒤지고 있던 참이었다.

"…이상이오."

서달룡의 설명을 듣고 잠시 말이 없던 뒤의 사람은 천천히 입을 열었다.

"그러니까 네가 그자들을 이리로 끌고 왔단 거로군."

서달룡은 다급히 입을 놀렸다.

"그자들은 내가 아니라도 결국 이곳을 수소문하여 찾아왔을 것이오! 만일 오충렴이 전직 진검성 소속 장인이었다는 것을 알았다면 장사천 일가처럼 그와 그의 가족을 고문하여 다른 보물까지 토해내라고 괴롭혔을 것이오! 그나마 일개 대장장이로 알았기에 단순 살인으로 끝난 거요!"

"같잖은 변명을 잘도 나불거리는구나."

뒤의 사람의 그의 목덜미를 거칠게 잡아당겨 앞의 의자에 내리눌렀다. 그리고는 밧줄로 의자와 그를 함께 묶고는 그를 놔두고 대장간 옆문으로 나갔다. 아마도 집으로 들어가려는 모양이었다.

서달룡은 그의 뒷모습을 두려움 가득한 눈으로 곁눈질했다. 오충렴의 집 안에는 더욱 끔찍한 광경이 그를 기다리고 있을 것이기에.

장건은 떨리는 손으로 덮여 있는 거적때기를 치웠다.

수련이 누워 있었다. 그녀의 하복부는 벌거벗은 채였다. 가랑이 사이가 피범벅이었다. 입가에도 혈흔이 가득했다. 능욕을 당하던 중에 자진을 한 듯했다. 장건은 차마 더 이상 볼 수 없어 거적때기를 다시 덮었다.

아주머니의 시체, 그리고 아소의 시체가 눈에 들어왔다. 아소의 목은 반쯤 끊어져 있었고, 자그마한 가슴의 한가운데에는 장검이 박혔다 빠진 듯 커다란 바람 구멍이 나 있었다. 아소의 손에는 부러진 목검이 들려 있었다. 장건이 준 그 검을 죽은 지금까지도 손이 하얗게 되도록 꽉 움켜쥐고 있었다. 고통없이 죽는 것을 거부하고 끝까지 목검으로 반항을 하다 죽은 것 같았다.

장건은 그 앞에 무너져 내린 채 몸을 떨었다. 가느다란 기성이 그의 입에서 흘러나왔고, 사부가 죽은 뒤로 말라 버린 줄 알았던 눈물이 하염없이 쏟아져 내렸다.

지난 육 년간 강호를 구르면서 충분히 차가워진 줄 알았다. 그러나 정든 사람들의 비참한 죽음을 보고도 냉정하기에는 그는 아직 너무도 젊었고, 강호는 그의 상상보다 훨씬 비정했다.

대장간의 옆문이 다시 열렸다. 서달룡은 그제야 비로소 들어서는 자의 얼굴을 제대로 볼 수 있었다. 약관도 채 되지 않았을 듯한 청년이었다. 그러나 그의 눈을 바라본 순간 서달룡은 오한이 들었다.

깊게 가라앉은 눈에서는 칙칙한 냉기가 흘러나오고 있었다. 어린 청년에게 어울리지 않는, 살인에 익숙한 살수를 연상시키는 눈이었다.

청년은 서달룡이 열어놓은 궤짝에 있는 표창을 한 움큼 집었다. 그리고는 메고 있던 봇짐에서 꺼낸 밧줄들을 정성스레 표창의 끝에 묶기 시작했다. 승표를 만드는 모양이었다.

그렇게 만든 승표를 꼼꼼히 양팔에 감은 그는 봇짐 속에 있던 몇 가지 기괴한 장비들을 꺼내었다. 그리고는 신중한 동작으로 팔에 차고 허리에 두르고 하더니 이윽고 서달룡에게로 다가왔다. 그의 손에 들린 비수를 보고 서달룡은 눈을 꽉 감았다. 길고 질기던 자신의 명이 드디어 거두어질 때가 된 것 같았다.

휙!

비수가 바람을 갈랐다. 서달룡은 두 팔이 자유로워지는 것을 느끼고는 어리둥절하여 감은 눈을 떴다.

청년은 그를 냉막한 눈으로 내려다보며 말했다.

"천면서 서달룡. 나를 도와주시오."

갑자기 청년의 말투가 변하자 서달룡은 더욱 의아한 눈으로 그를 바라보았다.

"도와달라니, 뭐를?"

"신투 소곽재를 알고 있소?"

뜬금없는 질문에 잠시 멍청해 있던 서달룡은 청년이 말한 이름이 귀에 매우 익숙하다는 것을 깨달았다.

"곽재 형님? 알다 뿐인가. 자네가 그 형님을 어떻게 알지? 죽은 지 오래일 양반인데?"

"육 년 전에 돌아가셨소. 그리고 난 그의 제자요."

그제야 서달룡은 안도한 기색이 되었다.

"아하, 곽재 형님 제자로구먼! 어쩐지 날 금방 알아본다 했더니. 그럼 자네는 나에게는 사질이나 마찬가지……."

순간 청년의 손에 들려 있던 비수가 어느새 그의 목젖으로 다시 들이쳤고, 환해지던 서달룡의 얼굴은 다시 딱딱하게 굳어졌다.

"이, 이보게. 왜 또……."

"아직 친한 척하긴 이르오. 당신이 예전에 사부와 무슨 관계였던 간에, 이들의 죽음에 대한 일말의 책임이 있다는 것은 피할 수 없는 사실이니까. 생각 같아서는 여기서 걸어나가지 못하게 하고 싶으나 시체에 거적때기나마 덮어준 것이 당신 명줄을 조금 늘여주었소. 좀 더 늘이고 싶다면 내가 은검장 놈들을 처치하는 것을 도와주시오. 그렇게 해준다면 당신의 책임에 대해서는 눈감아주도록 하지."

서달룡은 애원하는 표정으로 말했다.

"이보게. 나도 마음 같아서야 그 육시랄 놈들이 희희낙락 은형검을 가져가게 내버려 두고 싶지 않네. 그러나 놈들은 산서성의 사대세력

중에 하나이며, 이 지역의 패자일세. 그런 놈들에게 자네랑 나랑 둘이서 뭘 할 수 있겠나? 계란으로 바위치기일세. 정 복수를 하고 싶거들랑 나중에 돈을 많이 벌어서 살수를 사든지 하고, 지금은 일단 참기로 하세. 응?"

"당신에게 싸우는 것을 도와달라고 한 적 없소."

청년은 차갑게 말했다.

"당신은 그저 오늘 이곳에서 만행을 저지른 놈들이 은검장에 도착하기 전에 내가 따라붙을 수 있게만 해주오. 그러면 그 뒤는 내가 알아서 하겠소."

서달룡은 '이놈이 실성했나' 하고 생각하며 청년을 물끄러미 쳐다보았다. 미친놈치고는 눈빛이 지나치게 정상적이었다. 친인의 죽음을 막 목도한 젊은이라고는 생각하기 어려울 정도로 푹 가라앉아 있었다. 그렇다면 둘 중의 하나였다. 완전히 실성해서 뭐가 어떻게 돌아가는 건지도 모르던가, 아니면 사태를 냉철히 파악하고 명확한 계획을 수립 중이던가.

'말하는 것을 보면 아예 돈 놈은 아닌데. 설마 정말 자신이 있는 건가?'

서달룡은 곰곰이 생각했다. 신투 소곽재는 자신도 감탄해 마지 않을 뛰어난 소매치기 기술을 갖춘 도둑이었으나 그뿐이다. 무공은 물론이고, 경공도 시원치 않아서 이쪽 계통에서 대도(大盜)로 인정받지 못했다. 그런 그의 제자가 무공이 뛰어나면 얼마나 뛰어나겠는가?

그러나 청년의 가라앉은 눈에서는 목적하는 바를 이룰 수 있다는 확신이 엿보였다. 서달룡은 왠지 모르게 청년이 뭔가 할 수 있을지도 모른다는 생각이 들기 시작했다.

‘하긴 은검장 무리라고 해봐야 고작 여덟 명 아닌가!’

자신과 같이 왔던 은검장의 사람들은 여덟 명뿐이었다. 그러나 그중
에는 산서 팔대검객으로 꼽히는 부장주 조태걸이 포함되어 있었고, 장주
조태군의 적자이자 은검장의 대공자인 조선명도 끼어 있었다. 그들 둘
만 해도 일 대 일로 감당해 낼 무인이 산서 전체를 통틀어 많지 않았다.

"도와줄 거요? 아니면 책임을 질 텐가?"

결정을 재촉하는 청년의 음성이 들려왔다.

‘에라! 안내만 해주면 된다는데 망설인 건 또 뭔가?’

마음을 굳힌 서달룡은 고개를 끄덕였다.

"알겠네. 내 힘닿는 데까지는 돕도록 하지."

*   *   *

조선명은 힘없이 늘어진 여인의 머리채를 거칠게 잡아당겼다.

"아아악! 놔주세요!"

"울부짖어라, 이년아. 더 울부짖어!"

그러나 여인은 이미 탈진 상태였다. 조선명은 거칠게 허리를 움직이
다가 마침내 사정을 했다. 여인은 이미 지쳐 쓰러진 상태라 사정을 해
도 별다른 반응을 하지 않았다.

조선명은 신경질적으로 여인을 밀쳐 내고는 침상에 길게 누웠다. 오
늘 방사한 횟수가 벌써 다섯 번째, 여인이 탈진할 만도 했다. 그러나
아무리 사정을 해도 도무지 상쾌한 맛이 나지 않았다.

"어제 그년 때문에 내내 찝찝하네."

그는 욕을 하며 투덜거렸다. 어제 그는 모처럼 싱싱한 계집애를 취

할 기회를 잡았다. 나이 어린 계집치고는 제법 숙성한 몸을 가지고 외모도 괜찮아서 한 번 먹고 버리기에는 아깝다는 생각이 들었다. 그래서 본 장으로 데려갈까 생각하기도 했는데 이 망할 년이 사정도 하기 전에 자진을 해버리고 말았다. 하긴 겁간하고 있을 때 바로 옆에 지 어미의 시체가 누웠으니 자진할 만도 했을 것이다.

시간(屍姦)에는 흥미가 없는 그인지라 방사도 하지 못하고 매가리없이 죽은 계집의 몸에서 하물을 꺼내고 말았다. 그때의 찝찝했던 기분이 아직까지 남아서 아무리 기녀를 탐해도 도무지 기분이 나질 않았다.

조선명은 옆에 쓰러져 있는 기녀의 엉덩이를 걷어찼다.

"야! 너 나가고 다른 계집애 들여! 아직 머리 얹지 않은 동기(童妓)로 들여보내!"

기녀가 힘없이 대꾸했다.

"저희 집에는 머리 얹을 동기가 지금 없는데요."

"이런 쌍! 동기가 없으면 만들어라도 구해와. 당장!"

그가 험악해지자 기녀는 벌벌 떨며 고개를 조아리고 잽싸게 튀어나갔다. 그녀도 그가 이 지역에서 어떤 존재인지 잘 알고 있을 것이기에 옆 기루에서 빌려서라도 동기를 구해올 것이다.

조선명이 지루하게 뒤척이고 있을 즈음 문이 다시 열렸다. 동기가 온 것으로 짐작한 조선명은 제대로 쳐다보지도 않고 말했다.

"냉큼 옷 벗고 누워라. 몸이 마음에 안 들면 당장 내쫓을 테니 그리 알고."

"그거 유감이군. 내 몸은 네가 별로 좋아하지 않을 듯하니 말이다."

들려온 것은 동기의 나긋나긋한 목소리가 아닌, 굵은 남자의 목소리였다.

"어떤 놈이냐!"

조선명은 놀라며 벌떡 일어섰다. 일어섬과 동시에 침상 바로 옆에 놓여 있던 검을 향해 그의 오른손이 움직였다. 순간 한줄기 섬광이 날아와 검병을 움켜쥐려는 그의 손등에 박혔다.

"억!"

손등에 박힌 것은 표창이었다. 조선명은 다친 손을 부여잡고 몸을 굴렀다. 반대편 창을 뚫고 탈출하려는 의도였다.

"그렇게는 안 되지."

뒤에서 예의 차가운 음성이 들려왔다. 순간 표창이 박힌 오른손이 휙 당겨졌다. 어느샌가 오른 손목에는 밧줄이 묶여져 있었고, 괴한이 그걸 당기고 있었다.

막 창밖으로 몸을 날리려던 조선명은 제압된 오른팔로 인해 중심을 잃고 바닥에 나뒹굴어졌다. 쓰러지는 그의 몸으로 다섯 줄기의 섬광이 파고들었다.

두 개가 양쪽 무릎의 슬개골에 박혔다. 다른 두 개가 양 어깨의 견갑골을 정확히 뚫고 들어갔다. 마지막 한 개는 단전으로 한 치의 오차 없이 파고들었다. 눈 깜짝할 새에 조선명은 사지를 못 쓰게 된, 그리고 단전까지 파괴되어 무공이 전폐된 불구자가 되어버렸다.

"우아아아아아!"

조선명은 끔찍한 비명을 내질렀다.

괴한의 냉혹한 음성이 고통에 몸부림치는 그의 귓가로 다시 파고들었다.

"어제 네가 행한 죄과에 비하면 턱없이 가벼운 고통이다. 당장 숨통을 끊어놓지는 않으마. 서서히 다가오는 죽음을 만끽하며 지금까지 지은 죄과를 참회하도록 해라."

눈이 까뒤집힌 조선명은 더욱 크게 비명을 질렀다. 머리 속이 하얘질 정도의 고통 속에서도 그는 의문을 떨칠 수 없었다. 이 정도로 큰 소리를 지르는데 숙부 이하 다른 동료들이 왜 자신을 구원하러 오지 않을까 하는.

괴한은 마치 그의 머리 속이라도 읽은 듯 말했다.

"아무리 소리 질러도 너를 구해줄 자는 없다. 다른 방에는 오래전에 독을 살포해 놓은 상태다. 네 동료들은 지금쯤 북망산에서 먼저 터를 잡고 너를 기다리고 있을 것이다."

조선명은 몸부림치며 생각했다.

'그럴 리 없다! 숙부가 고작 독 나부랭이에 죽었을 리가 없어!'

그 순간, 방문이 부서지며 검은 그림자가 뛰어들어 왔다. 아득해지던 조선명의 눈에 희망의 빛이 감돌았다. 들이닥친 인영은 그가 굳게 믿고 있는 그의 숙부였던 것이다.

조태걸은 일격필살의 기세로 괴한을 향해 검을 내리찍었다. 그는 비록 중독되긴 했으나 내공으로 체내의 독기를 비장(脾臟) 한 구석으로 몰아넣어 평상시 내공의 칠 할 정도는 운용이 가능한 상태였다. 그는 운용가능한 모든 힘을 불어넣어 검을 내질렀다. 독에 능숙한 괴한을 일합에 처리하겠다는 의도였다.

그러나 괴한은 그의 의도를 읽은 듯, 맞서지 않고 몸을 뒤로 뺐다. 조태걸의 은광검법은 피하겠다고 마음먹은 것만으로 자유롭게 피할 수 있는 검식이 아니었다. 그의 검은 은빛을 발하며 후퇴하는 괴한을 쫓았다.

괴한은 후퇴하면서 쓰러져 있는 조선명을 뛰어넘었다. 그러면서 팔을 휘젓자 누워 있던 조선명의 팔에 감겨 있던 밧줄이 그의 목까지 휘 감으며 그의 몸을 벌떡 일으켰다.

괴한을 쫓아가던 조태걸의 검은 벌떡 일어난 조선명의 몸에 가로막 혔다. 차마 조카의 몸을 꿰뚫을 수 없는 조태걸이 검을 거두는 찰나, 조선명이 앞으로 쓰러지며 그의 뒤에서 서릿발 같은 섬광이 쏘아져 들 어왔다. 괴한이 날린 암기임이 틀림없었다.

조태걸은 회수하던 검을 떨쳐 날아오는 암기를 쪼갰다.

펑!

검에 적중된 암기는 산산조각이 나버렸다. 그런데 문제는 그 순간부 터였다. 암기치고는 크고 둔탁하게 느껴졌는데 그 안에 뭔가가 숨겨져 있었던 듯, 암기가 터지면서 뿌연 연기가 자욱하게 방 안을 뒤덮기 시 작했다.

'또 독인가!'

조태걸은 당황하지 않았다. 이미 몸속의 독을 제어하고 있는 상태였 고 놈의 독을 대비하여 언제라도 호흡을 멈출 수 있도록 방비하고 있 다. 그는 연기가 퍼지는 즉시 숨을 멈추었다. 그리고는 발을 박차고 연 기 속으로 뛰어들었다. 방심하고 있을 놈에게 예상치 못한 반격을 먹 이려는 의도였다.

위잉!

그의 쾌검이 힘차게 공간을 갈랐다. 그런데 뜻밖에도 검에 걸리는 것은 아무것도 없었다.

'놈이 어딜 간 거지?'

시야가 가려지긴 했으나 그의 오감은 생생하게 주변을 감지하고 있 었다. 놈이 방 안에서 움직인다면 분명 그것을 인지할 수 있었다. 그런데 어찌 된 일인지 그 어떤 기척도 느껴지지 않고 있었다. 마치 허공으로 꺼진 것처럼.

조태걸은 불현듯 머리 속을 스쳐 지나가는 생각이 있었다. 이 방 안을 가득 채우고 있는 연기가 혹시 용독이 아닌 다른 의도로 쓰인 것이라면?

그 순간 그의 발치에서 뭔가 시커먼 것이 튀어 올랐다.

'놈이다!'

놈은 영악하게도 연기가 퍼진 직후 몸을 납작하게 엎드리고 그가 다가오기만을 기다리고 있었던 것이다. 연기는 용독으로 쓰인 것이 아니라 시야를 가리는 연막으로 쓰인 것이었다.

조태걸은 다급히 검을 휘둘렀지만 이미 거리를 지나치게 가깝게 허용한 후였다. 괴한은 검을 휘두르는 궤적 안으로 벌써 들어와 있었다. 돌진하는 괴한의 몸이 조태걸의 몸에 강하게 부딪쳤다.

"크윽!"

조태걸은 신음성을 흘리며 뒤로 몸을 날렸다. 착지한 그의 왼팔에서는 피가 샘물처럼 솟구쳐 내리고 있었다. 괴한이 휘두른 비수에 찔린 탓이었다.

큰 상처가 난 상태였으나 조태걸의 눈은 침착함을 되찾고 있었다. 반사적으로 왼팔로 뛰어드는 놈을 가로막은 덕택에 몸과 검을 쥔 오른팔을 지킬 수 있었다. 왼팔을 움직일 수 없게 되었으나 싸우는 데 큰 지장이 있는 것은 아니었다. 여전히 승기는 그에게 있었다.

조태걸은 서두르지 않고 팔의 혈도를 막아 지혈하며 연기가 가라앉기를 기다렸다. 시야가 가려진 지금은 먼저 움직이는 자가 지는 것이다. 조태걸 입장에서는 서두를 이유가 없었다. 연기가 가라앉기만 하면 놈을 충분히 쓰러뜨릴 자신이 있었기 때문이다. 반면 놈은 연기가 가라앉기 전에 어떤 식으로든 움직일 것이다. 그때를 노려야 한다.

휘잉!

오감을 활짝 열고 온 신경을 집중하고 있는 조태걸의 귀에 뭔가 크게 휘젓는 파공성이 왼쪽 측면에서 느껴졌다. 조태걸은 지체하지 않고 앞으로 뛰었다.

파파파팟!

과연 예상대로 그가 있던 자리에 암기가 들이닥쳤다. 방금 전의 파공성은 괴한이 팔을 휘두르는 것임이 분명했다. 괴한의 위치를 알아차린 조태걸은 땅에 착지하는 순간 곧바로 방향을 전환하여 짐작한 위치를 향해 돌진했다. 거리를 좁혀 놈이 더 이상의 암기나 독을 쓰지 못하도록 하면서 검격으로 숨통을 끊어놓겠다는 의도였다.

연기를 뚫고 전진하는 조태걸의 시야에 괴한의 흐릿한 잔영이 드디어 걸렸다. 거리가 좁혀진 이상 승산은 십 할이었다. 조태걸의 검이 기쾌하게 공간을 가르며 괴한에게로 파고들었다.

괴한은 조태걸과 맞닥뜨리기 두려운 듯 몸을 날렸다. 조태걸의 검은 그를 놓치지 않고 따라붙었다. 괴한의 경신술을 매우 빨랐으나 방의 공간이 한정되어 있었기에 쫓아오는 조태걸의 검에서 벗어날 수 없었다.

결국 괴한은 방구석으로 몰렸고, 그런 그를 향해 조태걸은 득달같이 달려들었다.

"이제 끝이야!"

그의 검이 벼락같이 괴한에게로 꽂혀들었다.

괴한은 다급히 몸을 틀며 소매에서 뭔가를 꺼내어 다가오는 조태걸의 검을 향해 마주 휘둘렀다. 그가 든 물건은 비수인 듯했으나 길이가 형편없이 짧아 조태걸의 검을 막기란 불가능해 보였다. 조태걸은 코웃음을 치며 휘두르는 괴한의 팔을 피해 그의 목으로 검을 꽂아 넣었다.

스팟!

비산하는 피보라가 방벽을 적셨다. 천장까지 떠올랐던 시커먼 물체가 툭 소리와 함께 방바닥으로 굴러떨어졌다.

조태걸은 눈을 부릅뜨고 바닥을 구르는 물체를 뚫어지게 쳐다보았다. 쓰러져 있다가 그 광경을 목도한 조선명은 새된 비명을 지르다 까무러쳤다. 방바닥을 구르고 있는 것은 괴한의 목이 아닌, 검을 쥔 조태걸의 오른팔이었다.

"어, 어떻게 이런 일이⋯⋯."

팔이 잘려 나간 오른 어깨를 부여잡은 채 넋 나간 듯 중얼거리던 조태걸은 괴한의 손에 들린 물체를 비로소 알아볼 수 있었다. 기다란 검병만이 존재하고 검신이 없는, 아니, 보이지 않는 검. 방금 전까지만 해도 자신의 품속에 고이 모셔져 있던 바로 그 기병이었다.

"은형검! 네놈이 언제 그것을!"

"아까 충돌하는 순간 네 품속에서 빼냈다."

괴한의 차가운 음성이 조태걸의 귓전을 때렸다.

"그, 그런 말도 안 되는!"

잠깐 부딪쳤다 떨어지는 그 순간 비수까지 휘두르면서 품 안의 물건을 자기도 모르게 빼내다니, 조태걸로서는 괴한의 말을 받아들일 수가 없었다. 그러나 그의 눈에 보이는 것은 분명 괴한의 손에 들린 은형검이었다.

괴한은 차가운 눈빛을 발하며 그에게로 다가왔다. 조태걸은 새하얗게 질린 얼굴로 뒷걸음치다 엉덩방아를 찧고 주저앉았다.

조태걸은 힘없이 괴한을 올려다보았다. 괴한의 얼굴을 그제야 제대로 식별할 수 있었다. 번득이는 눈빛이 돋보이는, 약관도 되지 않았을 청년의 얼굴이었다.

조태걸은 간신히 다시 입을 열었다.

"네놈은 대체 누구냐. 왜 우리에게 이런 짓을……."

괴한은 말없이 은형검의 그의 목을 향해 내밀었다. 은형검의 보이지 않는 검날이 눈앞에서 아른거렸다.

"은형검을 노린 놈인가……."

괴한은 고개를 저었다.

"아니, 어제 네놈들에게 간살당한 일가의 복수를 하러 온 것뿐이다."

넋이 나간 표정이던 조태걸은 잠시 후 모든 것을 포기한 듯 클클거리며 웃었다.

"그런 거였군. 그자들에게도 복수해 줄 존재가 있었던 거로군. 후환을 없게 하려고 손을 쓴 게 오히려 더 큰 후환을 만든 게로구나."

그는 갑자기 눈을 빛내며 외쳤다.

"네놈! 복수가 끝난 거라고 안심하지 마라. 여기 들이닥치기 전에 전서구를 띄웠다. 네놈이 어디로 도망치든 간에 산서성을 벗어나기 전에 반드시 본 장 사람들에게 붙들리게 될 것이고, 우리가 당한 몇 배의 고통이 네놈에게 가해질 것이다. 기대하고 있거라."

괴한은 냉소를 지었다.

"나는 도망가지도, 숨지도 않는다. 내가 네놈 품에서 이 은형검을 꺼낸 이유는 단 하나다. 이걸 가지고 있어야 은검장에서 날 쫓아올 빌미가 커질 것이기 때문이다."

조태걸의 눈이 부릅떠졌다.

"네놈이 감히 본 장과 맞서겠다고? 죽지 못해 환장한 놈이로군!"

"죽지 못해 환장한 것이 나일지, 아니면 은검장일지는 나중에 알게 될 거다. 물론 너에게 나중이란 것은 없겠지만."

그 말과 동시에 괴한은 들고 있던 은형검을 휘둘렀다. 은형검이 스쳐 지나간 후, 아직도 놀람이 가시지 않은 조태걸의 목이 몸에서 떨어져 나갔다.

장건은 목이 없어진 조태걸의 시체와 사지에서 피를 흘리며 서서히 몸이 식어가고 있는 조선명을 무심히 바라본 후 방을 나섰다.

복도에서 그를 기다리던 서달룡은 방에서 걸어 나오는 그를 보며 고개를 절레절레 저었다.

'신투 형님이 괴물을 길러냈군. 천하이대기서라도 훔쳐 키웠나? 뭐 저렇게 센 놈이 다 있담?'

자기가 생각해 놓고도 황당한 상상이었다. 서달룡은 고개를 흔들어 그 생각을 털어내지 못했다.

그는 지금까지의 싸움 경과를 지켜보며 그의 조직에서 얼마 전 조사했던 산서 비응방의 몰락과 관계된 한 인물을 떠올리고 있었다.

'암기, 독, 일 대 다수로 싸워 이기는 방법. 모든 게 그와 흡사하군.'

그는 다가온 장건에게 물었다.

"혹시 풍파투도란 이름을 알고 있나?"

장건은 고개를 저었다.

"하긴 그건 우리 분야 사람들이 임의로 붙인 별호니까 모를 수도 있지. 그럼 한 가지 더 묻겠네. 작년 겨울 서안의 강자 비응방이 도둑 한 명에게 탈탈 털리는 수모를 당했네. 그자가 혹시 자네 아닌가?"

장건은 아무런 대답도 하지 않고 몸을 돌려 밖으로 걸어나갔다. 서달룡은 그가 부정하지 않는 것을 보고 자신의 가정이 맞았다는 것을 확인할 수 있었다.

'이거, 뜻밖에 대단한 놈과 인연을 맺은 것 같은걸.'

서달룡은 급히 그의 뒤를 쫓아갔다.

장건은 객잔을 뒤로하고 길을 나서고 있었다. 서달룡은 부랴부랴 그를 따라잡으며 물었다.

"이제 은검장의 추적을 피할 수 없게 되었군. 어찌할 셈인가?"

장건은 무심하게 대답했다.

"추적을 피할 생각은 없소. 놈들이 오는 족족 처리할 셈이오."

"자네 혼자 말인가?"

"그렇소. 나 혼자면 충분하오."

서달룡은 어이가 없어 고개를 흔들었다.

"처음 봤을 때부터 능력있거나 미쳤거나 둘 중에 하나라고 생각했는데, 방금 전까지는 능력있는 놈이라고 생각했네만 이제 보니 완전 미쳤군."

장건은 웃었다.

"차라리 미쳐 버렸으면 좋겠소. 그렇다면……."

'가슴을 찢는 듯한 이 슬픔도 잊을 수 있을 테니까'란 뒤의 말은 입 밖으로 내지 않았다. 무정하려 애쓰며 억지로 짓는 그의 미소는 한없이 서글퍼 보였다.

그로부터 다섯 달 후, 은검장은 패망했다. 그리고 강호에는 풍파투도(風波鬪盜)란 이름이 알려지기 시작했다.

제3장
장건, 영호선을 만나다

장건, 영호선을 만나다

영호선(令狐善)은 기품있는 두 눈을 들어 물끄러미 상관충을 바라보았다. 상관충은 얼른 그녀의 시선을 외면했지만 그녀는 그에게서 시선을 떼지 않았다.

잠깐의 시간이 흐른 후, 상관충은 도저히 참지 못하겠다는 듯 두 손바닥을 내밀었다.

"아가씨, 제가 졌습니다. 이제 그만 쳐다보십시오."

영호선의 짙은 두 눈은 그녀의 인상에서 풍기는 순수함과 그녀의 고귀한 신분에서 비롯되는 위엄 등 여러 요소가 눈빛으로 겹쳐져, 보는 이로 하여금 오묘한 느낌을 갖게 하는데 그런 두 눈으로 그녀가 한 사람을 응시하면 시선을 받은 상대는 왠지 그녀에게 죄를 짓는 듯한 느낌을 받곤 했다. 상관충은 가뜩이나 그녀에게 숨기는 것이 있기에 더욱 시선을 견디기가 힘들었다.

상관충이 항복을 하자 영호선은 살포시 입을 가리며 웃었다.

"그러게 왜 거짓말을 하시나요."

상관충은 억울하다는 듯 항변했다.

"속하가 언제 거짓말을 했습니까. 그저 아가씨께서 그런 일까지 신경 쓸 필요 없다고 생각하여 말을 안 한 것뿐이지요."

"이 일에 책임자로 온 나예요. 설마 상관 아저씨는 제가 어려서 못 미더운 것은 아니겠지요?"

상관충은 말도 안 된다는 듯 손을 휘휘 저었다.

"그런 말씀 마십시오. 속하가 얼마나 아가씨를 믿는지 잘 아시지 않습니까."

"그럼 이제 숨기지 말고 사실대로 말하세요. 마차가 도착한 다음 저 몰래 만나시려 하는 사람이 누구죠?"

"별 놈들 아닙니다. 그저 이번 행사에 보조자로 참여시킬 놈들이지요. 잡부라고 생각하시면 됩니다."

"별 사람 아니라면 왜 만나는 것을 숨기려 하셨죠?"

영호선의 집요한 추궁에 상관충은 머뭇거리며 대꾸했다.

"굳이 숨기고 자시고 할 것도 없었고… 왜 그렇지 않습니까. 전쟁을 할 때도 장수가 해야 할 일과 병졸이 해야 할 일이 따로 있는 것처럼, 잡부 몇 명 고용하는 것은 속하가 신경 써야 할 일이지, 이 일을 주재하는 아가씨까지 신경 쓰실 일은 아니기에 그런 것이지요."

"아저씨의 해석이 참 그럴듯하네요. 그러나 저는 대국을 주재하는 장수가 아니고 아저씨 바로 위의 군졸일 뿐이랍니다. 그러니 보조자들을 만나러 가는 자리에 저도 따라가겠어요!"

영호선은 나이답지 않게 유하고 침착한 성정의 소유자였지만 한 번

이거다 싶어 고집을 피울 때면 고래심줄보다 더 질긴 면을 보이기도 했다. 더 이상 그녀를 제재하기 어렵다고 생각한 상관충은 그저 어깨를 으쓱할 뿐이었다.

두 사람을 태운 마차는 태원의 번화가에 도착했다. 동행한 일행이 객잔에 여장을 푸는 사이 영호선과 상관충은 상관충이 미리 약속을 잡아놓았다는 다른 객잔으로 향했다.

둘이 들어간 곳은 번화가의 뒷골목에 위치한 허름한 객잔이었다.

처음 들어갔던 번화가의 객잔과는 전혀 딴판인 풍경에 영호선은 신기해하는 표정을 지었다. 그녀는 워낙 고귀한 신분으로 자란지라 이런 거리의 뒷골목에 와본 적이 한 번도 없었다.

"아가씨 죄송합니다. 냄새가 나더라도 조금만 참으시지요."

상관충은 그녀를 이런 곳까지 데려온 것이 몹시 죄스러운 듯 안절부절못하고 있었다.

"전 괜찮아요. 제가 오겠다고 한 것이니 아저씨는 너무 신경 쓰시지 않으셔도 돼요. 근데 기다리는 사람이 아직 안 왔나 봐요?"

"글쎄요, 그런 것 같군요."

낡고 좁은 객잔 안에는 한 약관이 채 안 되어 보이는 청년 한 명이 식사를 하고 있을 뿐이었다.

두 사람은 결국 앉아서 기다리기로 하고 자리에 착석을 했다.

"만나기로 한 사람들이 대체 누구예요? 그저 잡부 만나려고 따로 시간을 내어 이런 곳까지 행차할 아저씨가 아니시잖아요?"

"잡부는 잡부인데… 이번 일에서 아주 중요한 역할을 할 잡부들이지요. 그렇기 때문에 신중에 신중을 기해 만나야 할 자들입니다."

잡부인데 중요한 역할을 하다니, 그렇다면 잡부라고 칭하는 것이 모순된 게 아닌가. 영호선이 고개를 갸우뚱할 무렵 객잔 문이 열리더니 정말 잡부처럼 보이는 두 사내가 들어섰다.

둘은 객잔을 둘러보다가 두 사람이 앉아 있는 탁자로 다가와 상관충에게 말을 걸었다.

"혹시 하남에서 오신 왕 선생이오?"

탁자로 다가온 두 사람의 질문에 상관충은 고개를 끄덕이며 반문했다.

"송 대인이 보낸 자들인가?"

"그렇소."

"그렇다면 여기 앉게."

상관충의 권유에 둘은 영호선과 그의 맞은편 자리에 앉았다.

영호선은 호기심 어린 표정으로 상관충에게 물었다.

"이분들이 바로?"

"그렇습니다. 이번 일에 아주 중요한 역할을 맡을 사람들이지요."

상관충은 두 사람에게 영호선을 가리키며 말했다.

"이분은 내 상관이니 자기 소개를 직접 하도록."

갓 스물이 안 되어 보이는 아리따운 아가씨가 상관충의 상관이라 소개되니 두 사람은 놀라는 빛이 역력했다.

"난 흑편복이오."

"오골계라 하오."

괴이한 별호를 지닌 두 사람은 이 근방에서 소리없이 유명한 낭인들이라고 했다.

"가만, 한 명이 더 있는 것으로 아는데?"

상관충의 말에 오골계가 어깨를 으쓱했다.

"송 대인에게 풍파투도(風波偸盜)라는 친구도 고용되었다고 들었소만, 그는 여기로 따로 오겠다고 했다 하오."

"그래? 이것 참 곤란하군. 송 대인이 천거했다면 틀림없는 친구일 텐데 어째 이렇게 늦는 거지?"

상관충의 말이 끝나기가 무섭게 그의 뒤에서 말소리가 들려왔다.

"풍파투도를 찾는 거라면 여기 있소이다."

네 사람의 눈동자가 일제히 말소리가 난 쪽으로 쏠렸다.

거기에는 상관충과 영호선이 객잔에 들어설 때부터 있었던 청년이 이쪽을 바라보고 있었다.

"자네가… 풍파투도라고?"

상관충은 설마 하는 표정으로 물었다. 그가 예상하고 있던 풍파투도와는 외양이 너무도 차이가 났기 때문이었다.

청년은 대답하지 않고 자리에서 일어나 상관충들이 있는 탁자로 다가왔다.

청년은 앉아 있을 때는 몰랐는데 일어선 것을 보니 키가 훤칠해서 신장이 육 척인 상관충과 비슷해 보였다. 얼굴은 서글서글하게 생겼는데 날카롭게 번득이는 눈이 만만치 않은 분위기를 자아냈다. 그러나 아직 어린 티가 가시지 않아 이 근방에서 유명한 도적이라고 믿기는 어려웠다.

"내가 풍파투도요. 당신이 바로 왕 선생인가?"

상관충이 대꾸하기도 전에 흑편복이 어이없다는 듯 말했다.

"네깟 애송이가 산서성 제일의 도둑이라는 풍파투도라고?"

풍파투도라 자신을 소개한 청년은 삐딱한 표정으로 흑편복을 보며 말했다.

"왜, 못 믿겠소?"

"그렇다. 풍파투도가 이 근방에서 이름을 날린 지가 이 년이 넘었는데, 정말 네가 풍파투도라면 열일고여덟 살 때부터 활동을 했다는 얘기 아니냐."

"잘 아시는군. 그게 뭐 어쨌다는 거요?"

흑편복은 코웃음을 쳤다.

"풍파투도가 처음으로 이름을 알린 것이 산서에서 난다 긴다 하는 비응방을 탈탈 털면서부터였는데, 네가 열일곱에 기라성 같은 고수가 즐비한 비응방 본 타에 들어가서 비응방주를 잠들게 하고 그의 병기와 재산을 다 털어냈다는 말이냐?"

"강호 식견이 참 풍부한 분이로군. 나보다도 내가 한 일을 자세히 아니 말이오."

흑편복은 전혀 당황치 않고 대꾸하는 청년에 어이없어 하며 상관충에게 말했다.

"이번에 맡을 일이 상당히 위험하다고 알고 있소. 이런 일은 함께하는 동료와 손발이 맞는 것이 가장 중요한 성공의 관건이오. 보수가 좋아 자원했지만 신원이 불분명한 놈과 특히 거짓말만 늘어놓는 애송이와 함께라면 절대 사양이오! 돈보다는 목숨이 중요하니까."

그의 말이 아니라도 상관충 역시 풍파투도란 별호에 비해 너무 어려 보이는 청년에게 의구심을 갖고 있었다.

"자네, 풍파투도란 것을 증명할 수 있겠나? 자네 입장에서는 의심받는 것이 기분 나쁠 수도 있겠지만 우리 입장도 이해해 주게. 자네가 들던 얘기보다는 너무 어려 보여서 말이지."

청년은 별로 기분 나쁘지 않은 듯했다. 그는 심드렁한 표정으로 대꾸했다.

"내가 풍파투도가 아니면 어떻게 이곳을 알고 당신들을 기다렸겠소? 또 어떻게 당신이 왕 대인인 것을 알 수 있었겠소?"

그 말에 상관충이 그런가 하는 표정을 짓고 있을 때 가만히 듣고만 있던 영호선이 끼어들었다.

"그건 우리 등 뒤에 내내 앉아 있었으니 엿듣고 있다 뒤늦게 지어낼 수도 있는 거잖아요? 왜 우리가 들어왔을 적에 말을 걸지 않고 이 두 분이 뒤늦게 들어와 우리와 통성명을 한 다음에야 본인을 드러낸 거죠?"

갑자기 끼어든 영호선을 의아한 눈초리로 바라보며 청년은 말했다.

"난 만나야 할 상대의 신분을 명확히 파악하지 않고서는 절대 내 신분을 드러내지 않소. 당신들의 대화를 귀담아 듣고 있다 나선 것은 사실이오. 대화 중에 왕 선생과 송 대인이 드러난 후에야 당신들의 정체를 확신할 수 있었지."

"좋아요. 거기까지는 설명이 된다고 쳐도 여전히 당신이 풍파투도라는 증거는 어디에도 없어요."

영호선의 말을 듣고 있던 청년은 문득 한쪽 입꼬리를 말아 올렸다.

"내가 나이가 어려 보여 의심하는 건가? 그렇게 따지자면 소저 역시 이 일의 주관자이기에는 지나치게 어려 보이는데?"

그 말에 영호선의 얼굴이 살짝 붉어졌고, 상관충의 얼굴은 시뻘겋게 달아올랐다.

"이런 건방진! 감히 뉘 안전이라고 말을 함부로 지껄이느냐?"

"영호세가의 금지옥엽 영호선 소저 안전이 아니오?"

막 그를 질타하려던 상관충은 청년의 마지막 말에 호흡이 턱 막혔다.

"어, 어떻게 그 사실을……."

이번 행사는 만전에 만전을 기해도 모자란 일이기에 함께 온 일행과 송 대인 외에는 누구도 상관충과 영호선의 정체를 알지 못했다. 입이 무거운 송 대인이 설마 발설했을 리는 없을 텐데 청년이 그 사실을 안다는 것이 상관충은 믿어지지가 않았다.

영호선이 호기심 어린 눈빛을 반짝이며 물었다.

"제가 영호선이란 것을 어떻게 알았지요?"

"간단하오. 진검성의 전속 장인이던 담청기는 희대의 능력자로서, 천하오대기병이 그의 대표작이지만 그밖에도 수많은 신병이기들을 만들어내었다고 들었소. 그런데 그가 죽고, 또 진검성이 무너지며 그 많던 보물들은 천하 각지로 퍼져 나갔지. 그런데 그중에서 용완구(龍腕韝)라는 물건은 검진만리가 생전에 즐겨 차던 팔 보호대로서, 진검성의 와해와 함께 뿔뿔이 흩어진 영호가의 후예들이 가져간 몇 안 되는 그의 유품 중에 하나이지. 그런데 오늘 그 용완구를 차고 있는 여성을 보았소. 그 여성은 섬서의 철무림(鐵武林)으로 가는 표행을 습격할 무리의 우두머리이고, 철무림은 진검성의 후예와는 불구대천의 원수와 마찬가지이니 그 여성이 자연히 '영호'라는 성씨를 쓰겠다는 판단이 들더군. 영호가의 몇 명 남지 않은 후예 중에 소저 정도의 나이가 된 여인은 내가 알기로 단 한 명뿐이오."

청년의 설명이 진행될수록 상관충은 경악을 금치 못했고, 영호선은 감탄의 눈빛이 점점 더 짙어졌다.

영호선은 양팔의 긴 소매를 살짝 걷어냈다. 과연 소매 안에서 청년의 말처럼 녹색의 용이 각인된 팔 보호대가 드러났다. 흑편복이나 오골계 같은 문외한이 보기에도 범상치 않아 보이는 물건이었다.

"공자의 말을 듣다 보니 공자가 풍파투도란 말을 믿지 않을 수가 없군요. 다른 추리 과정은 다 이해하겠는데, 대체 제 옷의 긴 소매에 덮여 있던 이 용완구를 어떻게 알아볼 수 있었죠?"

청년은 별것 아니라는 듯 대꾸했다.

"소저가 한 팔로 문을 짚고 들어설 때 소매 안쪽이 보이더군. 그래서 알아보았소."

말은 쉽지만 여간 어렵지 않은 일이었다.

그녀와 상관충은 객잔에 들어설 때 미리 기다리고 있을 사람이 있을까 하는 마음에 객잔 안을 휘휘 둘러보았었다. 그런데 그때 자리에 앉아 있던 풍파투도는 그들에게 눈길 한 번 주지 않았었다. 그런데 그녀의 소매 안을 훔쳐보고 그 안의 용완구까지 파악했다 하니 그의 말이 사실이라면 보통 눈썰미가 아니었다.

영호선은 알겠다는 듯 고개를 끄덕였다.

"좋아요. 그 정도 눈썰미라면 산서성 제일의 도둑이라 해도 믿을 만하겠군요. 상관 아저씨, 이제 일에 대한 얘기로 들어가죠."

아직도 얼떨떨한 표정의 상관충은 영호선의 말에 간신히 정신을 추스르며 세 사람에게 계획을 설명하기 시작했다.

"자네들이 오늘 자시에 태원 야시장에 대기하고 있으면 철무림에서 잡부를 고용하려는 자가 찾아올 것일세. 철무림의 이번 표행은 워낙 중요한 표물을 운반하는 중인지라 지독하게 기밀을 엄수하고 있네. 표행에 참여하는 쟁자수 같은 잡부도 절대 허투루 선발하는 법이 없고, 또 행적을 들키지 않기 위해 지나치는 성마다 마차와 잡부를 바꿔가며 이동 중이지. 이번에 산서성에 들어서서는 가장 믿을 수 있는 동업자에게 행렬에 쓸 마차와 잡부를 구할 텐데, 그게 바로 송 대인일세. 놈들은 송 대인이 우리에게 포섭된지 꿈에도 모를 테지만 애석하게도 놈들이 이번에 기용할 마차의 마부와 쟁자수들은 몽땅 우리가 고용한 자들일세."

"그 얘기는 송 대인에게 이미 들었소. 마부와 쟁자수로 참여하는 자들이 열 명쯤 되는 것으로 아오만 우리만 이렇게 특별히 부른 까닭이 있을 텐데?"

오골계의 말에 상관충은 고개를 끄덕였다.

"있지. 자네들도 표행의 물품이 뭔지는 들었을 걸세. 마차 열 대 분량의 황금! 철무림 놈들이 뺏어간 우리 진검성의 재산 가운데 일부이지. 그것을 탈취하는 것이 목적이긴 하나, 우리가 노리고 있는 것은 그뿐이 아닐세. 정작 중요한 것은 따로 있지."

영호선은 그제야 상관충이 이들에게 따로 지시하려는 사항을 알아차릴 수 있었다.

그녀도 송 대인이 잡부들을 매수하리라는 것까지는 알고 있었다. 그런데 이런 낭인들까지 따로 불러 상관충이 한 번 더 청부를 하는 까닭은 그녀가 이번 일에 참여한 가장 큰 동기와 관련이 있는 듯했다.

'진룡환인검(進龍煥引劍)!'

그녀의 할아버지 영호진의 애병이자 진검성주의 징표와도 같은 물건이었다.

그것을 찾기 위해 그녀와 영호세가의 최정예가 불원천리를 마다않고 이곳 태원까지 철무림의 표행을 쫓아온 것이다. 상관충은 이들에게 그것을 빼앗는 데 있어서 중요한 역할을 맡기려는 모양이었다.

상관충의 그녀의 예상대로 표행 중에 진룡환인검을 담당할 철무림의 책임자 신우량에 대해 세 사람에게 상세히 설명했다.

그녀의 일행은 표행이 태원을 벗어나 서쪽으로 향하다 한 고갯길에 들어설 즈음 습격하기로 계획하고 있었다. 물론 철무림인들도 워낙 고가의 물건을 운반하고 있는 만큼 불시에 닥쳐올 적의 공격에 대비하고 있을 것이 틀림없었다. 그렇기에 영호세가에서는 이런 이중삼중의 작전을 구사하는 것이었다.

"우리가 습격을 해서 놈의 시선을 분산시켰을 때 자네들 셋 정도의 능력이면 능히 놈을 암습하고 검 하나 정도는 훔쳐낼 수 있다고 믿네만. 할 수 있겠나?"

오골계와 흑편복은 자신있게 고개를 끄덕였지만 풍파투도는 아무 말이 없었다. 중인의 시선이 그에게 몰리자 그는 고개를 쳐들고 상관충과 영호선을 쳐다보았다.

"송 대인에게서 그 검을 빼앗으라는 말은 듣지 못했소. 굳이 나에게 그 검을 맡기겠다면 추가 비용을 지불하셔야겠소."

상관충은 인상을 쓰며 말했다.

"자네 이름값에 걸맞는 보수는 미리 약속한 것으로 아네만?"

"그 보수는 어디까지나 송 대인에게 들은 조건에 맞춘 액수요. 그렇게 중요한 물건에 대한 의뢰를 그냥 덤으로 떠맡을 수는 없소."

상관충의 인상이 더욱 험악해질 찰나, 영호선이 끼어들었다.

"보수를 더해주면, 훔쳐낼 자신이 있나요?"

"물론. 다만 그 보수가 어느 정도냐에 따라서이긴 하지만."

영호선은 빙긋이 미소를 지었다. 그녀는 이 눈앞의 기이한 청년에게 이상하게도 믿음이 갔다.

"알겠어요. 그럼 보수를 올려드리죠."

"아가씨, 저런 놈의 요구에 순순히 응대하다 보면 한도 끝도 없습니다!"

풍파투도는 소리친 상관충을 똑바로 바라보았다.

"만일 검을 훔치지 못하면 받은 보수는 모두 돌려드리지."

상관충이 또 뭐라 할 찰나 영호선이 그를 제지하며 말했다.

"됐어요, 아저씨. 이 공자와의 거래는 저에게 맡기세요. 좋아요, 공자. 얼마를 원하죠?"

"돈보다도… 소저의 팔에 차고 있는 물건 정도면 충분하겠소."

용완구를 달라는 말이었다.

상관충은 기가 막혀 하는 얼굴로 소리쳤다.

"말도 안 되는 망발을! 영호 대협의 유품을 네깟 놈한테 넘기라는 거냐, 지금?"

"그것과 진룡환인검 중에 어느 것이 중요한 것인지는 당신도 잘 알고 있을 듯하오만."

그 말에 상관충이 잠시 말을 잇지 못하는 사이, 영호선이 소매를 걷더니 왼팔의 용완구를 빼냈다.

"이걸 달라는 말이군요?"

"그렇소."

영호선은 빼낸 용완구를 주저없이 풍파투도에게 내밀었다.

"아가씨, 무슨 짓을!"

상관충이 말릴 새도 없이 한쪽 용완구는 풍파투도의 손에 넘어갔다.

"한번 공자를 믿어보지요. 진룡환인검을 찾아주기만 한다면 나머지 한쪽도 마저 드리겠어요."

풍파투도도 놀란 표정이었다. 설마 그녀가 일도 시작하기 전에 먼저 용완구를 내밀 줄은 예상치 못한 듯했다.

"순진한 건지 똑똑한 건지 모르겠지만, 어쨌든 사람 잘 보셨소. 난 의뢰주가 지불하는 만큼의 일은 반드시 달성하는 사람이니까."

상관충은 다시 빼앗을 듯한 기세였지만 영호선이 한 번 쏘아보자 더 이상 뭐라 하진 못했다.

모인 사람들은 거사에 대한 구체적 논의에 들어갔다.

논의가 끝난 후 모였던 사람들은 각자의 위치로 해산했다. 그런데 풍파투도가 객잔을 나설 즈음, 한 사람이 그에게 다가왔다. 다가온 사람은 그에게 귓속말로 속닥였고, 풍파투도는 그럴 줄 알았다는 표정으로 고개를 끄덕였다.

*   *   *

한 무리의 표행이 어둠에 싸인 고개를 넘어가고 있었다.

사위가 깜깜하고 지나가는 행인도 없는지라 쟁자수들의 구령 소리도 잦아들었고, 들리는 소리는 또각또각거리는 말발굽 소리와 그에 화답하는 마차 바퀴 굴러가는 소리뿐이었다.

고갯마루에 접어드니 휘영청 밝은 보름달이 표행을 비추었다.

달빛으로 길이 조금 밝아지자 쟁자수들의 발걸음이 가벼워졌고, 말들도 힘이 나는 듯 걸음이 빨라졌다. 그러다 보니 표행은 고개를 올라올 때보다 훨씬 빠른 속도로 내려갔다.

"이보게들, 속도가 너무 빨라."

표행을 지휘하는 무사가 쟁자수들에게 호령했다. 그 말에 다른 마차들은 속도를 조금씩 늦추었지만 가속도가 붙은 선두의 마차는 속도를 죽이기는커녕 더 빨리 내려가고 있었다.

"이봐! 뭐 하는 거야!"

무사들이 낌새가 이상함을 느끼고 서둘러 말을 몰아 선두로 달려갔다.

"어어어! 마차가 안 멈춰져요!"

선두 마차 쟁자수의 다급한 외침이 들려왔다. 제동 장치가 고장이 난 듯, 마차는 점점 더 빠르게 내려갔다.

말 탄 무사들이 따라가며 외쳤다.

"말을 멈춰!"

"안 돼요! 그럼 말이 마차에 깔려요!"

그러는 사이 마침내 제 속도를 이기지 못한 마차의 바퀴 하나가 돌부리에 걸려 부서져 나갔고, 마차는 요란한 소리를 내며 뒤집혀 버렸다.

마차에 깔린 말들이 처절한 비명을 내지르고, 부서진 마차 안에서는 표물들이 쏟아져 나왔다. 말을 탄 무사들은 혀를 차며 부서진 마차를 향해 다가왔다.

그때 갑자기 길가 양옆에서 검은 그림자들이 튀어나와 무사들이 타고 있는 말에 암기를 던졌다.

히히히힝!

요동치는 말 위에서 무사들이 어쩔 줄 몰라 하는 사이, 뒤편 마차들에게도 검은 옷 일색의 복면인들이 달려들었다.

"암습이다! 전원 짐을 지켜라!"

후미에 있던 표행의 책임자, 신우량의 목소리가 우렁차게 울렸고,

그의 호령에 정신을 차린 철무림의 무사들이 일제히 칼을 뽑았다.

그러나 전력의 절반이 사고를 당한 첫 번째 마차 부근으로 몰려간 상태에서 암습자들이 사고 난 마차와 표행 사이를 딱 끊고 들어온 것이 문제였다. 전력이 둘로 분산되니 효율적인 진세 구축이 어려웠다.

신우량의 지휘 하에 남은 무사들은 견고한 방어 태세를 구축했으나 암습자들의 무력이 만만치 않았다. 전투가 이어지자 철무림 쪽에서 먼저 하나둘씩 쓰러지기 시작했다.

'본 련의 최정예들에 맞서 전혀 꿀리지 않는 놈들이라니! 대체 어느 세력에서 왔기에?'

신우량은 놀라면서도 침착함을 잃지 않았다.

"모두 마차를 등지고 수비에 전념하라! 전위의 동료가 중간의 놈들을 끊고 들어오기만 하면 승산은 우리에게 있다!"

그의 독려에 힘입어 철무림 무사들이 다시 전의를 가다듬을 무렵, 복면인들의 공격 형태도 바뀌었다. 신우량이 지휘자인 것을 알아본 듯, 그가 있는 후미 쪽에 공격을 집중하기 시작했다.

복면인 중 선두에 선 자가 신우량에게 검을 겨누었다.

"그대가 신우량인가?"

"그렇다! 네놈은 누구냐?"

"알 것 없고, 진룡환인검을 내놓아라!"

그 말과 함께 검이 날아왔다.

신우량은 검을 받으며 비웃음을 날렸다.

"감히 진룡환인검이 있는 것까지 알면서 우리에게 덤볐더란 말이냐?"

신우량의 여유로운 태도에 복면인은 일순 흠칫했다.

"무슨 뜻이냐?"

신우량은 턱짓으로 바로 옆의 마차를 가리키며 말했다.

"그 검은 안에 있다. 갖고 싶으면 직접 들어가 가져가라."

그러면서 길까지 터주는 신우량이었다.

복면인은 그의 의중을 파악하는 듯 신중한 자세로 그와 마차를 번갈아 보더니 다른 복면인들에게 손짓을 했다. 그의 신호를 받은 두 명이 마차로 신속하게 다가갔다. 둘 중 하나가 마차 문을 열려고 손을 대는 순간,

펑!

"욱!"

마차 문이 안에서 터져 나온 광풍에 박살이 나며 복면인까지 그 바람에 휩쓸려 넘어져 버렸다. 그러더니 마차 안에서 한 사람이 튀어나오며 우렁차게 광소를 터뜨렸다.

"아하하하하하! 웬 쥐새끼냐!"

튀어나온 자는 산만한 덩치에 사자코가 인상적인 장년인이었다. 그는 착지하자마자 들고 있던 커다란 칼로 가까이 있던 복면인을 내려쳤다.

복면인은 검을 들어 막았으나 장년인의 칼은 그 검을 박살 내고도 멈추지 않고 계속 전진하여 복면인까지 두 쪽을 내버렸다.

신우량과 마주하고 있던 복면인, 상관충은 그제야 그의 정체를 알아차리고 나직이 신음성을 냈다.

"개산도 막광! 저자가 이 표행에 꼈을 줄이야……!"

개산도 막광은 철무림의 십이 장로 중에 한 명으로, 덩치에 걸맞지 않게 빠른 신법과 쾌도를 겸비한 막강한 고수였다.

상관충의 낯빛은 침중해졌다. 신우량만 처리하면 수월하게 표행을 털 수 있을 거라 생각했는데, 개산도 막광까지 껴 있다면 얘기가 달라

진다.

"신 당주! 자네는 마차나 지켜!"

마차를 신우량에게 맡긴 막광은 거침없이 상관충에게 달려들었다.

"어딜!"

매섭게 다가오는 막광의 칼을 상관충은 뒤로 한 발 물러나며 막아냈다.

"호오, 이것 봐라? 쥐새끼 중에도 쓸 만한 놈이 있군 그래?"

막광은 감탄사를 연발하면서도 쾌도를 구사하여 상관충을 압박했다. 상관충은 밀리면서도 수비 태세를 공고히 하여 그의 공세를 막아내었다.

그러나 막광은 곧 그의 의도를 알아챘다. 수비 태세로 시간을 끌어 철무림인 중 최고수인 자신을 홀로 붙들어놓으려는 속셈이라는 것을.

"네 잔머리 굴리는 소리가 여기까지 들리는구나!"

막광은 싸우다 말고 한마디 외치더니 갑자기 뒤쪽으로 몸을 돌려 다른 복면인들에게 달려갔다.

"게 섯거라!"

상관충이 쫓아갔지만 그는 곧 신우량의 지시를 받은 철무림인들에게 막혔고, 그사이 막광은 빠른 신법과 쾌도를 번득이며 복면인들을 도륙하기 시작했다.

팽팽하던 대치 상황은 그의 참여로 인해 철무림 쪽으로 분위기가 넘어가 버렸다.

'제길, 다음 안배를 쓸 수밖에 없겠군!'

힘으로써 제압하는 것이 불가능해졌다는 것을 깨달은 상관충은 들고 있던 검을 하늘 높이 번쩍 치켜 올렸다.

그가 검을 올리니 후미에 있던 세 대의 마차가 갑자기 움직이기 시작했다.

"무, 무슨 일이냐!"

이제껏 침착함을 유지하던 신우량의 당황스런 목소리가 울렸다. 그 외침이 채 꺼지기도 전에 뒤의 두 마차가 길을 벗어났고, 세 번째 마차가 갑자기 몰려든 복면인들의 비호를 받으며 고개 쪽으로 방향을 틀기 시작했다.

세 번째 마차는 다름 아닌 막광이 튀어나온 마차였다.

"이런 제기! 마부 놈들이 한패로구나! 모두 공격! 저 마차를 빼앗기면 안 된다!"

신우량은 버럭 고함을 지르며 방향을 틀고 있는 마차를 향해 몸을 날렸다. 그러한 그를 상관충이 막아섰다. 두 사람이 대치하는 사이 마차는 완전히 방향을 선회했고, 뒤의 두 마차가 비켜준 길을 나아가기 시작했다.

"네 이놈들!"

신우량의 발이 묶였지만 아직 막광이 남아 있었다. 전위까지 나아갔다가 후미의 상황이 긴박함을 깨닫고 뒤늦게 돌아온 그는 진로를 막아서는 복면인들을 도륙하며 마차로 달려들었다.

마차 위의 어자석으로 솟구친 그는 고삐를 놓고 칼을 빼 드는 마부의 목을 일도에 날려 버렸다.

그 순간 마차 안에서 두 사람이 동시에 튀어나왔다. 쟁자수 차림의 둘은 여섯 자쯤 되어 보이는 목갑을 들고 달려 나갔다.

"이놈들 어딜 달아나느냐!"

막광은 사자후를 터뜨리며 마차 지붕을 밟고 날아올랐다. 장장 칠 장을 날아간 그는 달아나는 둘을 건너뛰어서 그 앞을 가로막았다.

"죽어라!"

목갑을 들지 않은 놈이 어디다 숨겼었는지 모를 낫 두 개를 꺼내 달려들었다. 기이한 각도로 휘둘러 대는 모습이 제법 위협적이긴 했으나 막광에게는 그저 코웃음 거리일 뿐이었다.

이 초 만에 그를 두 동강 내버린 막광은 그사이를 틈타 그의 옆을 빠져나가는 목갑 든 놈을 쫓아가 발목을 걸어차 버렸다.

그가 쓰러진 놈을 향해 다가서는 찰나, 어느 틈에 다가왔는지 호리호리한 몸매의 복면인이 앞을 막아섰다.

"건방진!"

막광이 비웃음과 함께 내지른 칼을 의외로 복면인은 쉽사리 막아냈다.

"호오?"

막광은 뜻밖이라는 탄성을 지르며 복면인을 향해 쾌도를 난사했다. 복면인은 가냘픈 체구에도 불구하고 그의 빠르고 강한 칼질을 끈질기게 막아내며 목갑 든 자를 엄호했다.

그러는 사이 철무림인들이 복면인들을 뚫고 후위로 다가오기 시작했다. 막광의 한바탕 활약으로 인해 세가 꺾인 복면인들은 조금씩 힘이 부치는 듯 철무림의 공세에 한 발 한 발 밀리고 있었다.

지원군이 다가오는 것에 힘을 얻은 막광이 공세를 더욱 강화하자 그의 상대는 점차 힘겨워하는 모습이 역력했다.

신우량 등과 싸우며 서서히 후퇴하여 후위까지 내려온 상관충이 그 광경을 보더니 다급한 전음성을 날렸다.

"아가씨, 아무래도 이 작전은 실패입니다. 검을 포기하고 후퇴하세요!"

전음을 들은 복면인, 영호선은 입술을 꼭 깨물었다.

'어떻게 얻은 기회인데… 이런 식으로……'

그녀는 눈앞에 할아버지의 애병을 두고 물러나야 한다는 현실이 못내 원망스러웠다. 그리고 싸움 전에 그토록 신뢰를 주었는데도 불구하고 지금껏 코빼기도 보이지 않는 한 사내가 또 더없이 원망스러웠다.

'대체 어딜 간 거지? 설마 겁이 나서 달아난 걸까? 내가 사람을 잘못 보았나?'

정신이 조금 분산된 사이 막광의 도가 날카롭게 파고들었다. 그녀는 부지불식간에 한 발 후퇴하며 간신히 그의 칼을 막아냈다. 그런데 막광은 그녀가 물러서는 것을 노린 듯, 몸을 빠르게 회전시키더니 막 달아나려는 목갑 든 사내를 향해 칼을 내질렀다.

"욱!"

목갑 든 사내, 오골계는 단발마의 비명과 함께 무너져 내렸고, 목갑은 땅바닥에 떨어져 반으로 쪼개졌다. 쪼개진 목갑 사이로 비단에 싸인 고색창연한 검 한 자루가 굴러 나왔다.

'진룡환인검!'

그토록 갈망하던 검이 모습을 드러내자 영호선은 급한 마음에 발을 굴려 검에게로 다가갔다. 그러나 검 앞에는 막광이 있었다. 그는 급하게 다가오는 그녀를 향해 옳다구나 하고 칼을 휘둘렀다.

뒤늦게 상황을 깨달은 그녀가 다급히 날아오는 칼을 받았지만 이미 중심이 무너진 상황, 연이어 날아온 막광의 삼 연격에 견디지 못하고 그녀는 그만 칼을 놓치고 말았다.

"이제 죽어라!"

막광의 칼이 무방비 상태가 된 그녀의 목을 향해 날아왔다.

지닌 바 공력은 뛰어나나 아직 실전 경험이 전무한 영호선은 검을 놓치고 나자 눈앞이 캄캄해졌다. 어쩌지도 못하고 다가오는 칼을 멍하니 바라보는 순간, 누군가가 등 뒤로 다가와 한 팔로 그녀의 목을 감고 뒤로 잡아끌었다.

그녀를 잡아끈 자는 날아오는 칼을 향해 다른 한 팔을 내밀었다. 내민 팔의 걷어진 소매 밖으로 녹색의 용 한마리가 튀어나와 그녀의 눈앞을 가로막았다.

깡!

칼과 용이 충돌하며 불꽃이 튀었고, 칼과 부딪친 것이 팔이 아닌 바위라도 되는 듯한 소리가 울렸다. 칼을 막아낸 팔은 정지한 도신을 잡아챌 듯 움직였고, 막광은 재빨리 칼을 잡아 빼며 훌쩍 뒤로 물러섰다.

"이건 또 뭐야?"

막광은 놀라며 외쳤다. 자신의 일격을 팔로 막아내는 놈이 나타나리라고는 전혀 예상치 못했기 때문이었다.

"풍 공자!"

고개를 돌려 자신을 안은 사람의 얼굴을 알아본 영호선이 놀라 외쳤다.

풍파투도는 쓴웃음을 지으며 말했다.

"내 성은 풍이 아니라 장이오. 풍파투도는 별명이고."

그 말에 복면 안에 감추어진 영호선의 얼굴이 붉게 달아올랐다.

그녀가 뭐라 대꾸할 새도 없이 막광이 다시 달려들었다.

풍파투도는 그녀의 전면으로 나서며 두 팔을 떨궈냈다. 그러자 예닐곱 개의 표창이 막광을 향해 날아들었다.

"훗! 같잖은 암기꾼이냐!"

막광은 비웃으며 날아오는 표창을 모두 쳐냈다.

다만 그중에 하나는 쳐내지 못했는데, 그것은 그를 향해 날아온 것이 아니라 그의 앞 땅을 향해 날아와 굳이 막을 필요가 없었기 때문이다.

그런데 막 땅에 박힐 듯하던 표창은 갑자기 휙 꺾어지더니 근처에 떨어져 있던 진룡환인검을 쓸고 지나갔다. 한데 표창이 지나가자마자 진룡환인검이 갑자기 공중으로 치솟더니 표창과 함께 풍파투도의 손으로 날아들어 가는 것이었다.

막광은 어리둥절한 표정으로 풍파투도가 진룡환인검을 영호선에게 건네는 것을 보다가 뭔가 깨달은 듯 입을 열었다.

"승표?"

표창 뒤에 끈이 달리지 않고서야 땅바닥에 떨어져 있던 검이 낚시에 걸린 고기처럼 공중으로 치솟을 까닭이 없었다. 놈은 여섯 개의 표창으로 자신을 현혹시킨 다음 잘 보이지 않는 끈이 달린 표창—승표—으로 검을 낚아 올린 게 틀림없었다.

"재미있는 놈이로구나!"

막광은 호탕한 외침을 내지르며 풍파투도에게로 달려들었다.

풍파투도는 다시 소매를 떨쳐 냈고, 역시 일곱 개의 표창이 쏟아져 나왔다. 막광은 달려들면서 하나하나 표창을 쳐냈는데, 낮게 깔려오던 표창 두 개가 갑자기 방향을 전환하면서 그의 칼에서 벗어나더니 그의 발목을 휘감았다.

"한 번 본 수법에 당할 줄 알았나?"

막광은 공중으로 뛰어올랐다. 놈이 던지는 표창 중에 승표가 있다는 것을 이미 알고 있었기에 기이막측한 표창의 변화지만 당황할 그가 아니었다.

날아오른 그는 공중에서 풍파투도의 머리 위로 떨어지며 일도를 내리찍었다.

산을 쪼갤 듯한 기세로 날아드는 그의 칼이 머리 위로 떨어지는데도 풍파투도는 피할 생각을 하지 않았다.

그는 두 팔을 머리 위로 들어 올려 십자로 교차했다.

깡!

굉음이 울리고, 내리찍는 힘을 감당하지 못한 풍파투도의 한쪽 무릎이 끓려졌다.

위에서 떨어져 내리며 누르는 힘을 가일층 더하려던 막광은 갑자기 코로 들어오는 비릿한 내음을 맡았다.

'독!'

그는 얼른 숨을 멈추고 칼에서 힘을 빼며 바닥에 착지하자마자 뒤로 물러섰다. 과연 풍파투도의 머리 위로 옅은 분홍색 연기가 모락모락 올라가고 있었다.

"비겁한 놈! 제법이라고 생각했건만 고작 쓰는 것이 독이더냐!"

막광의 외침에도 풍파투도는 아랑곳하지 않았다.

"생사가 갈리는 전투에서 싸움 도구를 가리는 것 자체가 우습다고 생각하지 않나?"

막광은 딱히 반박할 말도 없는 듯 그저 그를 노려보기만 했다.

장내의 상황은 정리가 되고 있었다. 막광이 영호선과 풍파투도에 묶인 사이 복면인들은 맨 뒤에서 빼돌린 두 대의 마차를 엄호하며 후퇴하고 있었다. 철무림인들도 사상자가 적지 않은 터라 남은 여덟 대의 마차를 지키고 있을 뿐 추격할 생각은 하지 않고 있었다.

막광은 머리가 어지러운 것을 느꼈다. 아무래도 독을 조금 들이마신 듯하여 도망치는 놈들을 잡으려 쫓아갈 의욕이 생기지 않았다.

막광이 이상한 낌새를 알아채고 서서히 다가서는 철무림인들을 향해 풍파투도는 손을 한 번 휘저었다. 그러자 이번에는 허연 안개가 그의 주변을 덮었다.

"다가가지 마라! 독이다!"

막광의 외침에 철무림인들은 걸음을 멈추었고, 풍파투도는 몸을 돌려 떠나가는 복면인들과 합세했다. 맨 뒤에서 기다리는 영호선에게 다가가던 풍파투도는 문득 걸음을 멈추더니 막광에게로 고개를 돌렸다.

"주변에 독을 잘 아는 사람이 있으면 가서 홍미분과 백미분에 대해 물어봐라."

독에 중독되어 표정이 굳어 있던 막광은 기꺼워하는 얼굴로 크게 고개를 끄덕였고, 풍파투도는 그 모습을 보고는 빙긋이 웃으며 사라졌다.

영호가의 표행 습격은 결과적으로 소기의 성과는 거둔 셈이 되었다. 마차 두 대분의 황금을 훔쳤고, 무엇보다도 진검성의 상징이나 다름없는 진룡환인검을 되찾았기 때문이다.

그러나 송 대인에게 고용되었던 잡부들은 싸움 과정에서 대다수가 죽임을 당했고, 단 두 명만이 살아남았을 뿐이었다.

그중에 한 명, 풍파투도는 상관충에게서 약속한 포상금을 받은 후 영호가의 대열에서 빠져나왔다.

한 반 각쯤 걸었을 때, 그는 뒤를 쫓아오는 발걸음을 느꼈다.

돌아보니 언제 따라왔는지 영호선이 달려오고 있었다.

그녀는 숨을 조금 헐떡이며 그에게로 다가왔다.

"잠깐만요, 장 공자. 아직 끝나지 않은 거래가 있잖아요?"

풍파투도는 쓴웃음을 지었다.

"보수는 약속한 대로 다 받았소만."

"아직 이게 한쪽 남았잖아요."

영호선은 한 팔 소매를 걷고 용완구를 내밀었다.

풍파투도는 고개를 저었다.

"검을 빼앗는 데 내가 최선을 다하지 않았다는 것을 소저도 알고, 나도 아오. 결국 검을 취득한 게 나이긴 하나 소저가 내가 지금 차고 있는 용완구를 다시 달라 해도 거부할 수 없을 만큼 불성실한 과정이었소. 그러니 하나씩 나눠 가지는 것으로 서로 만족합시다."

영호선은 그 말에 아무 대답 없이 물끄러미 풍파투도를 바라보았다. 그녀의 순수하고도 깊은 눈이 풍파투도의 번득이는 눈과 마주쳤다.

잠깐의 시간이 흐른 후, 영호선은 시선을 유지한 채 입을 열었다.

"이유가 있었겠죠. 물어보면 가르쳐 주실 건가요?"

"별것 없었소. 그저 흑편복과 오골계가 그쪽 마차를 맡았고, 난 다른 쪽에 있었기 때문이오. 그자들이 검을 맡았으니 난 다른 임무에만 신경 쓰면 될 거라 생각했었지."

계속 시선을 마주하던 풍파투도였지만 대답할 때는 그녀의 눈을 슬쩍 피했다. 영호선은 뭔가 더 말하려다 말고 입을 다물었다.

"좋아요. 공자의 말대로 해요. 한 짝씩 나누기로 하죠. 대신 이렇게 해요. 청부가 아직 완전히 이행되지 않은 것으로."

"무슨 뜻이오?"

"공자가 그랬잖아요. 공자는 청부자가 지불한 만큼의 일은 반드시 이행한다고. 전 분명히 용완구 두 짝어치의 일을 청부했는데, 공자는 공자 말대로 한다면 한 짝어치의 일밖에 하지 않았어요. 그러니까 나중에, 제가 남은 한 짝어치의 청부를 하면 그때 그 일을 군말없이 이행해 주시면 돼요."

풍파투도는 난감한 표정을 지었다.

"그러지 말고 부탁할 게 있으면 지금 하쇼. 난 시간 질질 끌면서 거래하는 것은 딱 질색이오."

영호선은 혀를 내밀었다.

"어림없어요. 공자가 청부 이행이 불성실했으니까 다음 청부는 제 마음이에요. 용완구 한 짝의 가치를 지니는 청부가 생길 때까지 공자는 기다려야 해요."

더 말해 봐야 영호선의 고집이 꺾일 것 같지 않자 풍파투도는 두 손을 들었다.

"맘대로 하시오! 다만 나는 조만간 산서성을 떠날 거요. 청부를 부탁할 시기는 그대 마음대로 정해도 좋지만 세월이 흐른 후에 날 찾기는 쉽지 않을 거요."

"그건 걱정하지 마세요. 공자와 전 반드시 다시 만나게 될 테니까."

영호선은 눈을 반짝이며 말했다. 그런 그녀를 떨떠름하게 바라보던 풍파투도는 한 손을 휘저으며 몸을 돌렸다.

"알겠소. 그럼 나중에 봅시다."

떠나는 그를 영호선이 다급히 불렀다.

"잠깐만요. 공자 이름은 말해 주고 가야 나중에 찾죠!"

풍파투도는 뒤도 돌아보지 않고 대꾸했다.

"건이요, 장건!"

"장건, 장건."

영호선은 멀어져 가는 그의 뒷모습을 바라보며 잊지 않으려는 듯 그 이름을 되뇌었다.

태원 뒷골목의 허름한 객잔.

풍파투도와 영호선 등이 처음 만났던 장소였다. 장건은 객잔에 처음 왔을 때와 같은 자리에 앉아 있었다.

자리에 앉은 지 얼마 안 되어 그가 기다리던 자가 문을 열고 들어왔다.

"오래 기다렸나?"

"온 지 얼마 안 됐소."

장건의 맞은편에 앉은 상관충은 은밀한 목소리로 말했다.

"그래, 부탁한 물건은 취득했나?"

장건은 품속을 뒤져 두루마리 하나를 꺼내어 건넸다.

"여기 있소."

"과연!"

상관충은 두루마리를 펼쳐 보고는 감탄을 금치 못했다.

"그래, 바로 이거야. 철무림과 협착한 탐관오리들의 명부! 이놈들의 비리를 쥐어짜면 철무림 놈들의 숨통을 조일 수 있지. 신우량이란 놈 지금쯤 얼굴이 새파래져 있겠어! 후후후후."

상광충이 웃는 모습을 보던 장건은 의아한 듯 물었다.

"어째 진룡환인검 얻었을 때보다 더 좋아하는 것 같소?"

"당연하지! 진룡환인검이 진검성의 상징 같은 물건이긴 하나 이제사 그걸 찾아봐야 큰 소용도 없어. 성이 무너질 때 이미 그 권위도 함께 무너진 물건일 뿐, 그걸 가지고 있다고 하여 누구 하나 인정해 주는 사람은 없을 걸세. 그저 영호 대협의 옛 추억에 젖어 있는 감상적인 자들이나 눈물을 흘리며 기뻐하겠지."

상관충은 감탄한 얼굴로 장건을 보았다.

"송 대인에게 들을 때만 해도 긴가민가했는데, 정말 대단하군. 신우량이 일개 당주에 불과하긴 하나 철무림에서 서열 이십위 안에 드는 강자인데, 그자의 품에서 이러한 기밀 서류를 감쪽같이 빼낼 줄이야. 놈이 이 서류가 빼돌려진 것을 알았다면 결코 우리가 떠나가도록 놔두지 않았을 걸세. 정말 대단해!"

그의 칭찬에도 장건은 별다른 표정 변화가 없었다.

"그쯤 하고 약속한 보수나 마저 주구려."

상관충은 그의 뻐딱한 태도가 마음에 들지 않는 듯 인상을 쓰면서도 품 안에서 주머니 하나를 꺼내어 내밀었다.

장건이 주머니를 받아 펼쳐 보니 묵직한 금원보 다섯 개가 들어 있었다.

"마차에서 빼낸 거요?"

"애석하게도 우리가 취득한 두 대의 마차에는 별게 없었네. 마차 하나에 금원보가 가득한 목갑 하나가 있긴 했으나 예상에 비해서는 양이 좀 적더군."

"그거 안됐구려."

"괜찮네. 금괴보다 더 중요한 것을 얻었으니. 그나저나 자네, 우리 아가씨가 쫓아가서 뭐라 하는 것 같던데, 무슨 얘기를 나눴나?"

"별것 없었소. 그건 왜 묻는 거요?"

장건의 퉁명스러운 대꾸에도 불구하고 상관충은 능글맞은 표정으로 말을 이었다.

"둘 사이가 심상치 않은 듯해서 말이지. 어때? 우리 아가씨가 마음에 들면 영호가로 들어오지 않겠나? 자네 정도의 실력이면 제법 좋은 자리를 약속하지. 또 아나? 영호가에서 활약하다가 아가씨와 잘되어서 사위라도 될 수 있을지?"

장건은 뜻밖의 얘기를 늘어놓는 상관충의 얼굴을 탐색하듯 살폈다.

"말을 너무 함부로 하는군. 당신 상관에 대해 그런 식으로 말해도 되오? 당신 아가씨 정도 되면 나같이 출신도 알 수 없는 놈과 함부로 붙일 신분이 아닐 텐데. 다른 사람도 아니고 가신인 당신이 그렇게 사위 운운할 수가 있나?"

힐난에 가까운 장건의 말에도 상관충은 능글맞은 표정을 풀지 않았다.

"그리 퉁명스럽게 반응할 것 없네. 우리끼리 있는 자리이니 이런 말도 하는 것이지. 왜, 우리 아가씨가 마음에 안 드나?"

장건은 고개를 저었다.

"아니, 마음에 들긴 하더군."

"호오, 그래? 그럼 내 제의를 받아들이지 그러나?"

"내가 마음에 든다 하는 것은 그런 뜻이 아니오. 같이 일하는 사람으로서 마음에 들었다는 뜻이오. 이제껏 많은 청부 거래를 했지만 당신 아가씨처럼 먼저 상대방을 믿고 신뢰하는 거래자는 처음이었소. 그러한 태도가 나로 하여금 당신의 지시 이상의 일을 하게 만든 이유였지."

"오라, 그랬군."

상관충은 알겠다는 듯 고개를 끄덕였다.

원래 풍파투도를 그가 고용한 목적은 순전히 신우량이 갖고 있을 이 명부를 빼돌리는 데 있었다. 무림고수의 품 안에서도 물건을 훔칠 수 있는 놀라운 도적이 있다는 얘기를 듣고 송 대인에게 부탁하여 그를 고용했던 것이다. 그와 만나는 자리에 영호선이 갑자기 끼는 바람에 엉뚱하게 진룡환인검을 찾는 데까지 그가 동원되었지만 상관충은 뒤늦게 그를 다시 불러 명부에만 전념하라고 명령했었다. 영호선은 진룡환인검이 가장 중요했지만 상관충은 명부가 그 이상으로 중요했기 때문이었다.

풍파투도는 그의 명령을 잘 이행했는데 뜻밖에 영호선을 도와 진룡환인검까지 탈취하는 성과를 올렸다.

"어쨌거나 아가씨가 마음에 드는 게 사실이면 우리 세가로 들어오지 그래. 그렇게 믿음을 주는 상관 밑에 있으면 행복하게 일할 수 있을 걸세."

장건은 고개를 저었다.

"그런 상관만 있으면 행복하겠지. 그러나 그 상관 밑에 당신같이 상관을 속이는 음흉한 자가 있다면 이간질당하고 누명을 쓸 수도 있으니, 갈 마음이 영 없어지는데."

상관충의 표정이 딱딱하게 굳어졌다.

"그게 무슨 뜻이지?"

"무슨 뜻이긴. 영호 소저가 이 일의 주재자임에도 불구하고 당신은 이 명부 취득 건을 그녀에게 숨겼다. 어쩌면 여기 참여한 영호가의 모두에게 숨기고 있을지도 모르지. 그렇지 않다면 내게 따로 와서 그런 부탁을 할 리가 없지 않나?"

"훗, 말을 함부로 하는 놈이군. 애석하게도 반은 맞고, 반은 틀렸다. 내가 아가씨를 본의 아니게 속인 것은 사실이나 이 명부 취득건은 가주께서 직접 비밀리에 내게 지시하신 것이다. 그렇기에 어쩔 수 없이 숨긴 것일 뿐, 다른 의도는 전혀 없다."

"그러시겠지. 나야 당신이 하는 말밖에는 사실을 알 수가 없으니까."

상관충은 더 말하고 싶지 않다는 듯 자리를 박차고 일어섰다.

"쓸 만한 놈이라고 생각했건만 성격이 너무 삐딱하구나. 우리 영호가는 마음이 올곧은 자를 선호하지. 이만 가보겠다."

상관충이 객잔을 나서는 것을 보며 장건은 중얼거렸다.

"글쎄, 그 말이 사실이라면 당신이 가장 부적합한 인물일 것 같은데."

장건도 떠나려는 듯 자리에서 일어섰다. 탁자 위에 놓인 금원보 주머니를 챙겨 나서려던 그는 잠시 멈칫하더니 다시 탁자 끄트머리에 걸터앉았다.

그는 손에 잡은 금원보를 가만히 바라보며 피식 웃었다.

"왜 전표를 주지 않고 가지고 다니기 불편한 금원보를 줬는지 이제야 알겠군. 전표는 자칫 싸우다 찢어질 수가 있으니까. 안 그런가, 여러분?"

누굴 대상으로 하는 말인지 알 수 없었으나, 그 말을 들은 듯한 자들이 곧 등장했다. 객잔 문이 부서져 나가면서 십여 명의 칼 찬 사내들이 우르르 몰려 들어왔다.

"살인멸구인가. 상관충은 정말 좋은 놈이 아니군."

장건은 앞에 놓인 탁자를 뒤집어 칼 찬 사내들 쪽으로 뒤엎었다. 사내들이 탁자를 피하느라 주춤하는 사이 그의 소매에서 하얀 가루가 확 뿌려져 나왔다.

"조심해! 놈은 독을 쓴다고 했다!"

희뿌연 가루는 온 객잔에 가득 찼고, 사내들은 두려운 빛을 띠며 소매로 입을 막고 연기를 피하려 뒷걸음질쳤다. 그러는 사이 장건은 옆 탁자로 뛰어올라 손을 공중으로 내뻗었다.

와직!

그의 소매 속에서 검은 물체가 튀어나왔고, 그 물체는 나무로 된 천장을 부서뜨리며 하늘로 솟구쳤다.

"상관충에게 나중에 이 빚은 꼭 갚아주겠다고 전해라."

장건은 공중 부양이라도 하듯 천장으로 떠올라가 검은 물체가 낸 구멍을 통해 지붕으로 사라졌다. 사내들은 흰 가루가 무서워 접근도 못하고 발을 동동 구를 뿐이었다.

"이런 제기! 하필 지붕 위라니! 빨리 밖으로 나가!"

사내들의 수장이 고함쳤다. 그들은 장건이 도망칠 것을 대비해 뒷문이나 창문 등의 퇴로에 매복자를 숨겨두고 있었다. 그런데 장건은 매복자들이 있는 곳으로 갈 생각을 안 하고 예상치 못한 지붕을 뚫고 나간 것이다.

사내들이 다급히 객잔 밖으로 뛰쳐나가니 매복하고 있던 동료들이 멀거니 서 있는 것이 보였다.

"놈은?"

매복자들은 손가락으로 한쪽 방향을 가리켰다. 그들이 가리킨 저 멀리에는 판자촌의 다닥다닥 붙은 지붕과 지붕 사이를 타고 날아가는 장건의 모습이 보였다.

사내들이 닭 쫓던 개꼴을 하고 있을 때, 객잔 안에서는 주인인 왕 서방이 욕지거리를 내뱉고 있었다.

"개 같은 놈들! 밥값이 없으면 없다고 사실대로 말하면 좀 좋아? 꼭 천장까지 뚫고 도망을 쳐야 해?"

툴툴거리던 그는 객잔 안을 자욱하게 덮고 있는 흰 연기를 들이마시고는 연신 기침을 해댔다.

"콜록콜록! 대관절 어떤 미친놈이 밀가루를 이리 뿌려댄 거야?"

제4장
장건, 비처(秘處)를 찾다

장건, 비처(秘處)를 찾다

　　　　　　후예들이여, 이 책을 읽고 나에 대한 생각이
바뀌었다면 나의 도법을 찾으러 오라. 당가의 도법은 결코 암기와 용독에
비해 하급의 수법이 아니다. 내가 완성한 비천십삼도(飛天十三刀)를 터득
할 수 있다면 본 가는 당대제일의 무가로 발돋움할 수 있다. 부디 내 도법
을 외면하지 말고 내가 죽어서라도 젊은 날의 과오를 조금이나마 보상할
수 있게 해주기 바란다.

　　　　　　　　　　ー혼돈지서 최종장 별지(別紙)에서 발췌.

　장건은 바람이 휘몰아치는 절벽 끝에 서 있었다.

　신중히 절벽 아래를 바라보던 그는 이윽고 마음을 정한 듯 절벽 가
의 큰 나무에 묶어놓은 밧줄을 단단히 붙잡았다. 그리고 밧줄에 몸을
의지해 서서히 절벽 아래로 내려가기 시작했다.

한참을 내려간 장건은 마침내 자신이 원하는 장소를 발견했다. 절벽 중간에 뻥 뚫려 있는 동굴.

장건이 매달린 밧줄과 동굴과는 약간의 거리가 있었다. 그는 절벽을 발로 차 밧줄에 반동을 주었다. 밧줄이 움직이며 좌우로 흔들리기 시작했다. 움직이는 외중에 발을 몇 번 더 차 반동에 힘을 가하자 흔들리는 폭은 더욱 커졌다. 흔들리던 밧줄이 우측의 동굴과 최대한 근접했을 때, 장건은 밧줄을 던지며 몸을 날렸다.

그의 신형은 삼장을 날아 동굴 입구에 안착했다. 발을 쓰지 않고 흔들리는 운동력을 이용해 몸놀림으로만 삼 장을 이동하는, 혼돈지서에서 익힌 탈영보(脫影步)의 수법이었다.

장건은 거침없이 동굴 안쪽으로 들어갔다. 길고 깊숙한 동굴 내부를 한참 들어간 그는 마침내 목적지에 도달했다.

직경이 십 장쯤 되는 큰 동공이었다. 자연적으로 발생한 동공이었으나 곳곳에 사람의 흔적이 보였다. 특히 벽에 무수히 새겨진 칼자국. 누군가가 연공실로 사용하던 장소였다.

장건은 화섭자를 켜고 주변을 샅샅이 살폈다. 동공에서 안쪽으로 이어진 작은 통로가 보였다. 그 안으로 들어가자 돌로 된 침상과 탁자, 의자가 나타났다. 그가 찾고 있는 사람이 살던 장소임이 틀림없었다.

장건은 탁자 위에 아무렇게나 굴러다니고 있는 양초를 집어 세우고 화섭자의 불을 옮겨 붙였다. 그리고 의자에 앉아 탁자 위에 놓여 있는 몇 권의 책을 집어 들었다.

장건은 맨 위에 올려져 있던 책을 보고는 눈을 반짝였다.

비천도(飛天刀).

비천도라는 도법을 서술한 책이었다. 나머지 세 권의 책도 모두 비천도와 관련된 비급이었다. 비천도법 주해(註解), 비천도 심결 주해, 비천십삼도.

장건은 첫 번째 비급의 첫 장을 펼쳤다. 그러자 그 안에서 뜯어진 종이 한 장이 팔랑거리며 떨어져 내렸다.

그것을 주워서 펼친 장건의 눈이 커졌다. 종이에는 갈색의 글씨가 가득했다. 군데군데 번져 있는 것으로 보아 급히 쓴 것임이 틀림없었고, 게다가 글씨가 먹으로 쓴 게 아니라 피로 쓴 거였다.

혈서(血書)의 내용은 충격적이었다.

검진만리 영호진은 병으로 죽은 게 아니었다. 놈의 손에 살해당한 것이 틀림없다.

놈과 놈의 수하들이 내 거처로 들이닥치는 순간 그 사실을 직감할 수 있었다. 혼돈지서를 마음 편히 집필할 수 있도록 영호진이 배려해 준 나의 비밀 거처를 아는 사람은 영호진 본인과 진겁성에서 항상 자료를 가져다주는 소명후란 무사뿐이다. 영호진이 죽었으니 천하에 내 거처를 아는 사람은 소명후 한 사람뿐일진데, 그는 입이 가벼운 사람이 아니다.

영호진이 죽은 지 얼마 안 된 이 시점에서 기다렸다는 듯이 여기를 들이닥쳤다는 것은 우리 둘을 쓰러뜨리고 천하제일인으로 나서겠다는 놈의 계획이 얼마나 치밀한지를 단적으로 보여주는 것이라 할 수 있겠다.

놈의 명을 받은 진겁성의 무사들이 온 산을 둘러싸고 있다. 조만간 이곳까지 들이닥칠 것이다.

승산은 장담하기 어렵다. 첫 대결에서 놈에게 입은 상처가 너무도 크다.

놈의 현음검법은 영호진에 버금가는 실력이었다. 상처가 심하여 아마도 놈과 싸우기 전에 수하들에게 죽임을 당할 것 같다.

나가면서 동굴의 입구를 무너뜨리겠다. 훗날 혼돈지서를 읽고 벼랑의 비상통로로 이곳을 찾을 연자(然者)여, 그대가 당문의 후예이길 바라지만 혹시 그렇지 않더라도 혼돈지서를 익힌 인연에서라도 나의 마지막 부탁을 들어다오.

진검성의 지배자를 쓰러뜨려라. 천하에서 그를 상대하여 건곤일척의 승부를 벌일 수 있는 자는 오로지 혼돈지서를 익힌 그대뿐이다.

여기까지 도망쳐 오기 직전 늙고 병든 나를 보고 방심하던 놈에게 비천십삼도를 구사하여 큰 상처를 입혔다. 놈은 보이는 것보다 몸 상태가 좋지 않았다. 격돌의 순간 나에게 들이닥치는 내력이 자꾸 끊기는 기분이었다. 그렇기에 내 공격이 성공할 수 있었을 것이다. 몸 상태가 좋지 않은 것은 영호진을 쓰러뜨리면서 그에게 입은 상처가 낫지 않기 때문이라고 미루어 짐작하고 있다.

내 공격에 당하는 와중에도 놈은 완벽한 반격을 구사하여 나에게 치명상을 안겼다. 그러나 놈의 상처도 만만치는 않을 것이다. 영호진에게 당한 상처가 채 낫기도 전에 나에게 당했으니, 죽을 정도는 아니라도 원래의 몸으로 돌아오기까지 상당히 오랜 시일이 소요될 것이다. 비천십삼도에 의한 내상이니만큼 완치되려면 몇 년 이상이 걸릴 수도 있다.

그러므로 놈의 몸이 회복되기 전에 이 글을 볼 수 있다면 능히 그를 쓰러뜨릴 기회를 잡을 수 있을 것이다. 물론 그대가 혼돈지서의 내용을 완벽히 터득했다는 가정 하에서다.

강호가 지난 이십 년간 평화를 유지해 온 것은 가장 강한 힘을 가진 진검성이 인의(仁義)를 갖춘 협객 영호진의 휘하에 놓여 있었기 때문이다. 그러나 지금 그의 자리를 강탈한 자는 영호진의 무력은 가지고 있을지 몰라도 그의 성품은 갖추지 못했다. 힘을 가진 자가 비뚤어진 야심을 갖고 있다면 많은 사람들이 그 힘에 희생당할 수밖에 없다.

그대가 언제 이 글을 보게 될지는 모르나 만일 놈이 내 예상대로의 행보를 걷고 있다면 부디 혼돈지서로 악힌 무공의 힘을 놈을 응징하는 데 써주길 바란다. 내 필생의 역작이 올바른 곳에 사용된다면 내 일생도 그리 헛되지 않았다고 생각하며 저승에서라도 웃을 수 있을 것이다.

마지막으로 한 가지만 덧붙이겠다. 그대가 당문의 후예라면 이 비급을 가져가 전심전력으로 악혀라. 만일 당가 전체가 이 도법의 정수를 터득할 수 있다면 능히 천하제일가의 위치로 발돋움할 수 있을 것이고, 그대는 진검성의 지배자를 상대할 수 있는 또 다른 무력을 얻게 될 것이다.

연자가 당가의 사람이 아니라면 이 책들을 사천 당가에 가져다주기 바란다. 내가 창시한 무공이 아니라 당가의 가전도법을 발전시켜 만든 도법이기에 외인(外人)에게 함부로 건넬 수 있는 무공이 아니다. 침상 밑을 보면 약소하나마 나의 선물이 놓여 있을 것이니, 그것과 혼돈지서로 만족하고 부디 도법의 비급들은 당가로 운반해 주길 거듭 부탁하는 바이다.

　　　　　　　　　　　　　　　　　　　　　　—당진량 씀.

혈서는 여기까지였다.

장건은 이맛살을 찌푸리며 편지를 덮었다. 그리고 일어서서 침상 주변을 서성거렸다.

그는 영호세가와의 청부를 마친 후 그로 인해 미루어두었던 공공자 당진량의 거처를 찾는 일에 임했고, 석 달간 진령산맥을 헤맨 끝에 이곳을 찾아올 수 있었다.

혼돈지서에 적힌 대로라면 공공자의 절학이 숨겨져 있는 비처라고 했으나 막상 와보니 절학보다 훨씬 더 엄청난 비화가 그를 기다리고 있었다.

장건은 곰곰이 생각에 잠겼다.

영호진이 세간에 알려진 대로 병사(病死)한 게 아니고 살해당했다는 것은 적이 충격적인 사실이었다.

문제는 그 범인이 누구냐는 것인데, 이 글을 쓴 당진량조차 그자의 정체를 정확히 모르는 듯했다. 만일 그가 알았다면 지속적으로 쓰인 '놈'이라는 지칭, 그리고 진검성의 지배자라는 모호한 표현을 굳이 쓸 필요가 없었을 것이다.

장건의 머리를 지끈거리게 하는 것은 현재 진검성이 강호에 더 이상 존재하지 않는다는 것이었다.

진검성은 영호진의 사후 두 아들의 세력 다툼, 철무림주가 된 관천호의 이탈 등으로 심각한 내분을 겪다가 제 스스로 붕괴되었다. 그 내분의 기간 동안 그 누구도 성을 확실하게 지배한 자는 없었다. 공공자 당진량의 우려와는 달리 영호진을 살해하고 그를 죽이러 왔던 자는 진검성을 지배하지도 않았고, 강호를 제패하려고 하지도 않았다.

"그럼 골치 아플 것도 없잖아?"

장건은 자위하는 투로 중얼거렸다.

공공자의 간절한 소망은 그가 애쓸 필요도 없이 이미 이루어진 것이다. 진검성은 무너진 지 오래고, 강호는 평화로운지 어쩐지는 몰라도 크게 시끄럽지는 않으니 말이다.

그렇게 마음을 편히 가지려는 장건이었지만 혈서의 내용은 여전히 그의 마음을 복잡 미묘하게 만드는 무언가가 있었다.

진검성이 무너지긴 했으나 그 강대했던 세력이 모두 사라진 것은 아니었다. 여러 개로 쪼개지긴 했으나 그들은 분명 강호에 여전히 확고한 위치를 차지하고 있는, 거대문파로서 존재하고 있다.

철무림, 전검문, 군룡회, 영호세가까지… 모두 진검성의 분파들이고, 능히 강호를 제패할 수 있는 힘을 갖춘 세력들이다. 군룡회나 철무림 같은 경우 공공연히 강호의 패권을 차지하려는 움직임을 보이고 있다. 두 사람을 쓰러뜨린 자가 그 세력 중 하나에 속해 있을까? 만일 그렇다면 절대고수로 인정받던 둘을 쓰러뜨린 극강의 고수가 왜 여태껏 강호를 제패하지 못하고 있을까.

의문은 계속 일었지만 명확한 해답은 떠오르지 않았다.

당진량의 우려가 기우일 뿐이었다면, 둘을 쓰러뜨린 자가 비뚤어진 야욕을 가진 것이 아니었다면 어떨까. 당진량은 혈서의 말미에 '그가 자신의 예상대로 야욕을 과시하고 있다면 그를 응징하라'고 써 있었다. 그것은 거꾸로 그가 자신의 힘을 무분별하게 쓰고 있지 않다면 응징하지 말라는 얘기로 해석할 수도 있었다.

강호는 높이 선 자를 향해 아래 선 자들이 끊임없이 도전하는 세계이다. 영호진은 그러한 강호에서 가장 높은 곳에 위치한 사람이었고, 그가 인정한 당진량 역시 마찬가지였다. 누군가가 둘에 필적하는, 혹은 능가하는 무공을 가지고 둘을 쓰러뜨렸다면 굳이 그를 비난하거나 원한을 가질 이유는 없는 것이다. 강호란 세계는 애초부터 그런 식으로 삶과 죽음, 고수와 하수의 운명이 갈리는 곳이기 때문이다.

그렇기 때문에 당진량도 '그가 자신의 힘을 그릇된 곳에 쓰고 있다면'이란 가정을 달고 나서야 자신을 해한 자를 응징해 주기를 부탁한 것이다. 생면부지인 자기 무공의 계승자에게 복수란 짐을 쓸데없이 지어주기 싫었기 때문일 것이다.

이러한 당진량의 배려를 읽었음에도 여전히 장건의 마음은 무거웠다.

영호진과 당진량은 그와 얼굴 한 번 마주친 적이 없다. 그러나 또한 뗄레야 뗄 수 없는 깊은 인연을 맺고 있는 사람들이다. 두 사람으로 인해 자신은 현재의 삶을 영위하고 있는 것이다. 만일 혼돈지서와 검진비결을 얻지 않았다면 지금까지도 항주에서 소매치기로 살고 있든지, 아니면 일찍이 중미미를 구하려다가 왕독사의 칼에 맞아 죽었을지도 모른다.

그들이 있었기에 현재의 자신이 있는 것이기에, 그 둘의 생명을 앗아간 자가 동일인물이라는 사실은 그로 하여금 어떻게든 사건의 진위를 알고, 또 어떤 식으로든 마무리 지어야 한다는 의무감을 부과하고 있었다.

장건은 다시 혈서를 펼쳐 읽으며 그 안의 내용을 재차 꼼꼼히 검토하기 시작했다.

당진량은 자신을 해한 자가 누구인지 알아보지 못했다. 말년에 은거하여 혼돈지서의 집필에 몰두한 탓에 강호의 세력 판도를 몰랐기 때문일 것이다.

그러나 혈서에 드러난 내용으로 장건은 둘을 죽인 범인에 대한 몇 가지 정보를 추론해 낼 수 있었다.

우선 당진량도 언급했듯이 진검성의 무사들을 대동하고 왔다 하니 진검성의 소속일 것이고, 막강한 무력을 갖추었으니 당연히 매우 서열이 높은 자였을 것이다.

그리고 영호진과 무척 가까운 사이, 친자나 직속 수하임이 분명했다.

공공자 당진량을 알고 그의 본신 실력을 아는 자는 천하에 몇 명 없었다. 낭인왕이라는 젊을 적의 별호는 유명했지만 비천도법과 혼돈지서의 집필을 위해 은거한 말년에는 외호도 바뀌고 모습을 드러내지 않았기에 아마도 영호진 외에는 그의 정체와 거취를 아는 자가 드물었을 것이다.

그런데 범인은 영호진을 살해한 직후 당진량의 은거지를 정확히 알고 찾아왔다. 그가 다른 사람이 아닌 영호진에게서 그의 정체와 은거지를 알아냈을 가능성이 높고, 그렇다면 그는 영호진과 무척 가까웠던 자일 것이다.

또한 성격이 무척 치밀하고 결벽적일 것임이 분명했다. 공공자에 대한 영호진의 몇 마디 평가만을 듣고서 늙고 병든 그가 자신에게 방해가 될 자라고 판단하고 찾아온 것을 보면 강호를 제패하겠다는 야심을 품고 치밀한 활동을 벌이고 있었다는 것을 미루어 짐작할 수 있다.

그리고 가장 중요한 것은 그가 현음검법을 썼다는 것이다. 현음검법은 진검성의 수법이기 이전에 영호세가 전통의 비전검법이다. 영호진이 더욱 발전시켜 재창조한 검법이긴 하나 진검성에서 그 검법을 제대로 익힐 수 있는 자는 영호가의 계열뿐이었다. 그렇다면 수하보다는 그와 같은 가문의 친지일 가능성이 더 높지만, 직속 수하의 경우 현음검을 익힌 자들이 있었을 것이니 확신할 수 있는 가정은 아니었다.

여기까지 생각을 정리한 장건은 혈서를 접고 비천도의 비급들을 챙겨 들었다. 더 이상 여기서 이러고 있어봐야 골치만 아플 뿐이다. 이 일에 대한 보다 많은 정보를 얻으려면 다시 강호로 나가는 수밖에 없었다.

장건은 챙긴 비천도의 비급들은 당가에 가져다주기로 마음먹었다.

당진량이 언급한 선물이 아니라 해도 그냥이라도 가져다줄 마음을 가지고 있었기에 망설일 것은 없었다.

"그래도 준다는 선물 굳이 사양할 것은 없겠지?"

장건은 중얼거리며 침상 밑을 뒤졌다. 장건은 그곳에서 넓적한 목궤 하나를 끄집어낼 수 있었다.

목궤를 열자 손바닥만한 은갑 하나가 나왔다. 은갑을 열어보니 거무튀튀한 환단 하나가 들어 있었다.

은갑의 뚜껑에는 꼬깃꼬깃하게 접은 종이가 끼여 있었다.

종이를 빼 펼쳐 보니 환단의 이름과 용법에 대한 설명이 적혀 있었다.

그것을 읽던 장건의 눈이 일순 커졌다. 잠시 아무 말이 없던 그는 허허 하며 실소를 터뜨렸다.

"폭룡단(爆龍丹)이라. 재미있군. 이걸로 사대신약(四大神藥)이 벌써 두 개째인가?"

*   *   *

혼돈지서 제칠절

독과 약재의 장

폭룡단

강호십일대비기에 속하는 사대신약 중에 하나.

사십 개가 넘게 제조된 오행신단과 달리 불과 다섯 개만이 제조된 광신의의 비전 영약. 그냥 집어삼키면 전신 혈맥이 터져 죽게 되는 괴이한 특징이 있다. 아주 오랜 기간의 연구와 많은 시행착오 끝에 영호진이 우연히 잡아온 영수(靈獸)의 뇌수(腦髓)를 첨가해 비로소 완성시킨 영단으로, 복용법을 각별히 주의해야 한다. 특이한 것은 사대신약 중 하나라도 복용했던 자는 폭룡단의 효력을 보지 못하고 부작용만 얻을 뿐이다. 오행신단과 현명단, 천우신단, 그리고 폭룡단을 한 번이라도 복용한 자는 다시 폭룡단을 복용해 봐야 아무런 효과가 없다. (후략)

*　　　　*　　　　*

커다란 솟을대문이 열리고, 안에서 두 명의 사람이 걸어 나왔다. 한 명은 하인의 차림, 또 한 명은 남청색의 날랜 경장 차림이었다.

경장 차림의 사내는 날카로운 눈빛으로 대문 밖에 서 있는 청년을 훑어보았다.

"이 사람인가?"

그의 질문에 하인 차림의 사내는 고개를 조아렸다.

"예, 이자가 그 책들을 가져왔습니다."

경장 차림의 사내는 청년을 쏘아보며 물었다.

"자네는 누구인가? 그 책들은 어디서 가져왔나?"

청년은 침착한 어조로 대꾸했다.

"저는 장건입니다. 장사를 하는 사람입니다. 그 책들은 일전에 아는 사람한테서 사천에 갈 일이 있으면 당가에 가져다주라고 부탁받았던 물건입니다."

"그 아는 사람은 누구인가?"

"그 사람은 표국에서 근무하는 사람입니다만, 각 성을 도는 우리에게 서신을 배달시키는 부업을 하고 있습니다. 그 사람도 중개자입니다."

"흐음, 그래?"

경장 사내의 사나운 기세가 조금 꺾였다. 그러나 여전히 매몰찬 어조의 말이 그의 입에서 튀어나왔다.

"운이 좋았다. 네가 그 노인네와 조금이라도 관련이 있었다면 몸 성히 이곳에서 걸어나가지 못했을 것이다. 썩 꺼져라. 그리고 이 책과 관련된 일은 다른 곳에서 입도 뻥긋하지 말고, 생각하지도 말아라."

청년, 장건의 눈이 순간적으로 번득였다. 그러나 그는 사내가 눈치채지 못하는 새에 얼른 허리를 조아렸다.

"알겠습니다. 이만 가보겠습니다."

떠나가는 장건을 곱지 않은 눈초리로 쳐다보던 경장 사내가 대문 안으로 다시 들어가고, 사천 당가의 육중한 솟을대문은 저녁노을을 받으며 천천히 닫혔다. 그리고 얼마 지나지 않아 당가타에는 어둠이 짙게 깔렸다.

어둠에 잠겨 있던 당가의 앞마당이 갑자기 환해졌다. 모닥불이 활활 타오르고 있었고, 모닥불 주변에는 여러 사람이 굳은 표정으로 둘러서 있었다.

깡마르고 강퍅한 인상의 중년인이 무겁게 입을 열었다.

"수십 년 전 본 가에 씻을 수 없는 상처를 남겼던 죄인이 있었소. 그는 독과 암기를 거부하고 사장된 본 가의 도법에 집착하다가 많은 가족들이 헛되이 희생되게 만들었소. 그런데 참으로 오랜 시간이 지난 지금까지도 스스로의 아집을 버리지 못하고 그 도법에 심취해 온 모양이오. 오늘 그의 흔적이 우리에게로 전달되었소. 본 가의 정무각주(政武閣主)인 본인이 받아서 살펴본 바, 제법 현기가 있는 도법이 안에 기록되어 있었소. 대략 살펴보았기 때문에 확답은 할 수 없으나 분명 충분히 본 가의 전력에 보탬이 될 도법이었소. 가주께 묻겠소. 우리가 이걸 익혀야 하오?"

그의 시선을 받은 자는 그보다는 조금 어려 보이는, 갓 사십쯤 되어 보이는 장년인이었다.

각진 얼굴에 짙은 눈썹, 호목을 가진 장년인은 냉랭한 목소리로 대꾸했다.

"본 가는 실패한 무공에 집착하지 않소. 그리고 실패한 무인에 대해서는 더욱 집착하지 않소. 그 책의 도법은 실패한 무인에게서 나온 실패한 무공일 뿐이오."

그의 말에 깡마른 중년인의 눈이 조금 커졌다.

"그럼 이 책들을 어찌하리까?"

"이리 주시오."

장년인은 손을 내밀었다. 중년인은 그에게 네 권의 책을 건넸다.

장년인은 받아 든 책을 한 치의 망설임 없이 모닥불 속으로 던져 버렸다.

모인 사람들 사이에서 낮은 신음성이 흘러나왔다. 그들 중에 나이 많은 몇몇은 그 책의 저자가 얼마나 뛰어난 무인인가를 소상히 기억하고 있었기에 그의 수십 년간의 정수가 깃들어 있는 비급이 순식간에 한 줌의 재로 변해가는 것이 내심 안타까웠다.

그러나 책을 모닥불에 던진 그들의 신임 가주는 한 치도 아까워하는 빛이 없었다.

"오늘 일은 이쯤으로 마무리합시다. 기억할 일고의 가치도 없는 일이니, 모두 내일 아침까지 잊어버리시오. 이 책들도, 그리고 그도."

가주는 그 한마디를 남기고 몸을 돌려 자신의 처소로 향해갔다.

모였던 당가의 사람들도 모두 흩어졌다.

책이 태워질 때 침음성을 흘렸던 나이 든 사람들은 신임 가주와 책의 저자에 얽힌 얘기를 쑥덕이며 걸어갔다.

그들이 막 지나친 건물의 지붕 위에는 달빛을 받으며 한 사람이 엎드려 있었다.

지붕에 엎드린 채 꺼져 가는 모닥불을 계속 물끄러미 바라보던 그는 불이 다 꺼진 후에야 몸을 일으켜 당가 밖으로 사라졌다.

제5장
범생전(氾生傳)

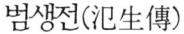

범생전(氾生傳)

　　　　　호광성 북부의 유서 깊은 대도시 양향 북쪽에
는 백적촌이라는 조그마한 마을이 있었다. 가구라 봐야 삼십여 호밖에
되지 않는 이 마을에는 책읽기 좋아하는 범생이란 사람이 살고 있었다.

　칠 년 전 외지에서 이곳으로 이사 온 범생은 글 읽기를 좋아하여 하
루 종일 책만 읽었다. 가장이 늘상 집 안에 틀어박혀 책만 읽고 있으니
별수없이 부인이 생계를 꾸려 나가야 했다.

　그의 처는 마음씨가 착하고 사려 깊은 여인이었으나 오랜 남의 집
품팔이 생활에 지칠 대로 지친 상태였다.

　하루는 범생이 여느 때처럼 책을 읽고 있는데 그의 처가 들어와 울
음 섞인 소리로 말했다.

　"당신은 과거도 보지 않는데 그렇게 책을 읽어 무얼 합니까?"

　범생은 웃으며 답했다.

"나는 아직 독서가 부족하오."

"과거 볼 정도가 안 되면 예전처럼 훈장 일이라도 해보시구려."

"이 마을에는 서당이 벌써 있지 않소? 글 배울 어린 아이들이라 해도 고작 스무 명 정도인데 내가 개업을 하면 노 훈장님 일거리를 빼앗는 꼴이 되니 내가 어찌하겠소?"

"그럼 목수나 대장장이 일이라도 못 하시나요?"

범생은 껄껄 웃었다.

"본래 배우지 못한 일을 어찌하겠소?"

"그럼 하다 못해 장사라도 못하시나요?"

"장사를 하려 해도 밑천이 없는 것을 어찌하겠소?"

그의 처는 참다 못해 화를 버럭 냈다.

"밤낮으로 글을 읽으며 고작 배운 말이 어찌하겠소 뿐이오? 훈장도 못하고 장사도 못하면 도둑질이라도 못 하시나요?"

범생은 고개를 갸웃거리며 책을 덮었다.

"여보, 평상시 같지 않게 왜 그러오? 밖에서 무슨 일이 있었소?"

그의 처는 눈물을 왈칵 쏟으며 말했다.

"우리 아이가 배 서리를 하다가 들켜서 끌려왔답니다."

"허허, 아이가 서리하는 장난 갖고 뭘……."

"그게 한두 번이 아니니 그러지요. 배 서리, 호박 서리, 오이 서리 이제 마을에서는 우리 아이가 훔치는 것을 제가 시켰다고들 생각하고 있답니다. 이러고도 이렇게 살아야 하나요?"

"저런, 그런 일이 있었나? 아이 좀 불러오구려."

처는 아이를 불러왔다. 아이는 처에게 매를 맞았는지 눈이 퉁퉁 부어 있었다.

"왜 서리를 했지?"

아이는 당연한 걸 물어본다는 듯한 표정으로 대꾸했다.

"배가 고파서요."

범생이 아이를 살펴보니 과연 이게 내 아이인가 싶을 정도로 피골이 상접해 있었다.

"허허, 나를 단련한답시고 방구석에 틀어박혀서는 가족을 돌보는 것을 잊었으니……."

범생은 장탄식을 하며 방 안으로 들어갔다.

방에서 그는 고색창연한 보검을 하나 들고 나왔다.

"이걸 양양의 무기점에 갖다 파시오. 그러면 적어도 이삼 년 풍족하게 먹고 살 만한 돈은 내어줄 거요. 그 돈으로 동네에 끼친 빚을 갚고, 내가 올 때까지 남은 돈으로 아이를 키우면서 기다리시오."

처는 놀란 눈으로 그를 보며 물었다.

"어딜 가시려구요?"

범생은 별 대꾸 없이 집을 나섰다.

"아깝긴 하군. 글 읽기를 십 년 기약하고 있었는데 이제 팔 년인걸."

그는 양양을 향해 남쪽으로 내려가기 시작했다.

그런데 양양에 도착하기도 전에 이상한 점을 발견했다. 평상시 보기 드물던 칼 찬 무림인들이 대거 북쪽으로 몰려가는 것이 그의 눈에 띄었다.

범생은 궁금함을 참지 못하고 그중에 한 사람을 붙잡았다.

무지막지하게 큰 낫을 메고 있는 무사는 자신을 붙잡는 범생을 날카롭게 째려보았지만 범생은 개의치 않고 물었다.

"이보시게. 대체 다들 어딜 가는 길인가?"

무사는 별걸 다 묻는다는 듯한 표정으로 퉁명스레 대꾸했다.

"융중으로 가는 거요."

"융중에? 제갈무후께 참배라도 드리러 가는 건가?"

무사는 범생의 말이 기가 막히다는 표정으로 대꾸했다.

"대체 무슨 소릴 하는 거요? 모두 그 기인을 만나러 가는 것 아니오?"

"기인? 얼마나 기이한 사람이기에 저렇게 많은 사람들이 몰려가는 게지?"

"허허, 아주 깜깜인 양반이로군. 누구든 그 기인을 꺾으면 강호십일대비기를 얻을 수 있다 하지 않소. 그러니 저리 몰려가는 게지."

"강호십일대비기라……."

웬만한 일에는 눈도 깜짝 하지 않는 범생이지만 강호십일대비기에 대해서는 그 역시 젊었을 적에 관심을 가져본 터라 흥미가 일었다.

낯 든 무사는 그가 말이 없는 사이 벌써 저 멀리 휘적휘적 걸어가고 있었다. 범생은 다급히 그를 쫓아가서 함께 걸었다.

"그거, 꽤 비싸지 않나?"

무사는 다시 쫓아와 말을 거는 그를 귀찮은 표정으로 째려봤지만 대꾸는 꼬박꼬박했다.

"그걸 말이라 하오? 다섯 수레에 금을 싸들고 와서 바꾸자 해도 절대 안 바꿀 기보들이잖소?"

범생은 손가락을 딱 하고 튕겼다.

"좋아, 양양의 큰 부자한테 가볼랬더니 굳이 그럴 필요 없겠군. 융중으로 가면 만사가 해결되겠어."

그는 양양으로 향하던 발길을 돌려 융중으로 가기로 결심했다.

그는 앞서가는 낫 든 무사를 따라가며 말했다.

"이보게, 혼자 걷기 심심하지 않나? 거기까지 가려면 진종일 걸어야 하는데 우리 말벗이나 하며 가세 그려?"

사내는 귀찮아하는 표정이 역력했지만 가타부타 대꾸하지는 않았다.

"난 범생이라고 하네. 이 근처 백적촌에서 왔지. 자네는 이름이 뭔가?"

무사는 잠시 머뭇거렸지만 범생이 계속 쳐다보자 하는 수 없는 듯 대꾸했다.

"나할라리(羅割羅理)라 하오."

"날나리?"

"나할라리요!"

"아하, 만주족인가 보군?"

그 말에 무사의 표정이 날카로워졌다.

"왜, 그래서 뭐 문제 있소?"

범생은 웃는 낯을 풀지 않으며 대꾸했다.

"반가워서 그러네. 사실 나도 반은 이민족이거든. 우리 어머니가 조선인이었다네."

그 말에 무사의 표정이 조금 풀렸다.

"이름 부르기가 어려우면 그냥 혈겸(血鎌)이라 부르시오. 그게 내 별호요."

"날라리도 좋은데 뭘."

"나할라리라니까! 그냥 혈겸이라 부르시오!"

이리하여 범생과 나할라리는 융중 가는 길을 동행하게 되었다.

제6장
고모와 조카 사이

고모와 조카 사이

호광성 양양부.

창밖으로 유유히 흘러가는 한수(漢水)가 전망 좋게 펼쳐진 다루의 이층, 한 젊은 처녀가 초조한 표정으로 주변을 두리번거리고 있었다. 그녀가 앉은 탁자에는 차 한 잔이 올려져 있었지만 찻잔에서 김이 모락모락 올라오지 않는 것으로 보아 벌써 다 식은 모양이어서 그녀가 꽤 오래 자리에 앉아 있었음을 암시하고 있었다.

탁자 위를 반복적으로 두드리고 있는 그녀의 손가락이 그녀의 초조한 심경을 대변하는 듯했다. 그러기를 한참, 그녀는 참지 못하고 벌떡 일어나려 했다. 그러나 채 일어서기도 전에 그녀의 어깨를 뒤에서 다가온 두툼한 두 손이 꾹 잡고 내리 눌렀다.

"아아, 고대하던 님이 이제 막 도착하셨는데 어딜 그리 급히 가시려고?"

말하는 투로 보아 처녀가 기다리고 있던 사내인가 본데, 처녀는 반가워하기는커녕 눈에 쌍심지를 돋웠다. 그녀는 어깨에 올려진 두 손을 휙 낚아채더니 몸을 돌려 왼발을 사내의 촛대 뼈를 향해 날렸다.

덩치가 크고 비대하게 보이기까지 한 사내는 겉보기와는 달리 민첩한 동작으로 한 발을 재빨리 들어 그녀의 발을 피했지만 그녀의 발끝은 그가 피하기를 예상한 듯, 다른 디딤 발을 향해 날아가 보기 좋게 촛대 뼈를 걷어차 버렸다.

"아구구구구."

덩치 큰 사내가 정강이를 감싸고 뜀박질을 하니 다루 이층이 무너질 듯 쿵쿵거렸다.

"엄살 피우지 말고 앉아! 감히 이 고모님을 반 시진이나 기다리게 해?"

처녀의 호통에 사내는 울상을 지으며 말했다.

"무슨 소리야? 분명 신시 초(오후 3시)에 보자며?"

"지금이 신시 초니? 신시 초야?"

사내는 처녀의 지속적인 핀잔에 창밖의 해를 바라보았다. 그리고는 머리를 탁 쳤다.

"아하, 여름이 가까워지더니 해가 하늘에 오래 머무르는군! 이 완벽한 명한청(明漢靑)이 이런 실수를 하다니."

계속 화를 내려던 처녀는 산만한 덩치의 사내가 큰 팔을 휘휘 저으며 과장되게 안타깝다는 몸짓을 하자 그게 우스운 듯 참지 못하고 까르르 웃음을 터뜨렸다.

"이런이런, 우리 진연(晉衍) 소저가 드디어 화가 풀리셨나?"

진연이라 불리운 처녀는 그 말에 다시 눈을 치켜떴다.

"저저 말버릇하고는. 넌 대관절 언제 이 사고한테 공손한 사질이 될 거니?"

명한청은 다시 커다란 두 팔을 하늘로 쳐들며 어깨를 으쓱했다.

"너야말로 언제까지 그놈의 사고 소리를 입에 담고 살 거야? 너희 어머님이 우리 사조의 사십년 나이 차이 나는 팔촌여동생인 거랑 나랑 무슨 상관이라고 만날 적마다 사질, 사질 노래를 부르는 거야?"

"시끄러. 촌수가 제아무리 차이 난다 해도 엄연히 우리 어머니와 너희 사조님은 같은 항렬이고, 따라서 네 사부님과 나 역시 같은 항렬이 되는 거라고. 왜냐하면 이 사고께서는 어머니한테 무당파의 무공을 전수받았걸랑."

언제나 그렇듯 여기에 이르러서는 명한청이 입을 다물 수밖에 없었다. 진연이 무당파의 무공을 배우지 않았으면 모를까, 어머니한테 무공을 익힌 이상 그녀 역시 무당파의 속가제자였다. 그렇게 되면 복잡한 무당파의 조직 구조를 따져 들어갔을 때 그녀가 그의 사고라는 결론이 나올 수밖에 없었다.

명한청이 어떻게든 그녀의 으름장에서 벗어나기 위해 본산에서 열심히 연구해 본 결과 역시 그녀의 말과 다르지 않았다.

그러나 그에게도 반격의 여지는 남아 있었다.

"말 나온 김에 오늘 확실히 해둘 것은 확실히 하자고. 넌 대체 어디의 제자야? 어머님한테 무당의 진전을 이어받았으니 무당의 제자냐, 아니면 천의문(天意門)의 제자냐?"

진연은 아미를 살짝 찌푸렸다. 천의문은 바로 그녀의 아버지인 진원외(晉元巍)가 속해 있는 일문이었다. 어머니가 돌아가신 후로는 아버지에게서 무공을 지금껏 익혀온 그녀였기에 엄밀히 말하자면 천의문의 제자라고 하는 것이 맞았다.

게다가 최근 천의문을 방문했다가 문주에게 차기에 천의문을 이끌어갈 여협감이라고 과분한 칭찬까지 받은 터였다. 아마도 그 일을 듣고서는 저렇게 따지는 모양이었다.

그러나 천의문의 제자라고 대답하면 저 밉살스러운 사질 녀석에게 앞으로 사고 소리를 듣기 어렵게 될 것이니 그렇게 할 수야 없었다.

"둘 다지. 무당의 제자도 되고, 천의문의 제자도 되고."

명한청은 코웃음을 쳤다.

"그걸 지금 말이라고 하는 거야? 너 박쥐니? 박쥐야?"

같은 말을 되풀이 하여 닦달하는 것은 다름 아닌 진연의 말버릇이었다.

대답이 궁해진데다가 명한청의 흉내가 마음에 들지 않은 진연은 화를 버럭 냈다.

"시끄럿! 다른 때는 몰라도 너랑 있을 때는 무조건 무당의 제자고, 네 사고님이얏! 더 이상 까불면 본산의 사형한테 다 일러바칠 거야!"

여기서 본산의 사형이라 함은 바로 명한청의 사부인 신검도인(神劍道人) 명현자였다. 명현자는 그녀의 어머니뿐 아니라 아버지와도 친분이 있어서 어렸을 적부터 그녀를 무척 귀여워했다. 그는 어린 진연보고 자신을 사형으로 부르라고 곧잘 농담을 하곤 했는데, 그 농담이 지금껏 그의 제자가 고초를 겪는 계기가 되고 있었다.

굳이 사부를 들먹이지 않아도 그녀가 화를 내면 명한청은 결국 두 손을 들 수밖에 없었다.

"알았다, 알았어. 사고님, 이 사질이 잘못했습니다. 부디 노여움을 거두시고 오늘 불러주신 용건을 말씀해 주시지요."

그제야 진연은 표정을 풀며 말했다.

"진작 그럴 것이지. 오냐. 사질, 이 사고님의 말씀을 잘 들거라."

짐짓 거드름을 빼고 말할 자세를 갖추는 그녀를 보며 명한청은 실소를 터뜨릴 뻔했다. 무게 잡는 모습이 너무 귀여웠기 때문인데, 진연은 어려서부터 주위 사람들을 즐겁게 만드는 재주가 있었다.

그러나 귀여운 그녀의 입에서 나온 얘기는 꽤 심각한 내용이었다.

"아버지와 대사형이 집을 나갔어."

"집을? 드디어 네 등쌀을 견디다 못해 집단 가출을 하신 건가?"

"이게 정말, 어제 아침 일찍 어딜 갔다 오겠다는 말도 없이 나가셨는데 아직도 소식이 없어. 그런데 조금 걱정이 돼서."

"왜? 진 대협과 백 형님 정도면 강호 어딜 가도 대접받을 실력들을 갖추고 계신데 뭐가 걱정될 게 있겠어?"

"요즘 이 근방에 이상하게 무림인들의 모습이 많이 눈에 띄어서 말이야. 근데 모두 북문으로 향하더라구. 아버지와 대사형도 어디 간다 하고 말하지는 않았지만 북문 쪽으로 가셨어. 그런데 그 후에 유독 북문으로 나가는 무림인들이 많이 눈에 띄니까 왠지 걱정이 돼서 말이야. 그래서 네가 뭘 좀 알고 있나 해서 오늘 부른 거야."

"북문이라……."

명한청은 미간을 찌푸리며 중얼거렸다.

"설마 융중으로 가신 건가."

진연은 눈을 크게 뜨며 채근했다.

"응? 뭐 알고 있는 거 있어? 빨리 말해 봐!"

"아니야. 진 대협 정도 되는 분이 그런 부류들 사이에 껴서 거기 갔다고 할 수는……."

진연의 채근에도 불구하고 말꼬리만 흐리고 있던 명한청은 문득 뭔가 생각난 듯 말했다.

"가만, 네 생일이 이때쯤 아니었나?"

뜬금없는 질문에 얼떨떨해하면서도 진연은 그렇다고 대답했다.

"내 생일이 닷새 뒤야. 그건 왜?"

"역시… 이제 보니 두 분이서 네 생일 선물을 구하러 가셨구나."

진연은 눈을 동그랗게 떴다.

"내 선물? 네가 그걸 어떻게 알아?"

명한청은 대꾸하지 않고 벌떡 일어섰다.

"이럴 때가 아닌 것 같다. 두 분은 별 생각 없이 그곳으로 가신 모양이다만 내가 들은 정보로는 그곳에서 자칫 위험한 상황이 벌어질 수도 있어. 당장 가봐야겠다."

두 사람은 양양 북문을 벗어나 제갈량의 은거지였던 곳으로 유명한 융중으로 향해가고 있었다.

"그러니까 웬 괴인 하나가 나타나서 자신의 삼 초를 받아내면 유하검(流河劍)을 주겠다고 했단 말야?"

"그래, 그뿐만이 아니야. 오 초를 받아내면 제석천(帝釋天)을 주고, 십 초를 받아내면 오행신단(五行神丹)을 준다 했다고."

명한청의 설명에 진연은 실소를 터뜨렸다.

"맙소사. 설마 그런 황당한 허풍을 믿고 아빠와 대사형이 거기로 갔단 말야? 유하검은 주인이 있고, 제석천과 오행신단은 십일대비기에 속하는 기보들 아냐? 그런 보물들을 광인 한 명이 다 가지고 있을 턱이 없잖아?"

그녀는 연검을 쓰고 있었기에 천하제일의 연검(軟劍)이라 칭해지는 유하검의 주인이 누구인지 잘 알고 있었다. 호광성 남부에 있는 군룡회(群龍會)의 여섯 사자 중 한 명, 일검단해 손우병이 바로 유하검의 주인이었다.

괴인이 호남에서 가장 강대한 세력이라는 군룡회를 뚫고 들어가 손우병을 쓰러뜨리지 않고서야 그의 애검인 유하검을 가지고 있을 턱이 없었다.

제석천과 오행신단은 더 말할 것도 없었다. 두 개 중 하나만 갖고 있어도 당장 천하 방방곡곡에 그 임자의 이름이 소문날 물건들인데 그 괴인이 소리 소문 없이 두 개를 한꺼번에 갖고 있다가 이제야 드러낸다는 것은 더 더욱 믿기가 어려웠다.

"물론 너를 비롯하여 처음 이 얘기를 듣는 사람은 누구나 그렇게 반응하겠지. 하지만 그렇게 황당한 소문임에도 불구하고 융중으로 이렇게 사람이 몰리는 까닭이 있다."

명한청의 목소리가 진중해졌다.

"이건 나도 어제저녁 본 파의 속가에서 보내온 전갈을 듣고 안 건데, 열흘 전에 일검단해 손우병이 정체를 알 수 없는 자와 비무 중에 죽었다고 하더군."

"뭐? 그럼 설마?"

"그래, 손우병이 만일 그 괴인에게 당한 거라면, 괴인이 유하검을 가지고 있는 것이 전혀 이상한 일이 아닌 것이지. 게다가 손우병의 사체를 군룡회가 받았을 때, 그의 전신은 마치 누군가가 난도질한 것처럼 처참했다고 하더라고. 그런데 그 전신에 난 상처가 칼질에 의한 것이 아니라 어떤 암기에 무차별로 공격을 받은 것 같았다는 거야. 상대의 전신을 난도질해 버리는 암기, 어디서 들어본 것 같지 않니?"

명한청의 말을 듣던 진연은 그제야 알겠다는 듯 손바닥을 쳤다.

"제석천이 그런 위력을 갖고 있다고 들었어!"

"그래, 제석천은 천하오대기병 중에서도 가장 파괴력이 강력하다는 무기이지. 무기의 본 모습을 본 자는 아무도 없다고 하는 데 반해 그 무기에 당해 죽은 시체는 모두 한결같이 난도질된 상태로 나타난다 하여 악명이 드높았었지. 난도질 된 손우병, 때마침 융중에 그의 병기인 유하검과 제석천을 갖고 나타난 괴인, 그럴싸하게 연결되지 않아?"

"정말 그렇네."

고개를 끄덕이던 진연은 갑자기 얼굴이 새파래졌다.

"어머! 그럼 아빠랑 사형이 그 괴인 놈에게 제석천으로 당할 수도 있다는 얘기야?"

"글쎄, 삼 초니 오 초니 하는 것으로 보아 그 괴인은 자신의 초식을 자랑하려 하는 듯하니… 제석천을 쓸 가능성은 그리 높지 않아 보여."

진연을 안심시키려는 명한청이었지만 제석천의 얘기에 놀란 진연은 전혀 안심되지가 않는 듯 그를 닦달하며 더욱 속력을 내어 융중으로 달려갔다.

제7장
장건, 융중으로 가다

장건, 융중으로 가다

"어이, 혈겸!"

혈겸 나할라리는 자신을 부르는 낯익은 목소리에 고개를 돌렸다. 과연 저 멀리에서 익숙한 얼굴 하나가 손짓하는 게 보였다.

"승천창(昇天槍) 아냐?"

승천창 석초진은 예전에 손발을 한 번 맞췄던 적이 있던 친구였다. 그는 자신의 별호이자 애병인 승천창을 들고서 저 멀리서 다가오고 있었다.

석초진은 반가운 얼굴을 하고 다가왔는데, 그도 동행이 한 명 있었다. 그의 동행은 갈의를 단정히 입은 이십대 초반의 젊은 사내였는데, 이쪽을 보더니 조금 놀란 표정을 짓고 있었다.

"이 친구, 정말 오랜만이로군."

"절강에서 보고 칠 년 만인가?"

반가이 나할라리의 손을 잡던 석초진은 짐짓 아니꼽다는 표정을 지으며 말했다.

"자네도 강호십일대비기를 얻겠다고 예까지 온 건가? 자네처럼 낫을 쓰는 자가 유하검이나 제석천이 뭐가 필요하다고 욕심을 부리나? 사람이 과욕을 부리면 요절하기 십상이지."

석초진의 말에 나할라리는 씩 웃으며 대꾸했다.

"그러는 자네는 창을 쓰는 작자가 뭐 하러 여길 왔나. 자네도 해당 사항 없기는 마찬가지면서."

"난 돈 벌러 온 걸세."

"돈을?"

"응, 여기 같이 온 이 친구가 날 고용했다네."

나할라리는 새삼스러운 눈으로 석초진 옆의 젊은 사내를 보았다.

승천창 석초진은 낭인계에서는 상당히 유명한 실력자였다. 그의 용천창법은 강호일절로 꼽히는 창법으로서, 어딜 가도 특급 고수로 대우받는 무인이었다. 그런 그인지라 몸값도 매우 비싼 편인데, 고작 해야 스물 남짓으로 보이는, 옷차림도 부유하게 보이지 않는 젊은 사내가 고용했다니 호기심이 일지 않을 수 없었다.

게다가 나할라리는 돈을 꽤 좋아하는 사람이었다. 물론 돈이란 것이 물자 교환의 대용품으로 세상에 모습을 선보인 이래 정도의 차이는 있을지언정 돈을 싫어하지 않는 사람이 그 누가 있었으랴마는, 나할라리는 개중에서도 그 좋아하는 정도가 심하다는 평을 듣는 자였다.

나할라리의 눈이 강렬한 호기심으로 반짝이는 찰나, 이제껏 잠자코 있던 석초진 옆의 젊은 사내가 그에게 말했다.

"당신이 혈겸이오?"

"그렇소만."

"혹시 돈 벌고픈 생각 없소?"

왜 없겠나. 귀에 번쩍 뜨이는 말이었으나 그렇다고 전도유망한 낭인 체면에 미끼를 덥석 물 수는 없는 법, 싸구려 같이 굴면 값이 싸지는 것은 당연한 이치였다.

나할라리는 짐짓 무슨 말인지 영문을 모르겠다는 표정을 지으며 젊은 사내와 석초진을 번갈아 보았다.

"사실은 방수 한 명을 더 고용하려 양양에 들렀었는데 우리가 예상하고 있던 자가 이곳 융중으로 보물을 얻겠다며 벌써 떠났다고 하더군. 그래서 여기까지 그를 찾으러 쫓아온 차였는데, 마침 자네가 눈에 띈 거야. 자네를 보니 그자보다 자네가 이 일에 더 적임자겠다는 생각이 들더군. 그래서 이 친구와 협의한 후 자네를 부른 걸세."

석초진의 말을 듣다 보니 점점 구미가 당겼지만 나할라리는 한 번 더 튕겼다.

"대체 무슨 일을 하기에 그러나? 난 그저 융중의 괴인을 구경하려고 들른 거라……."

나할라리의 말이 끝나기도 전에 젊은 사내가 끼어들었다.

"그저 구경하려고만 온 거요? 사실은 십일대비기에 대한 조금의 기대라도 있기에 온 것이 아니오?"

사내의 말에 나할라리는 잠깐 멈칫했다. 사실 거론되고 있는 비기는 부르는 게 값인 물건인지라 혹시 떡고물이라 얻어먹을까 하여 온 것이지만, 이왕 구경하러 왔다고 한 이상 재보에 초연한 고수로 행세하는 것이 나을 듯했다.

그는 진중하게 목소리를 깔며 대꾸했다.

"조금의 기대도 없었다면 당연히 거짓말이겠지. 그 괴인이 쓰러지고 나면 피 터지는 기보 쟁탈전이 벌어질 것이고, 그러다 보면 운이 좋아 내가 비기를 얻을 수도 있지 않을까 하는 막연한 기대는 하고 있소. 그러나 그런 기대로만 움직이기에는 내가 강호에서 구른 시간이 너무 기오. 그런 것보다는 고수들이 많이 등장할 테니 그저 안목을 높이겠다는 목적이 더 크오."

사내는 나할라리의 말이 마음에 드는 듯 고개를 끄덕이며 말했다.

"좋소. 그렇다면 안목도 넓히고, 돈도 벌 기회를 제공해 드리면 어떻겠소?"

"어떻게 말이오?"

젊은 사내는 나할라리의 질문에 대답하지 않았다. 그의 시선은 나할라리의 옆에서 눈을 말똥말똥 뜨고 자신을 주시하고 있는 범생을 향하고 있었다.

석초진이 나할라리에게 물었다.

"이분은 동행이신가?"

나할라리가 뭐라 하기도 전에 범생이 냉큼 나섰다.

"아하하, 반갑네. 이 몸은 백적촌에서 온 범생이라고 하네."

"범생이오? 특이한 이름인데, 들어본 기억은 없군. 어떻게 알게 된 분인가?"

석초진의 물음에 나할라리는 어깨를 으쓱했다.

"그저 길에서 만나 예까지 동행한 것뿐일세. 나는 이쪽에 볼일이 있으니 선생께선 가시던 길 계속 가시는 게 어떻겠소?"

나할라리의 말에 범생은 고개를 저었다.

"아이고, 별말을 다하는군. 이 젊은이가 아주 구미 당기는 얘기를 하는데 가긴 어딜 가라는 건가? 젊은이, 돈을 벌 기회를 주겠다니, 얼마를 주겠다는 말인가?"

젊은 사내는 곤혹스러운 표정으로 대꾸했다.

"저, 일의 종류가 선생님과는 별로 맞지 않을 듯한데……."

범생은 혀를 찼다.

"허허, 젊은 사람이 벌써부터 외양만 가지고 사람을 판단하는 건가! 자, 편견을 버리고 나에게도 이 혈겁과 공평한 기회를 주게! 어디 우리에게 돈 벌 기회가 뭔지 설명을 정확히 좀 해줘봐!"

이쯤 되자 젊은 사내도 어쩔 수가 없는 듯 그와 나할라리에게 자신이 하고자 하는 일을 설명했다.

나할라리는 우선 젊은 사내의 정체에 놀랐고, 또 그가 하고자 하는 일에는 더욱 놀랄 수밖에 없었다.

*　　　　*　　　　*

융중에 도착한 명한청과 진연은 융중산으로 들어섰다.

산으로 들어가는 입구에 무림인들이 잔뜩 몰려 있는 것이 보였다. 그런데 기이하게도 초입에만 사람들이 바글거릴 뿐, 위로 올라가는 사람이 없었다. 자세히 보니 같은 모양의 정복을 입은 무사들이 입구에 진을 치고 올라가려는 무림인들을 막고 있는 것이 보였다.

"저자들은!"

명한청이 정복의 무사들을 보고 놀란 표정을 짓자 진연이 다급히 물었다.

"왜, 아는 사람들이야?"

"저 제복은 군룡회의 무사들이 입는 옷이다. 그렇다면… 군룡회의 손우병이 괴인에게 비명횡사했다는 소문이 정녕 맞는 것 같군."

"그럼 저자들이 손우병의 복수를 위해 호광성 남부에서 예까지 괴인을 쫓아왔다는 거야? 그래서 복수를 하려고 다른 사람들을 못 올라가게 하는 건가?"

"글쎄, 군룡회가 최소한 겉으로는 정파를 표방하는 단체이니, 보는 눈이 있는데 수적으로 무조건 밀어붙이지는 않을 거야. 소문에 괴인은 손우병을 암습한 게 아니라 비무로 이긴 것이라 했으니. 일단 가보자. 저자들이 무슨 명목으로 사람들이 올라가는 것을 막고 있는지 들어보자구."

두 사람이 다가가자 무림인들과 군룡회 무사들 간에 왁자한 실갱이가 귀 따갑게 들려왔다.

"이런 젠장! 군룡회면 다냐! 왜 산에도 마음대로 못 올라가게 하는 거야!"

"네놈들이 복수를 명목으로 우리를 막고서 괴인의 보물을 독차지 하려는 것 아니냐! 정파 운운하던 놈들이 이런 식의 협잡을 하다니, 부끄럽지도 않으냐?"

군웅들의 항의가 빗발치는 가운데 군룡회의 선두에 선 무사는 고래고래 고함을 치며 대꾸했다.

"분명 우리가 괴인에게 복수를 하고자 호광성에서 여기까지 온 것은 사실이오! 그러나 어디까지나 우리 이사자님과 삼사자님이 오사자님의 복수를 위해 괴인에게 일 대 일 비무를 도전하겠다는 것일 뿐, 여러분이 예상하는 수적 우위로 밀어붙인다거나 하는 협잡은 절대 있을 수 없는 일이오. 그리고 우리는 결코 괴인과 상대하겠다는 협객을 막지 않소! 다만 어중이떠중이가 몰려들어 자칫 괴인이 도망치지나 않을까 우려되어 이렇게 요소요소를 막고 있을 뿐이오. 괴인에게 도전하고픈 사람은 뒤에서 떠들지만 말고 당장 앞으로 나오시오! 우리에게 인정받을 만한 신분이면 그냥 통과시키고, 신분이 불분명하면 우리 정예무사 중에 한 명의 가벼운 시험을 받고 통과하면 되는 것이오! 자, 도전할 분은 나오시고, 그게 아니고 그저 구경이나 하러 온 사람들은 입 다물고 뒤로 물러서시오!"

무사의 외침에 군웅들은 또다시 왁자한 욕설과 항의성을 내질렀다. 그러나 무사의 제안을 수용하여 도전하려 나서는 자는 한 명도 없었다.

명한청은 상황을 알겠다는 듯 고개를 끄덕였다.

"벌써 올라갈 만한 사람들은 다 올라가고 말 그대로 어중이떠중이만 남은 모양이로군."

"우린 어떡하지?"

"어떡하긴, 올라가면 되지."

명한청은 진연의 손을 이끌며 군웅들을 헤치고 나아갔다.

두 사람이 전진해 나아가자 군웅들은 시끄럽게 떠들면서도 길을 비켜주었다. 젊은 두 사람이 도전을 하려는 듯 보이자 전부 호기심 어린 표정으로 그들을 주시했다.

명한청과 진연이 선두까지 나아오자 길 중앙에 선 군룡회 무사가 둘을 한쪽으로 이끌었다.

"두 분은 어디서 온 누구요?"

명한청은 포권을 취하며 말했다.

"사해에 명성이 자자한 군룡회의 영웅들을 뵙게 되어 영광이오. 이 사람은 무당의 명한청이오."

그 말에 군룡회 무사는 탄성을 내질렀다.

"당신이 무당의 완상공자(完上公子)란 말입니까?"

"이 옆의 소저는 태의검 진원외 대협의 금지옥엽인 진연 소저요."

"아! 진 대협의 따님이시군요. 어서들 올라가 보십시오. 진 대협은 한 시진 전쯤 삼사자님과 같이 올라가셨습니다."

"삼사자? 혹시 청면객(靑面客) 아저씨 말씀인가요?"

진연의 물음에 무사는 웃으며 고개를 끄덕였다.

"그렇습니다. 어서 올라가 보십시오."

둘은 군룡회 무사들이 터준 길로 올라가기 시작했다. 등 뒤에서는 야유성이 따라 붙었다. 군웅들은 그들이 무사들의 시험을 거치리라 기대하고 있었는데 그저 말만 하고 무사통과하니 부러운 모양이었다.

"청면객 조립을 알아?"

명한청이 신기한 듯 물었다. 군룡회의 삼사자이며 강호에서 손꼽히는 검수, 청면객을 양양 밖으로 나가본 적도 없는 그녀가 아는 것이 의아한 표정이었다.

"우리 아버지랑 막역한 사이셔. 일전에 강남 가셨다가 한번 검을 겨뤄본 후에 친해지셨다고 하더라. 우리 집에도 몇 번 놀러오셨어."

"그래?"

명한청은 다소 떨떠름한 표정을 지었다.

그도 그럴 것이 군룡회와 무당파와는 사이가 썩 좋지 않았기 때문이었다.

무당파는 호북, 군룡회는 호남에 위치하여 서로 간의 거리가 꽤 있었기에 아직 직접적으로 충돌한 적은 없었다. 그러나 같은 호광성 내이고 군룡회가 워낙 세력 확장에 열을 올리고 있기에 언젠가 한번쯤은 충돌할 것이라는 예상이 강호에 만연해 있었고, 명한청 역시도 그렇게 생각하고 있었다.

'조립의 평판은 군룡회의 육사자 중 그나마 제일 나은 편이니 진 대협과 마음이 맞으셨나 보군.'

명한청은 좋은 쪽으로 생각하며 다소 아쉬운 마음을 접었다.

일각쯤 올라가니 군룡회 무사들이 몇 명 서 있는 것이 보였다.

그들은 길 옆 암벽에 뚫려 있는 커다란 동굴 앞에 서 있었다.

"괴인은 어디 있소?"

무사들은 동굴 안을 가리켰다. 괴인은 이 천연 동굴 안에 자리잡고 서 도전하는 사람들을 한 명씩 들어오게 한다는 설명이었다.

두 사람은 얼른 동굴 안으로 들어섰다.

"이상하군. 왜 하필 이런 동굴을 비무 장소로 골랐을까?"

명한청이 알 수 없다는 표정으로 중얼거렸다. 동굴 내부는 군데군데 뚫린 구멍으로 빛이 조금씩 들어와 사물을 식별할 정도는 되었다. 그렇지만 아무래도 비무를 하기에는 너무 어둡고 장소도 좁았다.

그런데 동굴은 안으로 들어갈수록 점점 넓어졌고, 빛도 더 많이 들어왔다.

"저기 사람들이 있어!"

진연은 외치며 쪼르르 달려나갔다. 아무래도 아버지가 걱정이 되는 듯 다급한 표정이었다.

명한청은 그녀를 따르며 귀를 쫑긋 세웠다. 내공으로 증폭된 그의 청각에 미세한 파열음이 들려왔다.

'누군가 비무를 하고 있다!'

사람들이 있는 곳으로 다가선 둘은 깜짝 놀랐다. 모여 있는 사람 중에 절반쯤이 누워 있었고, 누워 있는 사람들을 자세히 보니 모두 얼굴이 시퍼렇고 혈흔이 비치는 것이 죽은 것처럼 보였다.

다가서는 둘에게 군룡회의 무사가 다가섰다.

명한청은 그가 뭐라 하기도 전에 먼저 말했다.

"무당의 명한청이오. 이들은 죽은 것이오?"

무사는 명한청을 알아본 듯 얼른 대답했다.

"그렇소. 모두 괴인에게 당했고, 전부 즉사했소이다."

명한청은 눈을 크게 떴다. 밑에서 군룡회 무사들이 수준 낮은 자들을 걸러내고 있었으니 여기까지 와서 괴인에게 도전할 정도라면 상당한 고수일 것이다. 당장 명한청이 옷차림과 무기를 보고서 알아볼 수 있는 무인들도 있었다.

"이들이 전부 삼 초를 채 못 넘기고 죽었단 말이오?"

"그렇소."

"우, 우리 아버지는 어디 있죠?"

무사에게 묻는 진연의 목소리는 떨리고 있었다.

그녀는 도착하자마자 시체들의 얼굴을 하나하나 확인하며 안도와 한숨이 교차하는 모습이었는데, 서 있는 사람 중에도 아버지와 대사형의 얼굴이 보이지 않자 걱정이 태산 같은 얼굴이었다.

"소저 아버지가 누구시오?"

무사의 물음에 명한청이 대답했다.

"태의검 진원외 대협이시오."

"아, 삼사자와 같이 오신 분 말이구려. 좀 전에 그분 차례가 되어 안으로 들어가셨소이다."

"그럼 지금 싸우고 있는 사람이……!"

명한청의 말이 채 끝나기도 전에 안에서 여러 소리들이 겹쳐 나왔다.

"어억!"

"이놈!"

쿠쿠쿠쿵!

첫 번째로 들려온 비명성을 들은 진연은 새파랗게 질린 얼굴로 외쳤다.

"아빠!"

진연은 안쪽으로 몸을 날렸지만 군룡회 무사 두 사람이 그녀의 앞길을 막았다.

"비켜!"

진연은 허리띠를 잡더니 휙 잡아 빼며 다가오는 무사를 향해 떨쳐 냈다. 허리띠는 살아 있는 뱀처럼 움직이며 무사의 허벅지로 꽂혀들었다.

"억!"

허리띠로 분하고 있던 연검에 허벅지를 맞은 무사는 비명을 지르며 나뒹굴었다.

두 번째 무사가 칼을 뽑아 들었지만 그 역시 뱀처럼 똬리를 틀어 방향을 전환해 접근해 오는 그녀의 연검을 피하지 못하고 첫 번째 무사와 같은 부위를 적중당했다.

허벅지를 감싸며 넘어지는 두 번째 무사를 재빨리 다가온 명한청이 받아서 곱게 눕혔다.

"미안하오! 급한 상황이니 저 여자의 무례를 용서하시오!"

명한청은 쓰러진 무사들에게 한마디 외치고는 안으로 들어가는 진연을 쫓았다.

동굴 안으로 정신없이 질주하던 진연은 안쪽에서 누군가가 한 명을 안고서 달려 나오는 것을 보았다.

그 사람이 가까이 오자 얼굴을 알아볼 수 있었다.

"사형!"

안에서 나오던 자는 다름 아닌 그녀의 대사형 백담(白淡)이었다. 그리고 그가 안고 있는 것은 바로 그녀의 아버지 진원외였다.

"아, 아버지가 어떻게 된 거예요?"

진연의 물음에 대한 대답은 백담의 뒤를 따라 나오던 장년인이 대신했다.

"놈에게 당했다. 우선 입구 쪽에 의원이 있으니 거기까지 가도록 하자."

장년인은 군룡회의 삼사자인 청면객 조립이었다.

진연은 백담의 옆에 바싹 붙어서 진원외의 안색을 살폈다. 상의가 피범벅이 되어 있었고, 피를 많이 흘린 듯 얼굴이 새파랬다.

백담과 진연을 앞세우고 밖으로 나가며 명한청이 조립에게 물었다.

"괴인은 어떻게 되었습니까?"

조립은 경계하는 눈초리로 그를 바라보았다.

"자넨 누군가?"

"저는 무당의 명한청이라고 합니다. 진 대협과 저희 사부님이 막역한 사이이시라 진연과 여기 같이 오게 되었습니다."

조립은 그제야 표정을 풀었다.

"완상공자였구먼. 원외에게 얘기 많이 들었네. 아, 놈은 지금 이사자께서 상대하고 있네. 원외를 제외하면 이곳 융중에 온 사람 중에 최고수이니 놈을 꼭 쓰러뜨릴 수 있을 것일세."

명한청은 궁금한 것이 더 있었다.

"그런데 진 대협의 비명이 들린 후 소동이 있었던 것 같습니다만……."

조립은 굳은 안색으로 대꾸했다.

"원래 원외와 나, 그리고 이사자까지가 놈에게 도전하는 마지막 순번이었네. 한데 맨 끝인 우리 차례가 올 때까지 이제껏 놈에게 이 초 이상을 버틴 자가 없고 모두 괴인의 손에 즉사했지. 그런데 원외가 도전하여 놈에게 최초로 삼 초를 버텨냈다네."

명한청은 '역시'라고 생각했다. 태의검 진원외는 강호에서 평가받는 것 이상의 대단한 고수였다. 그의 사부인 신검도인 명현자는 진원외가 제 실력만 발휘한다면 능히 자신을 이길 수 있을 거라는 말을 하곤 했다.

명현자는 강호에서 다섯 손가락 안에 꼽히는 검수로 평가받고 있었다. 사부의 칭찬이 허언이 아니라면 진원외는 절정고수라 칭해도 손색이 없는 실력자인 것이다.

"사실 원외는 제석천이니 오행신단이니 하는 것에는 처음부터 관심이 없었지. 그저 삼 초만 버티고 유하검이나 가져가 딸에게 주겠다는 것이 그의 소망이었네. 그래서 괴인에게 삼 초를 버티고 나서 검을 거두려고 했는데 그게 화근이었지. 최초로 그가 삼 초를 버티자 화가 난 놈은 검을 거두는 그에게 이제껏 쓰지 않던 제석천을 사용하더군. 원외는 뜻밖의 공격에 미처 방어세를 갖추지 못하여 크게 다쳤고, 이사자와 내가 놈에게 덤볐지. 놈은 더 깊숙한 안쪽으로 도망가며 한 명씩 덤비라고 우리를 조롱하더군. 그래서 이사자가 홀로 놈을 쫓아갔고, 나와 저 친구가 원외를 데리고 나온 것일세."

앞서 가며 이 얘기를 다 듣고 있던 진연은 닭똥 같은 눈물을 뚝뚝 흘렸다.

"바보 멍청이 같으니! 누가 그깟 검 달라고 조르기라도 했나! 대체 왜 쓸데없는 짓은 하고 그래요, 왜! 아빠 몸 안 다치는 게 딸 가장 기쁘게 하는 거란 걸 왜 그렇게 몰라요, 예?"

그녀의 눈물 어린 하소연을 들으며 백담은 죄스러운 듯 고개를 푹 수그렸고, 명한청과 조립은 깊은 한숨을 내쉬었다.

동굴 중간에 군룡회 무인들이 있는 곳에 다다르자 과연 의원이 있었다.

조립도 의예에 조예가 있는 듯, 둘은 진원외를 진맥하며 이런 저런 대화를 나누었다.

"아, 아빠는 어떤 가요? 많이 다쳤나요?"

다그치는 진연에게 조립이 대답했다.

"어려운 상황에서도 너희 아버지는 수비를 잊지 않은 듯하다. 생각보다 상처는 그리 크지 않아. 다만, 아무래도 놈이 제석천에 독을 묻힌 것 같다."

"독이요?"

"그래, 외상이 심하지 않아 당장 치명적이지는 않지만, 독의 성분을 조속히 알아내어 치료하지 않으면 자칫 생명이 위험해질 수 있어."

그때 한 사람이 비틀거리며 동굴 안에서 나왔다.

"이사자!"

나오는 사람은 긴 칼을 든 매 눈의 중년인이었다. 군룡회 무사들이 그를 보고서 이사자라 부르는 것을 보니 그가 바로 암천비웅 도환인 모양이었다.

"이사자, 놈은 어떻게 되었습니까?"

조립의 물음에 도환은 힘겨운 표정으로 대꾸했다.

"도망쳤어. 안으로 더 쫓아가려 했는데 계속 좁고 어두운 틈으로 들어가니 도저히 쫓을 수가 없더군. 어두운 곳에서 언제 튀어나올지 모를 제석천 때문에 더 이상 쫓아 들어갈 수가 없었네."

그 말이 끝나기가 무섭게 진연이 그를 지나쳐 안쪽으로 뛰어들어 갔다.

"연아! 무슨 짓이야!"

명한청이 그녀를 쫓아가며 외쳤다.

"놈을 잡아야 아버지에게 쓴 독을 알 것 아냐!"

진연은 경신법을 발휘해 쏜살같이 안으로 질주해 들어갔다.

진연을 따라 동굴 안으로 계속 들어가던 명한청은 이 동굴이 생각 외로 대단히 길다는 것을 알 수 있었다.

과연 도환의 말대로 동굴 안은 점점 좁아지고 어두워졌다. 이런 어둠 속에서 괴인이 도사리고 있다가 제석천은 고사하고 평범한 암기를 날린다 해도 그나 진연은 속수무책으로 당할 수밖에 없었다. 그는 진연을 한시라도 빨리 따라잡고 싶었지만 진연의 경신 공부는 그 못지않게 출중하여 쉽사리 잡을 수가 없었다.

얼마나 달렸을까, 그는 마침내 진연을 따라잡을 수 있었다. 진연은 동굴의 막다른 곳에 도달해 있었다.

"어떻게 된 거야? 괴인은 어디 간 거지?"

명한청은 두리번거리며 물었다. 동굴의 끝은 기이하게도 지금껏 달려오던 동굴의 중심부보다는 더 밝아서 사물을 어느 정도 식별할 수 있었다. 매우 좁은 폭의 공간에서 덩치 큰 그는 낑낑거리며 진연에게로 다가갔다.

　"쉿!"

　진연은 한손을 들어 그를 조용히 시켰다.

　"왜, 왜 그래?"

　"조용히 해봐! 이 소리 안 들려?"

　진연의 말에 명한청은 얼른 촉각을 곤두세웠다. 과연 그의 귀에 파공음 비슷한 것이 들려오기 시작했다.

　펑, 퍼퍼펑.

　"음, 누군가 격돌하고 있어. 벽공장이 난무하는 것으로 보아 보통 고수들이 아닌가 본데."

　"그 괴인과 누가 싸우고 있는 게 틀림없어! 그것도 이 근처에서!"

　진연의 단정적인 말에 명한청은 고개를 갸웃거렸다.

　"그래? 여긴 막혀 있는데 괴인이 어떻게 밖으로 나간 걸까? 나가면서 통로를 부쉈나?"

　진연은 그의 말에 대꾸하지 않고 계속 상하좌우를 살피더니 눈을 빛냈다.

　"저기야!"

　그녀는 폭이 좁은 좌우의 벽에 두 손과 두 발을 대고 위로 올라가기 시작했다.

　그녀를 따라 눈을 들어 위를 본 명한청은 위쪽에 뚫린 작은 구멍을 볼 수 있었다.

"저기로 나간 걸까?"

그는 몸을 뒤틀기도 어려운 큰 덩치를 끙끙 움직이며 그녀를 따라 위로 올라갔다.

그보다는 움직임이 수월한 진연은 위로 올라가더니 그 구멍 속으로 쏙 들어갔다.

"이봐, 같이 가! 혼자 먼저 가는 것은 너무 위험해!"

부지런히 구멍으로 다가간 명한청은 절망하고 말았다. 구멍은 폭이 한자나 됨직한 크기로, 우람하다 못해 비대한 덩치의 그가 절대 빠져나 갈 수가 없었다.

전진하던 진연이 외쳤다.

"넌 오던 길로 다시 가서 사람들하고 동굴을 돌아서 와! 그 수밖에 없겠어!"

명한청은 그 말에 따를 수밖에 없었다.

"어이! 너무 무리하지 마! 곧 따라갈 테니!"

뒤에서 들려오는 명한청의 외침을 들으면서도 진연은 나아가는 것에 주력했다.

양 팔꿈치와 무릎을 열심히 놀리며 한 십 장쯤 전진하자 환한 햇살이 저 앞에서 비치는 것이 보였다. 그녀는 더욱 빨리 움직여 마침내 굴밖으로 고개를 내밀었다. 그러자 놀라운 광경이 펼쳐지고 있었다.

제8장
장건, 진연과 골치 아프게 엮이다

장건, 진연과 골치 아프게 엮이다

혼돈지서 제사절

암기의 장

제석천─천하오대기병 중 서열 사위의 병기.

직접 실험해 본 바, 살상 능력 자체로만 따진다면 공히 제일위에 올려놓을 수도 있는 병기이다.

어린아이가 사용한다 해도 치명적일 수 있는 이 병기를 막는 방법은 단 한 가지이다. 물론 연혼갑을 착용하면 몸통 부위는 방어가 가능하나 머리까지 막아주지는 않기에 완벽한 방어법이라 할 수 없고, 최대한 근접전을 펼쳐 제석천을 발사할 수 있는 공간을 주지 않는 수밖에 없다.

이 같은 방어법은 담청기의 또 다른 걸작 기병인 번천제룡환을 방어

할 때도 응용할 수가 있는데…….

팡! 파팡! 파파파파팡!

혈겸 나할라리와 승천창 석초진은 경악을 금치 못하고 있었다. 풍파투도란 이름이 최근 낭인 계통에서 유명하다는 것은 익히 들어서 알고 있었으나, 설마 이 정도의 실력자일 줄은 꿈에도 몰랐었다.

특히 첫 대면했을 때 풍파투도의 나이가 너무 어려 보여 소문이 과장되었었나 생각했던 나할라리는 그야말로 놀라움의 연속이었다.

풍파투도는 나할라리와 석초진, 범생을 이끌고 다른 무림인들이 가는 길을 벗어나서 융중산을 한 바퀴 삥 돌았다. 가는 길목마다 군룡회의 무사들이 철통같이 지키고 있었지만 암벽이 많은 어느 한곳에 이르러서는 갑자기 그들이 눈에 띄지 않았다.

왜 보초가 없을까 의아해하는 나할라리에게 승천창이 귀띔을 해주었다. 풍파투도가 미리 손을 써놓은 상태라고.

앞서가는 풍파투도를 따라 암벽을 타고 한참을 올라가자 공터가 있는 한곳이 나왔다. 풍파투도는 여기서 기다리면 된다고 하며 자리에 앉는 것이었다.

그리고 나서 반 시진쯤 있었을까, 갑자기 전면의 암벽부의 자그마한 구멍에서 웬 산발한 남자 한 명이 머리를 쏙 내밀더니 곧 몸까지 작은 구멍 안에서 술술 빠져나왔다. 나할라리는 그를 보며 그가 축골공을 익혔다는 것을 확신했다.

바닥에 착지한 괴인은 뜻밖에 자신을 기다리고 있는 네 명을 보더니 흠칫 했다. 그러는 사이 풍파투도가 벼락같이 그에게 달려들었다. 괴인은 의표를 찔렸음에도 불구하고 곧 전열을 가다듬고 풍파투도와 격돌하기 시작했다.

둘은 순식간에 권각으로 이십여 초를 교환했다. 괴인의 손에서 간헐적으로 뿜겨져 나오는 장력은 무지막지한 위력을 담고 있어서 풍파투도를 비껴 나가 바닥으로 떨어질 때마다 그 자리의 돌과 흙이 푹푹 패어 나갔다. 그러나 풍파투도 장건은 괴인처럼 발경(發勁)을 쓰지 않고 철저히 근접하여 박투로만 싸움을 전개했다. 그가 지독하리만치 바싹 붙는 통에 괴인은 위력적인 장력을 소유하고 있음에도 그를 정확히 맞추지 못했고, 장풍은 번번이 장건을 빗나가서 애꿎은 땅만 파이게 만들었다. 괴인의 발경 타법이 효과를 발휘하려면 좀 더 거리가 필요했다.

괴인도 그렇게 판단했는지 기습적으로 발을 차 뒤로 몸을 날렸다. 그러나 그가 그렇게 움직이는 것을 기다리고 있던 두 사람이 있었다.

괴인이 장건과 떨어지자마자 사슬에 연결된 낫과 기다란 창이 그의 좌우로 날아왔다. 이때껏 가만히 대기하고 있던 혈겸과 승천창이 장건의 사전 지시에 따라 움직인 것이다.

괴인은 갑작스레 날아오는 두 개의 장병에 당혹스러운 표정을 감추지 못했다. 그는 자신의 양쪽 배후로 쏘아져 들어오는 낫과 창을 피하려 다시 앞으로 치고 나가야 했고, 쫓아오던 풍파투도와 다시 맞닥뜨릴 수밖에 없었다.

또다시 치열한 근접 박투가 전개됐다. 장건은 저돌적으로 파고들며 괴인을 압박했다. 그는 지극히 단선적인 권법을 쓰고 있었는데, 나할라리가 얼핏 보기에는 육합권이나 무당제자들이 입문하고 처음 배운다는 장권 같기도 했다. 어쨌든 그리 심오해 보이는 권법은 아니었으나 워낙 근접한 상황에서의 박투였기에 오히려 단순한 수법이 더 큰 효용성을 발휘하고 있었다.

괴인은 그 뒤로도 거리를 두기 위해 몇 번 더 후퇴를 시도했으나, 그럴 때마다 기다렸다는 듯 번번이 좌우에서 날아오는 낫과 창에 진로가 막혀 버렸다.

결국 무리하게 거리를 확보하는 것을 포기한 듯 괴인은 수법을 바꾸었다. 지금껏 장력 일변도였던 수법을 날카로운 조법으로 전환하여 빠르게 풍파투도를 공격하기 시작했다.

타탕! 탕! 타타타타타탕!

두 사람의 팔이 보이지 않을 정도의 속도로 교차되었고, 육장이 부딪치고 있는데 금속을 두들기는 듯한 소리가 울려 퍼지기 시작했다. 괴인은 조법도 위력적이어서 풍파투도의 빈틈을 가공할 속도로 파고들었으나 그때마다 그의 팔뚝에 가로막혔고, 괴인의 손톱과 풍파투도의 팔뚝이 충돌할 때마다 불꽃이 튀겼다. 풍파투도의 소매로 가려진 팔뚝에 아마 착완순 류의 방어구가 장치된 모양이었다.

풍파투도는 괴인의 쾌속한 공격을 팔뚝으로 방어하며 점점 더 거리를 좁혀갔다. 괴인은 조법까지 통하지 않자 점차 한 발 한 발 뒤로 물러서기 시작했다.

괴인이 물러서자 나할라리와 석초진이 공격 자세를 취했지만 괴인이 전처럼 빠르게 후퇴하는 것이 아니라 풍파투도와 같이 움직이고 있었기에 공격하기는 어려웠다.

계속 조금씩 후퇴하던 괴인은 마침내 암벽 가까이에 이르렀다.

후퇴하던 그를 따라가며 지속적으로 압박하던 장건은 문득 괴인의 눈이 반짝이는 것을 알아차렸다.

'위험하다!'

본능적으로 괴인이 어떤 수작을 부리려는 것을 알아챈 그는 한 발을 성큼 내밀며 괴인에게 오른팔을 내밀었다. 그의 오른팔 소매에서 검은 물체가 튀어나와 무시무시한 속도로 괴인을 향해 쏘아져 들어갔다.

그러나 괴인이 한 발 빨랐다. 괴인은 순간적으로 뒤로 몸을 띄웠다. 혈겸과 승천창이 기다렸다는 듯 좌우에서 날아들었지만 솟구친 그의 두 발은 배후의 암벽을 밟고 있었다.

"타아!"

암벽을 지지대 삼은 괴인은 쏘아져 들어오는 낫과 창을 간발의 차이로 피하며 뛰어오른 반대쪽으로 쾌속하게 쏘아져 나갔다. 이때껏 자신을 압박하던 셋의 머리를 뛰어넘어 도망치려는 속셈이었던 것이다.

"어림없다!"

공중으로 날아가던 괴인은 자신의 머리를 향해 밑에서 솟구쳐 올라오는 검은 물체를 느꼈다. 피하기가 여의치 않자 괴인은 한 손을 휘둘러 그 물체를 쳐내려 했다. 그러나 그 물체는 손과 닿자마자 급격하게 오므라졌다. 괴인은 재빨리 손을 꺾었지만 오므라들던 손모양의 물체는 결국 그의 소매 끝을 꽉 물어버렸다.

물린 소매 끝이 아래 방향으로 확 당겨졌다. 물체와 연결된 끈을 장건이 아래에서 잡아당긴 것이었다.

괴인은 그 당기는 힘의 방해로 인해 더 멀리 날아갈 기회를 놓치며 하강하기 시작했고, 착지하는 그를 향해 장건의 신형이 솟구쳤다.

두 신형은 공중에서 다시 격돌했다.

파파파파파팍!

공중에 떠서 붙은 채로 둘은 열여덟 번의 권장격을 교환했다.

괴인은 촉망 중에도 마지막 두 번의 공격을 장건의 옆구리와 명치에 명중시켰다. 장건은 고통스러운 표정을 지으며 그에게서 떨어져 나갔다.

거머리 같은 놈을 떨쳐 낸 기쁨의 미소를 짓던 괴인의 눈이 커다래졌다. 자신에게서 떨어져 나가는 장건의 손에 뭔가가 들려 있었기 때문이었다. 그의 손에 들린 것은 동그란 비단 주머니와 아주 작은 목갑이었다.

괴인은 대경실색했다. 방금 달라붙었을 때 놈의 공격이 자신보다 적었던 이유가 자신의 품에서 물건을 꺼내기 위해서였던 것이다!

"이놈!"

괴인은 처음으로 고함을 내지르며 오른팔을 휙 떨쳐 냈다. 이때껏 안전 거리를 확보하지 못해 그의 오른손 소매 속에 꼭꼭 숨어만 있던 제석천이 시전자의 분노를 담뿍 담은 채로 발출되었다.

쏴아아아아!

천장 절벽 아래로 내리꽂는 거대한 폭포의 굉음 같기도 하고 상처 입은 야수의 포효 같기도 한 파공성이 공중에 울리고, 하늘을 가르는 은색의 광채가 괴인에게서 장건에게로 뇌전처럼 쏟아져 들어갔다.

콰직!

때마침 장건과 떨어져 나가는 괴인을 향해 날아가던 혈겸이 방향을 선회하며 은색 광채와 충돌했는데, 백련정강으로 만들어진 낫은 광채와 닿자마자 종잇장처럼 찢어발겨졌다.

혈겸을 파괴하고도 은색의 광채는 전혀 속도가 줄지 않은 채 장건을 향해 날아왔다.

장건은 빼앗은 두 개의 물건을 품 안에 챙길 새도 없이 닥쳐드는 광채를 방어해야 했다.

그는 두 물건을 왼손에 옮겨 잡고 오른손을 떨쳐 냈다. 그의 오른팔 소매 속에서 예의 흑색 강철손, 비응방의 이대보물 중에 하나인 철응조(鐵鷹爪)가 튀어나왔다.

현철을 섞어 만들었다는 보병 철응조가 다가오는 광채를 챌 듯이 손을 쩍 벌렸지만 그 역시도 은빛 광채의 힘을 꺾어내지 못했다. 광채는 철응조마저 세 쪽으로 갈라놓으며 장건의 옆구리를 향해 파고들었다. 그러나 혈겸과 철응조를 거쳐 온 광채는 처음보다 그 굵기가 현저하게 얇아져 있었다. 장건은 두 팔을 십자로 교차시켜 날아오는 광채를 막았다.

쾅!

장건의 몸이 공중에서 급속도로 회전했다. 충격을 줄이기 위해 광채가 몸에 닿자마자 몸을 뒤틀어 회전하며 그 힘을 분산시키려 한 것이다.

'아뿔싸!'

장건은 회전 중에 왼손의 기운이 순간적으로 빠져나감을 느꼈다. 두 병기의 저지를 뚫고 지나왔음에도 불구하고 은빛 광채의 파괴력이 워낙 대단했기에 그것을 막아낸 두 팔이 충격의 여진으로 흔들리며 잡고 있던 물건들을 그만 놓쳐 버리고 만 것이다.

회전하는 장건의 몸에서 빠져나간 두 개의 물건, 비단 주머니와 목갑은 바닥으로 떨어졌고, 누군가의 손이 그 물건들을 짚었다.

장건은 회전을 지속하며 땅바닥으로 떨어졌고, 장건과 충돌했던 은색 광채는 멀찍이 착지하고 있는 괴인에게 다시 흡수되었다.

"이놈!"

갑자기 누군가가 호통을 치며 착지하는 괴인에게 달려들었다.

날카로운 연검이 괴인을 향해 파고들었다. 진연이었다.

괴인은 진연을 상대하지 않고 훌쩍 뒤로 물러서서 달아나기 시작했다.

"게 서라!"

석초진과 나할라리가 진연과 합세하여 괴인의 뒤를 쫓았으나 괴인의 신법이 워낙 기쾌하여 곧 거리가 벌어졌다.

그런데 괴인이 달려가는 방향 쪽에서 명한청이 군룡회 무사들을 이끌고 다가오고 있었다.

"한청아, 놈을 잡아!"

진연의 말이 끝나기도 전에 명한청이 괴인을 향해 몸을 날렸다.

그러나 그가 도달하기도 전에 괴인은 측면으로 방향을 선회하여 몸을 날렸다. 측면에는 암벽으로 된 가파른 오르막이 전개되고 있었는데, 괴인은 벽호공에 능숙한 듯 평지처럼 뛰어올라 갔다.

암벽에 도달한 명한청과 군룡회 무사 몇 명이 괴인을 따라 암벽을 타기 시작했다. 그러자 괴인은 암벽 중간에서 멈춰서더니 한 손을 휘저었다. 그러자 소매에서 예의 은빛 광채가 튀어나오며 그의 발밑 암벽을 때렸다.

쫘르르르릉!

광채가 훑고 지나간 암벽이 요란한 소리와 함께 무너져 내리기 시작했다. 머리 위에서 돌덩이들이 굴러 떨어지자 명한청 등은 다급히 바닥으로 몸을 던져 피해야 했다.

그러는 사이 괴인은 암벽을 다 올라가 자취를 감추었다.

"놀라운 위력이군! 저게 바로 제석천인가?"

명한청은 암벽 중간에 은빛 광채로 인해 뻥 뚫려 버린 부분을 보며 혀를 내둘렀다.

그는 군룡회 무사들에게 물었다.

"저자가 간 쪽에도 포위망이 구비되어 있소?"

군룡회 무사는 자신없는 표정으로 대꾸했다.

"저쪽 길은 워낙 험준하여 서너 명이 퇴로를 지키고 있을 뿐이오. 저 괴인의 속도로 보아 순식간에 동료들이 있는 곳까지 도달할 텐데……."

명한청은 한숨을 내쉬며 고개를 저었다.

"신호전 같은 게 있으면 그들에게 알리시오. 공연히 막아서지 말고 피해 있으라고. 서너 명이면 개죽음당하기 십상이오."

군룡회를 무시하는 듯한 명한청의 발언에 무사는 얼굴이 벌개졌지만 그도 그 말이 맞다고 생각했는지 부하에게 신호전을 날리라고 명했다.

"연아, 괜찮니? 다치지 않았어?"

명한청은 멈춰선 채 괴인이 사라진 곳을 노려보고 있는 진연에게 다가갔다.

"응, 나는 괜찮아. 근데 저놈은 놓친 거야?"

"그런 것 같다. 생각 외로 엄청난 무위를 가지고 있어서 군룡회가 이 산에 펼친 포위망 정도로는 절대 잡기 어렵겠어. 방금 보인 경신술과 암벽을 부순 수법이 본 실력이라면 우리 사부님도 감당하기 어렵겠는걸."

진연은 무거운 표정으로 몸을 돌렸다.

"아빠한테 가보자."

둘은 어깨를 늘어뜨린 채 달려왔던 길을 돌아가기 시작했다.

괴인의 마지막 공격을 받고 쓰러졌던 장건은 범생의 부축을 받으며 일어섰다.

"자네, 괜찮나?"

"예, 그런데……."

장건은 석연치 않은 표정으로 흙을 털며 일어섰다. 옆구리와 팔에 군데군데 혈흔이 비치고 있었으나 제석천에 맞은 상처보다는 회전하며 땅바닥으로 떨어지는 통에 긁힌 상처가 대부분이었다.

나할라리와 석초진도 다가왔다.

"자네 정말 대단하군! 풍파투도의 명성을 최근 많이 듣긴 했으나 제석천의 공격을 피해내다니! 내 눈을 믿기가 어려웠네!"

석초진과 나할라리는 감탄을 금치 못했다.

장건은 희미한 미소를 지으며 고개를 저었다.

"중간에 혈겸으로 그것의 진로를 막아주시지 않았다면 이렇게 온전하지는 못했을 겁니다. 정말 고맙소."

장건의 인사에 나할라리는 뒤통수를 긁적였다.

"글쎄, 그런데 그것이……."

나할라리가 껄끄러운 표정을 짓자 옆에 있던 석초진이 의아한 표정으로 그를 툭 쳤다.

"왜 그런 표정이야? 혹시 혈겸 부서진 게 아까워서 그러나? 이 친구가 돈이 많으니 그 정도는 어련히 배상해 줄 텐데."

"아니, 그런 게 아니고……."

물론 혈겸 부서진 것이 아깝긴 했지만 석초진의 말이 아니라 해도 당연히 배상 청구는 할 작정이었다. 정작 나할라리를 의아하게 만든 원인은 따로 있었다.

나할라리는 범생 쪽을 쳐다보며 말했다.

"저, 혹시 아까 날아가던 혈겸을 향해 손짓하지 않았소?"

범생은 환한 표정을 지으며 대꾸했다.

"응? 아하하, 역시 자네가 내 손짓을 봤구먼. 그래, 내가 '어! 저걸 막아야 해!' 하며 손짓을 했더니 자네가 과연 내 신호를 보고서 그 이상한 놈을 쫓던 혈겸의 진로를 수정하여 그 광채를 막더군 그래. 대단한 조종력이었네."

"그런 뜻이 아니라……."

나할라리는 더 말하려다 말고 입을 다물었다. 자신의 생각이 너무도 터무니없이 느껴졌기 때문이었다.

공중을 떠가는 괴인을 향해 혈겸을 날린 것까지는 그의 의지였다. 그러나 혈겸이 괴인을 쫓는 사이 괴인에게서 나온 제석천의 광채가 혈겸을 지나쳐 장건에게 향할 적에는 어떻게 손을 쓸 방도가 없었다.

광채가 위험하다는 것을 알고 혈겸을 조종해 그것을 막고 싶었지만 광채가 워낙 빨라 혈겸이 그것을 쫓지 못할 것 같았다. 그런데 막 광채가 혈겸을 스치는 순간 뭔가 외부적인 힘이 혈겸을 떠밀었고, 그래서 광채와 혈겸이 충돌할 수 있었던 것이다. 혈겸을 조종하던 나할라리가 느끼기에는 그 외부적인 힘이 누군가가 시전한 장력 같았다. 때마침 눈을 돌렸을 때 범생이 혈겸을 향해 손짓하고 있었다.

그래서 혹시 범생이 장력을 날려 장건을 구한 것이 아닌가 싶은 마음이 들었던 것인데, 스스로가 생각해도 너무 터무니없어 입 밖으로 꺼내기 민망할 정도였다.

'저런 작자가 그런 정밀한 장력을 내뿜을 턱이 없지 않은가!'

나할라리는 멍청해 보이는 범생의 얼굴을 보며 고개를 휘휘 저었다.

한편 일어날 때부터 뭔가 마뜩찮은 표정이던 장건은 주변을 살피다가 괴인을 놓치고 되돌아오고 있는 진연을 발견했다.

걸어오던 진연은 장건과 눈이 마주치자 얼른 딴전을 피웠다.

"자자! 어서 아빠한테 가보자."

명한청은 그녀가 갑자기 손을 잡아끌고 걸음을 빨리하자 어리둥절한 표정으로 끌려갔다.

그런 둘을 장건이 걸음을 빨리하며 쫓아갈 찰나, 군룡회 무사들이 그를 막아섰다.

"잠깐만. 당신 걸음을 멈추시오."

장건은 다급한 표정으로 그들을 비켜가려 했다.

"무슨 일인지 몰라도 난 지금 바쁘니 잠시만 기다리시오."

그러자 근처의 군룡회 무사들이 우르르 몰려와 그를 포위했다.

"무슨 짓이오, 이게!"

장건이 호통을 치자 수장격의 무사가 한 발 앞으로 나왔다.

"당신네들에게 조사할 게 좀 있소. 협조를 부탁드리오."

"협조 못하겠다면?"

"그렇다면 도망간 괴인과 한패로 간주하는 수밖에 없소."

그러는 사이 범생과 나할라리 등도 군룡회 무사들에게 밀려 장건에게로 다가왔다.

석초진이 목소리를 높였다.

"이거 왜들 이래? 명문정파를 표방하는 군룡회가 언제부터 이렇게 다수로 소수를 핍박했나!"

그러자 군룡회의 무사들이 분노로 눈을 번득였다.

"건방진! 좋은 말로 할 때 고분고분 응대하라. 감히 낭인 나부랭이가……."

"뭣이?"

석초진의 창이 갑자기 움찔 하더니 어느 틈엔가 말한 무사의 목젖에 창끝이 닿아 있었다. 실로 보이지 않을 정도의 쾌속한 창술이었다.

"다시 한 번 말해 봐라. 낭인 나부랭이가 뭐 어쨌다고?"

창끝이 목에 닿은 무사는 얼굴이 새파래진 채 입만 뻐끔거렸고, 나머지 무사들은 일제히 칼을 뽑았다.

"그만!"

호통으로 일촉즉발의 분위기를 막아선 것은 수장 격의 무사였다. 그는 석초진에게 포권하며 말했다.

"수하의 무례를 용서하시오. 이 사람은 군룡회 외삼당의 제이당주 목전의라 하오. 명성이 자자한 승천창 석 협사와 그 동료들인 줄 알았다면 진작 예의를 차렸을 것이오."

그는 강호 일절로 꼽히는 석초진의 용천창법을 알아본 것이었다.

"진작에 그럴 것이지."

석초진은 창을 거두었고, 군룡회 무사들도 목전의의 명에 따라 모두 칼을 집어넣었다.

"석 협사의 동료들이니 신분이 확실한 것을 믿겠으나, 조사에는 협조해 주시길 부탁드리오. 본 회에서는 이, 삼사자께서 오사자의 복수를 하는 것을 타인에게 방해받지 않도록 하기 위해 온 산을 포위하고 괴인에게 도전하겠다는 무림인들만을 신분과 실력을 확인 후 출입시켰소. 그런데 네 분은 분명 우리의 허가를 받지 않고 여기 들어와 계시오. 게다가 괴인의 탈출로에 위치해 있었소. 어떻게 우리를 피해 이곳에 들어왔고, 또 괴인의 도주로에는 왜 있었는지 사실대로 말해 주셔야겠소."

장건이 괴인과 사투를 벌이는 것은 범생 등 세 명을 제외하고는 진 연밖에 목격한 사람이 없었다. 명한청과 군룡회 무사들은 뒤늦게 도착 했기에 왜 정체 모를 네 사람이 괴인의 도주로에 있었는지 이해를 하 지 못하고 혹시 괴인과 한 패인가 의심을 하고 있었다.

나할라리는 난감한 표정을 지었다. 사실대로 말하자면 조금 걸리는 부분이 있기 때문이다.

좀 전에 명한청의 지적을 받고 군룡회 무사들이 신호전을 날린 것은 사실 별 필요가 없는 행위였다. 괴인이 도망가는 퇴로를 지키고 있을 서너 명의 무사는 이미 장건의 손에 처리된 상황이기 때문이었다.

장건은 산 전체를 빙 둘러싸고 있는 군룡회의 포위망 중 가장 사람 이 적은 곳을 택하여 세 명을 끌고 갔다. 암벽길 근처에는 네 명의 군 룡회 무사들이 있었는데 장건이 미리 손을 쓴 것인지 모두 잠들어 있 었다.

장건과 범생들을 암벽길로 이끌었다. 한참을 올라가다 다시 내려가 니 지금 있는 장소가 나왔고, 일행은 그때부터 장건이 가리킨 구멍에서 괴인이 나오기를 기다리고 있었다.

장건은 나할라리와 석초진에게 괴인이 나오고 나서의 대응 방법을 지시했다. 자신이 괴인과 근접전을 벌일 텐데, 만일 괴인이 조금이라 도 자신에게서 떨어지려 하면 그 즉시 낫과 창을 날려 괴인의 퇴로를 막으라는 것이었다.

나할라리와 석초진은 장건의 계획이 간단하면서도 효율적이라는 것 을 괴인과 싸우면서 깨달았다. 괴인이 가지고 있을 제석천은 천하에서 가장 위력적인 병기이지만 분명 원거리 살상용 병기이니 근접전이 전개되면 함부로 쓰기 어렵다. 장건은 이것을 간파하고 지독하리만치 근접전을 고집하며 장병을 쓰는 두 명의 방수로서 괴인이 자신에게서 떨어지지 못하도록 한 것이다.

벽호공을 자유자재로 구사하는 괴인의 뛰어난 경신술 때문에 결국 놓치기는 했지만 내로라하는 고수들을 삼 초 안에 처리했다는 괴인과 사십여 초 이상을 겨룬 장건, 풍파투도의 실력과 기지는 인정할 만했다.

"어떻게 우리 몰래 여길 들어올 수 있었소?"

목전의는 장건을 거듭 채근했다.

군룡회 무사 네 명을 잠재우고 들어왔노라고 대답하기 곤란한 장건은 잠시 아무 말이 없다가 천천히 입을 열었다.

"우리는 댁들이 여기 도착하기 전에 미리 와 있었소."

목전의는 미심쩍은 표정으로 대꾸했다.

"호오, 그래요? 우리가 여기 도착한 게 어제 새벽인데, 그럼 댁들이 그전에 왔단 말이오?"

"그렇소."

"그것참 이상하군. 양양을 비롯한 호북에 괴인의 소문이 퍼진 것이 불과 나흘 전, 그 소문을 듣고 사람들이 몰려들기 시작한 것이 어제 저녁부터였소. 오늘 아침부터에서야 비로소 괴인에게 도전하는 사람들이 나타났지. 그런데 당신들은 어제 새벽 이전에 여길 왔다고?"

날카로운 지적임에도 장건은 눈 하나 깜짝 하지 않았다.

"그 말이 사실이라면 당신들이 더 이상하지 않소? 고작 나흘밖에 안 된 소문인데 천 리 밖의 호남에서 여기까지 이틀 만에 왔단 말이오?"

그 말에 목전의는 잠시 멈칫했으나 곧 목소리를 높여 대꾸했다.

"우리는 소문이 퍼지기 전 오사자님이 괴인과의 비무 후 사망하셨을 때부터 이미 괴인을 추적하고 있었소. 융중에 오기까지 자신에게 도전하라는 풍문을 흘리고 다니는 그의 행적을 계속 쫓아왔기에 여기까지 빨리 올 수 있었던 거요."

"우리도 그렇소. 괴인이 양양을 지날 즈음에 흘린 소문을 듣고 얼른 쫓아온 거요. 그 결과 당신들보다 간발의 차로 앞섰던 게지."

자신의 말을 그대로 흉내 내는 듯한 장건의 대꾸에 목전의는 분이 치밀어 오르는 표정으로 말했다.

"그렇게 금세 괴인을 쫓아왔다면 왜 괴인에게 도전하지 않고 괴인이 도망가는 길을 지키고 서 있었던 거요?"

"너무 당연한 걸 묻는군. 제석천 같은 암기 발사형 무기를 가진 자를 시야가 확보되지 않는 어두운 동굴 안으로 쫓아가서 상대하는 바보 짓을 왜 한단 말이오? 놈이 동굴 안으로 들어가는 그 순간부터 나는 놈에게 절대적으로 유리한 어두운 그 안에서 놈을 상대하는 것을 포기했소. 그 대신 놈이 다른 자들에게 떠밀려 도망칠 만한 퇴로가 있는지 주변을 살폈지. 나는 괴인이 영악한 놈이라는 것을 알고 있었기에 동굴에 들어갈 적부터 퇴로를 만들어놨을 것이라고 확신했었지. 과연 주변을 살피다가 동굴과 연결된 저 구멍을 발견할 수 있었고, 그때부터 지금껏 기다린 거요. 놈이 언제 튀어나올까 하고."

목전의는 입을 딱 벌렸다. 장건의 말은 일리가 있긴 하나 동굴 안으로 괴인을 쫓아간 자신들의 이사자와 삼사자를 포함한 모든 사람들이 다 바보였다는 말이 되기도 했다.

"말을 함부로 하는군. 당신 이름이 대체 뭐요?"

"장건이오."

"장건? 뭐 하는 사람이오? 별호는 뭐요?"

"그냥 낭인이오. 특별한 별호는 없고."

뭔가 꼬투리를 잡으려 해도 도대체 잡히질 않자 목전의는 약이 바싹 오른 얼굴이었다.

그때 석초진이 끼어들었다.

"목 당주, 그쯤 해두는 게 어떻겠소? 더 이상한 것 없으면 우리를 이렇게 계속 잡고 있는 것이 예의가 아니란 것쯤은 알아줄 때도 되지 않았소?"

장건은 몰라도 석초진을 마냥 무시할 수는 없는 목전의는 할 수 없이 무사들을 뒤로 물렸다.

"오늘은 석 협사를 보아 그냥 보내준다만 군룡회의 사자들을 바보로 돌려 말한 것은 절대 잊지 않겠다. 나중에 마주치지 않도록 조심하라."

목전의가 바로 옆을 지나가는 장건에게만 들릴 정도의 낮은 목소리로 말했다.

"저런, 이걸 어떡하지? 나는 돌려 말한 적이 없는데."

장건이 피식 웃으며 대꾸하자 목전의는 눈에서 불을 뿜었지만 더 이상 응대하지는 않았다.

융중산을 터덜터덜 내려오며 석초진이 말했다.

"이거 어쩌나, 작전도 잘 세우고 선전하기까지 했는데 놈을 잡지 못해서. 의뢰비는 반값만 주게. 별로 한 일도 없으니."

나할라리도 그러자고 했지만 장건은 고개를 저었다.

"목적은 거의 다 달성했습니다. 제석천까지 바라지는 않았고, 유하검과 오행신단만 얻으면 된다고 생각했으니까요."

의미를 알 수 없는 대답에 석초진은 눈을 동그랗게 떴다.

"응? 그럼 그 두 개를 얻었단 말인가? 언제?"

장건은 걸음을 멈추고 길 옆 바위에 걸터앉았다.

"아까 전까지만 해도 저한테 있었습니다. 지금은 다른 사람 손에 들어갔지만. 여기서 잠시 기다리지요. 그 사람이 나올 때까지."

"그자들이 그 괴인과 싸웠다고?"

"그래, 그것도 아주 치열하게. 거의 제압할 뻔했어."

명한청은 진연의 말을 믿을 수 없다는 표정으로 대꾸했다.

"그런 일이… 그자들이 싸우던 광경을 좀 설명해 줄래?"

"음, 나이가 제일 어려 보이는 사람이 괴인과 거의 홀로 대결했고, 나머지 둘은 낫과 창으로 원거리 지원을 했어. 괴인이 어린 사람에게서 떨어지려 하면 둘이 큰 낫하고 창을 휘둘러 괴인의 진로를 막았어. 한 사람은 멀찍이 떨어져서 구경하고 있었고."

명한청은 알겠다는 듯 고개를 끄덕였다.

"한 사람은 낯이 좀 익다 싶었는데 아마도 이 일대에서 유명한 낭인인 승천창 석초진이었을 거야. 상당한 고수이긴 하나 그 괴인에 맞서기는 역부족이라 생각되는데… 큰 낫을 쓴 자는 아마도 그의 친구인 혈겸 나할라리일 거다. 그런데 그 어린 사람은 전혀 모르겠군. 그저 박투술만 잘하는 자였나? 다른 도구 같은 것을 쓰지는 않고?"

잠시 생각하던 진연은 뭔가 떠오른 듯 외쳤다.

"그래! 괴인과 떨어졌을 때 한쪽 소매에서 끈이 달린 검은 손이 튀어나왔어. 나중에 괴인의 은색 광채에 부서지긴 했지만."

"끈이 달린 검은 손이라……."

명한청은 미간을 찌푸리며 오른쪽 눈썹을 까딱거렸다. 진연은 그게 명한청이 어떤 생각이 잘 떠오르지 않을 때 나오는 버릇이란 것을 알고 있었기에 더 이상 말을 걸지 않았다.

둘은 대화하는 사이에 처음의 동굴 입구에 다다랐다. 군룡회의 무사들이 안에서 시체들과 부상자를 데리고 나오고 있었다.

둘이 안으로 들어설 찰나 백담과 군룡회 무사 하나가 들것에 진원외를 싣고 나오는 것이 눈에 떠었다.

진연은 다급히 그에게로 다가갔다.

"사형! 아버지는 좀 어때요?"

대답은 백담 대신 그 뒤를 따라 나오던 청면객 조립이 했다.

"우선 마차에 싣고 대답해 주마."

들것은 동굴 입구까지 올라온 군룡회의 마차에 조심스레 올려졌다.

조립은 진연과 명한청을 따로 불렀다.

"괴인이 달아났다는 보고는 들었다. 놈이 사라졌기에 독의 성분을 당장 알아내기가 어렵고, 고로 원외를 해독하기가 지난한 상황이다."

진연이 조심스럽게 입을 열었다.

"저어, 놈에게서 뭔가 빼앗아왔는데… 혹시 해독단이 아닌가 싶어요."

그 말에 조립은 깜짝 놀라며 말했다.

"응? 놈에게서? 뭘 빼앗았다는 게냐?"

진연은 품속에서 작은 목갑을 꺼내 내밀었다.

"괴인이 격투 중에 흘린 물건이에요. 얼른 주워서 열어보니 대단한 물건 같던데요. 한번 봐주세요."

조립은 눈을 빛내며 목갑을 열었다.

그가 목갑 뚜껑을 열자 뭐라 형용하기 어려운 그윽한 향기가 퍼져

나왔다. 목갑 안에는 금빛으로 빛나는 단약 하나가 들어 있었고, 목갑의 뚜껑 안쪽에는 금(金)이라는 글자가 박혀 있었다.

"이, 이것은 설마!"

진연은 감탄사를 터트리고 있는 조립에게 다급히 물었다.

"왜요? 정말 해독단인가요?"

조립은 씁쓸하게 웃으며 고개를 저었다.

"애석하게도 그것은 아니구나. 그러나 이것은 정말 대단한 보물이다. 아마도 놈이 자신을 꺾으면 내놓겠다던 오행신단인 것 같구나."

그 말에 진연과 명한청도 눈을 크게 떴다.

어릴 적부터 귀가 따갑게 들어온 강호십일대비기 중 하나가 뜻밖에 손에 잡혔으니 놀라지 않을 수가 없었다.

"사대영약 중에 만병을 치유할 수 있는 단약이 있다고 들었는데, 이것도 그러한 효과가 있지 않나요?"

조립에게 묻는 진연에게 명한청이 답했다.

"독을 치유하는 영단은 현명단(玄冥丹)이야. 오행신단은 공력을 증진시키는 단약이지."

"그래."

실망 가득한 표정을 짓던 진연은 조립에게 다시 물었다.

"아빠를 낫게 하려면 어떻게 해야 할까요?"

조립은 한숨을 내쉬며 말했다.

"우선 독의 전문가에게 진찰받게 하는 수밖에 없지만, 제아무리 뛰어난 전문가라 해도 중독된 사람의 증상 하나만 보고 천하에 산재한 수만 가지 독 중에 그에게 쓰인 독 하나를 짚어내고, 또 그 해독제를 만든다는 것이 여간 어려운 일이 아니다. 이런 말을 하기 미안하다만 불가능에 가까운 일이지."

"그럼 어떡해요?"

진연의 얼굴이 와락 구겨졌다.

"너무 걱정하지 마. 조 대협께서는 지나치게 비관적으로 말씀하시는 군요. 본 파의 명진 사숙이 독에 해박하시니 모시고 가면 좋은 수가 생길 거야."

명한청의 위로에 진연의 얼굴이 조금 밝아졌다.

"글쎄, 그렇다면 나로서도 더 바랄 것이 없겠네만……."

조립은 침중한 표정을 풀지 않으며 중얼거렸다.

그때 마차에서 한 가닥 외침이 흘러나왔다.

"진 대협! 진 대협!"

진원외를 부축하여 안으로 들어간 군룡회 소속 의원의 목소리였다.

"무슨 일이냐!"

조립과 진연, 명한청이 한달음에 달려갔고, 마부석에 있던 백담도 다급히 마차 안을 살폈다.

진연은 마차 안의 진원외를 보고는 실신할 뻔했다. 죽은 듯이 눈을 꼭 감은 그의 입부터 가슴팍까지 막 토해낸 듯한 비릿한 피가 흘러넘치고 있었다.

조립은 다급히 침을 꽂고 있는 의원을 다그쳤다.

"어떻게 된 거야! 왜 이러는 거지?"

의원은 새파랗게 질려서 대꾸했다.

"아무래도 보통 독이 아닌 것 같습니다. 이래서야 사흘을 못 버티겠는데요?"

"뭣이!"

조립은 믿을 수 없다는 듯 부르짖었다.

의원의 말을 들은 진연은 기절할 듯한 표정이었고, 명한청의 얼굴도 어두워졌다.

이곳에서 무당산까지는 이백 리가 넘는 길, 물론 이틀 안에 가자면 갈 수도 있는 거리였지만 그것은 어디까지나 몸 성한 무림 고수에게나 해당되는 얘기였다. 독이 퍼질 것을 극도로 주의해야 하는, 그래서 최대한 평탄한 길만 골라서 천천히 가야 되는 중독 환자를 데리고 그곳까지 이틀 내로 도달하는 것은 정말로 불가능했다. 게다가 그곳까지 데려간다 해도 명진 사숙이 살려낸다는 보장도 없었다.

"어, 어떻게 해. 한청아, 나 어떡하니?"

반쯤 정신이 나간 진연이 그의 팔을 꼭 붙들고 물었지만 명한청도 뭐라 대꾸해 줄 말이 없었다.

그때 갑자기 조립이 중얼거렸다.

"방법이 아주 없는 것은 아니지만······."

명한청의 귀가 번쩍 띄었다.

"조 대협, 지금 뭐라 하셨습니까?"

조립은 굳은 표정으로 말했다.

"사실 원외를 살릴 방법이 없진 않네. 다만, 이것은 너무 위험한 일인지라 함부로 말하기가 어렵네."

진연은 다짜고짜 그의 팔을 붙잡았다.

"아예 어려운 일이라면 아저씨가 말을 꺼내시지도 않았겠지요. 빨리 말씀해 주세요. 아버지를 살릴 수 있는 일이라면 뭐든지 하겠어요!"

잠시 자신에게 매달린 진연을 내려다보던 조립은 긴 한숨을 내쉬었다.

"어린 너까지 위험에 빠뜨리는 것 같아 말해 줘야 하는지 모르겠다만… 나도 원외를 이대로 보내기는 정말 싫구나. 사실은……."

그의 입에서는 놀라운 이야기가 흘러나왔다.

당금 강호를 주무르는 강대 세력 중에는 집마부(集魔府)가 있다.

스스로를 마(魔)라 표현한다는 것 자체가 독특한 일이지만 그들에게는 그럴 만한 사정이 있다.

보통 국가 혹은 무림맹 같은 공인 단체에서 어떤 종교를 사교나 마교라 분류하는 기준은 혹세무민 등등의 문제 행위를 명확히 따져 판정한다기보다는 그 종교가 판단자의 이익을 침해한다고 느낄 때 그런 식으로 몰아세우는 경우가 많았다.

집마부는 이런 식으로 억울하게 마교로 몰려 변방으로 쫓겨난 자들이 각자의 세력을 규합하여 세운 단체였다. 처음에는 잔여 세력 간의 규합이기에 미약하게 출발했으나 점차 그 세력이 커져서 지금은 그 누구도 무시 못할 힘을 구축하고 있었다.

이들은 여러 세력이 규합된 만큼 나중에 각자 독립한다는 기치를 내걸고 철저한 이익 추구를 목적으로 하고 있었다. 자금과 세력을 완벽히 확보하고 독립을 한다는 계획이었는데, 독립 전까지는 집마부의 부주에 절대적으로 충성하고 부의 확장에 목숨을 아끼지 않는다는 사상이 부의 구성원들에게 완벽히 주입되어 있었다.

최근 강대 세력 간의 힘 겨루기가 한창인 강호였지만 변방에 위치한 집마부의 존재는 모두에게 두려움을 주기 충분했다. 그래서 좀처럼 그들을 넘보거나 건드리는 세력은 없는 형편이었다. 또 그 반면, 그들이 중원으로 들어오는 것을 꺼리는 세력이 대다수였기에 만일 집마부가 중원 진출을 선언한다면 서로 적대하던 강대 세력들이 그들에 대항하여 합종 연횡하는 일까지 생길 거라고 예상하는 사람도 있었다.

조립의 말에 의하면 이러한 집마부의 고위층이 이 호광성에 들어와 있는데, 그들은 산서의 철무림에 사신으로 갔다가 집마부로 귀환하는 중이라고 했다.

그런데 그들에게 철무림에서 내어준 선물이 하나 있는데, 그것이 바로 만독을 해독하고 저항 능력까지 갖추게 만드는 영약인 현명단이라는 것이었다.

조립은 이 사실을 군룡회가 철무림에 심어놓은 간자에게서 들었다고 했다.

"놈들은 지금 호북 경계로 들어와 이쪽으로 향하고 있어. 그들의 행적을 따르는 간자에 의하면 내일 중에 양양에 들를 거라 하더구나."

"알겠어요. 그놈들에게서 현명단을 빼앗으면 된다는 말이군요."

진연은 굳은 얼굴로 다짐하듯 말했다.

조립은 미안한 표정으로 말했다.

"나도 도와주고 싶다만 회의 중책을 맡고 있어서 그럴 수가 없구나. 본 회와 집마부는 아직 충돌할 시기가 아니라서……."

"괜찮아요, 아저씨. 충분히 이해해요. 저희 아버지도 아저씨가 무리하는 것을 바라지는 않을 거예요."

"그래, 양해해 준다니 고맙구나. 어떻게든 좋은 결과가 있기를 바란다. 그럼 난 내일 저녁때쯤 우리 의원과 함께 집에 들르도록 하마."

"예, 그때까지는 현명단을 구해놓았을 거니 걱정 말고 오세요."

진연과 진원외가 탑승한 마차는 손을 흔드는 조립을 뒤로하고 융중산을 내려가기 시작했다.

진연은 마부석에서 마차를 몰고 있는 백담의 뒷모습을 보며 긴 한숨을 내쉬었다.

이럴 때 그가 든든한 모습을 보여주면 얼마나 좋을까.

그녀의 하나뿐인 사형은 마음씨가 비단결 같은 참으로 좋은 사람이지만 애석하게도 그 좋은 마음씨 때문에 문제가 많은 사람이었다.

상대를 제압하는 무예를 익히는 자가 무골호인이다 보니 무공이 발전할 턱이 없었다. 늘 열심히 노력하여 그녀의 아버지에게 칭찬받는 그였지만 무공으로만 따지자면 진연의 반의 반도 못 따라왔다. 기본적인 호승심도 없고 겁도 많다 보니 타인을 이길 기회를 좀처럼 잡지 못했고, 승리의 성취를 맛보지 못하니 자신감이 없어서 실력 향상이 더딜 수밖에 없었다.

진연은 평소에는 마음씨 착한 사형을 늘 아끼고 좋아하지만, 이렇게 위기가 닥치고 보니 의지할 수가 없어서 참 답답했다.

옆에 앉아 있던 명한청이 그녀의 마음을 읽은 듯 어깨로 툭 쳤다.

"걱정 마. 내가 있잖냐."

진연은 코웃음을 쳤다.

"너도 집에나 가라. 대무당파의 고제자께서 집마부를 건드리는 사고를 치는 것을 내가 어찌 감당하겠니."

그 말에 명한청은 눈을 치떴다.

"너, 정말 그 말은 섭섭하구나. 만일 내가 이런 너를 놔두고 그냥 돌아가기라도 한다면 우리 사부께서 치도곤이 아니라 내 목을 치실 거다. 의를 저버린 놈은 살려둘 가치가 없다면서."

진연은 피식 웃었다. 그녀도 그가 남아서 자신을 도와줄 것을 당연히 알고 있었다. 다만 그저 말로 확인하고 싶었을 뿐이다.

"한청아, 고맙다."

"알면 됐고, 이제 사고 운운이나 하지 마라."

"아! 말을 잘못했구나. 고맙다, 사질."

"흐이구, 말을 말아야지 내가."

그때 갑자기 마차가 정지했다.

"왜 그래요 사형?"

진연의 물음에 마부석의 백담이 당황한 기색으로 대답했다.

"수상한 자들이 길을 막고 있어."

진연과 명한청이 창밖으로 고개를 내미니 과연 백담의 말대로 네 명의 사내가 길을 막고 있었다.

날이 저물어 사내들의 얼굴을 알아볼 수가 없기에 명한청과 진연은 마부석으로 나왔다.

"무슨 일이오? 환자가 타고 있는 마차이니 길을 비켜주시오."

명한청의 말에 한 명이 한 발 앞으로 나서며 대꾸했다.

"소저가 아까 훔쳐간 내 물건을 내놓으면 얼른 비켜 드리리다."

"응? 무슨 소리야 그게?"

명한청은 진연에게 고개를 돌려 물었다. 진연은 달빛에 비친 사내의 얼굴을 보고서야 그의 정체를 알 수 있었다.

"범인이 거기 계시는군. 날 알아보겠으면 얼른 물건을 내놓으시지."

"누가 누구 물건을 훔쳤다는 거죠? 난 그저 땅에 떨어진 물건을 주웠을 뿐이에요."

범인이란 말에 울컥 화가 난 진연은 날카롭게 외쳤다.

젊은 사내는 피식 웃었다.

"말이 좀 되는 얘길 하시오. 소저네 집에서는 누가 길에 떨어뜨린 물건을 주우면 떨어뜨린 주인이 눈 시퍼렇게 뜨고 옆에 있음에도 자기

거라고 우기라고 가르치오?"

'소저네 집에서는' 이란 말이 나오자 진연의 눈빛이 파랗게 빛났다.

"야, 이 자식아! 니가 뭔데 우리 집 가정 교육이 어쩌고저쩌고 하는 거야! 그러는 너도 그 괴인한테서 훔친 물건들이잖아!"

명한청은 손으로 얼굴을 감쌌다. 저 젊은 사내는 멋모르고 진연의 역린을 건드리고 말았다. 편부 슬하에서 자란 진연이 가장 듣기 싫어하는 얘기가 가정 교육 운운하는 것이었다.

젊은 사내, 장건은 해쓱한 표정으로 진연의 악다구니를 듣고 있었다. 장건은 저 여자가 왜 갑자기 저렇게 드세고 당당해지는지 이해를 할 수가 없었다.

"말버릇도 잘못 배운 모양이로군. 잘 들으시오. 난 내가 그걸 훔쳤기 때문에 권리를 주장하는 것이 아니오. 훔치다가 놓친 물건을 다시 내놓으라고 협박할 만큼 뻔뻔하지는 않소. 그건 도둑으로서의 자존심 문제이지. 난 다만 그 물건들이 내가 실력으로 쟁취한 것이기에 소유권을 주장하는 것이오."

"……?"

"괴인이 분명 공언하지 않았소? 삼 초를 받아내면 유하검, 오 초를 받아내면 제석천, 십 초를 받아내면 오행신단을 준다고. 나는 놈과 백 초 가까이 수를 교환했소. 그건 소저가 두 눈으로 똑똑히 봤으니 더 잘 알 테지."

그 지적에는 진연도 할 말을 잃을 수밖에 없었다.

분명 그가 괴인과 수십 초를 교환하는 것을 자신의 눈으로 확인했기 때문이다.

진연은 분한 표정으로 두 개의 물건을 들어 올렸다. 사실 그녀도 단

약이 해독제가 아니란 것을 알았을 때부터 장건에게 돌려줘야겠다는 생각을 하고 있었다. 다만 첫 대면했을 때 범인 어쩌고 하는 말에 울컥 화가 나서 말이 이상하게 엇나갔을 뿐이었다.

"좋아요. 이까짓 것들 이제 필요하지도 않⋯⋯."

손 안의 물건들을 장건에게 던지려던 진연은 문득 떠오른 생각에 팔 동작을 멈췄다.

'가만, 그렇다면 단약은 몰라도 유하검은 저 사람 게 아니잖아!'

괴인에게 삼 초를 버틴 것으로 따지자면 그보다 그녀의 아버지인 진 원외가 먼저였다. 그러니 우선 순위가 당연히 그녀의 아버지에게로 돌아가야 하는 것 아닌가!

진연은 유하검이 들어 있는 주머니를 내려놓고는 오행신단만을 장 건에게로 던졌다.

장건은 의아한 표정으로 날아오는 목갑을 잡아챘다.

목갑을 열어본 장건은 내용물을 살피고는 말했다.

"오행신단이로군. 그런데 유하검은 왜 안 주는 거요?"

"당신 말대로라면 유하검의 주인은 바로 우리 아버지예요. 당신에 앞서서 괴인의 삼 초를 먼저 받아내었으니까."

진연의 말에 장건은 조금 놀란 표정으로 물었다.

"그게 사실이오?"

"그래요. 못 믿겠다면 증인을 댈 수도 있어요."

장건은 곤혹스러운 표정을 지었다. 진연의 당당한 태도로 보아 그녀 의 말은 사실인 듯했다.

그는 손에 쥔 목갑과 진연을 번갈아 쳐다보다가 이윽고 입을 열었 다.

"사실 내가 필요한 것은 이 오행신단이 아니오. 이렇게 합시다. 이 오행신단은 소저에게 줄 터이니 그 유하검을 나에게 주시오. 소저도 유하검보다는 강호십일대비기 중 하나로 꼽히는 오행신단이 더 귀한 보물이라는 것은 잘 알 것 아니오?"

이 뜻밖의 제안에 진연뿐 아니라 그 자리에 있는 모든 사람들이 의아한 표정을 지었다.

장건의 말마따나 유하검이 뛰어난 병기이긴 해도 모든 강호인이 열망하는 보물인 오행신단과는 그 가치를 비견할 수 없었다. 그런데 어째서 이런 손해 보는 제안을 하는 것일까?

그때 명한청이 진연의 귀에 대고 작은 소리로 속삭였다.

"바꾸지 않겠다고 말해라."

그의 말이 아니라 해도 이미 진연은 바꿀 생각을 하지 않고 있었다.

"미안하지만 그건 안 되겠네요. 이 유하검은 제 아버지께서 큰 위험을 무릅쓰고 저를 위해 구하려 하신 물건이에요. 그쪽 주장처럼 괴인의 조건에 부합하는 성과를 올린 사람이 이 물건들의 임자라 하면 이 물건은 제 아버지 것이 되는 것이고, 전 저를 위해 아버지가 얻어낸 이 물건을 함부로 취급할 수 없어요. 설사 그 대가가 가치를 헤아릴 수 없는 보물이라 해도."

그 말에 장건은 떫은 표정을 지었고, 그 뒤의 범생은 '참으로 갸륵한 마음씨로고!' 라고 중얼거리며 흐뭇하게 고개를 끄덕였다.

장건은 입맛이 썼다. 손안에 든 오행신단은 애초부터 안중에 없던 물건이다. 처음부터 그의 목적은 오직 유하검뿐이었는데 뜻밖의 암초를 만나고 만 것이다. 하필 그녀의 아버지가 괴인의 삼 초를 먼저 받아냈을 줄은 그도 예상하지 못한 것이었다.

아예 처음부터 '이런 도둑년을 봤나!' 하며 달려들어 싹 빼앗아 버렸다면 별 문제가 없었을 텐데, 나름대로의 원칙을 고수하다 보니 엉뚱하게도 상대방을 유하검의 임자로 인정하게 된 꼴이 되어버렸다.

그가 난감해하는 사이 맞은편의 명한청이 나섰다.

"형장 말대로 하여 두 가지 보물의 임자가 정해진 셈이니 이만 헤어집시다. 마차 안에 환자가 있으니 우린 여기서 지체할 시간이 없소. 그만 길을 비켜주시겠소?"

장건은 마차에 오르려는 둘을 다급히 붙잡았다.

"잠깐, 오행신단이 필요없다면 다른 것은 어떻소? 돈이 필요한 거라면 좋은 값을 쳐주겠소."

그 말을 들은 진연은 경멸하는 눈초리로 그를 쳐다보며 대꾸했다.

"정말 말귀를 못 알아듣는군요. 당신 같은 사람은 세상 모든 걸 돈으로 다 구할 수도 있다고 생각하겠지만, 우린 아녜요! 그러니 이만 비켜요!"

진연은 더 이상 쳐다보기도 싫은 듯 장건을 외면하며 다시 마차 위로 올라탔다.

장건은 쓸쓸한 표정으로 발길을 돌렸다. 그런데 그때, 그의 발을 붙잡는 한 마디가 있었다.

"돈 외에 다른 거라면 바꿀 용의가 있소만."

장건은 고개를 돌렸다. 말한 자는 덩치 좋은 사내, 명한청이었다.

"뭐 가지고 싶은 거라도 있소?"

"있지요. 바로 당신의 실력."

명한청의 말에 장건의 눈이 번득였다.

"내가 누구인지 알고 있나?"

"알다마다. 이 근방에서 가장 유명한 대도이신 풍파투도 아니시오?"

장건 일행은 진연의 마차에 올라타 있었다.

조립이 내준 마차는 내부가 넉넉하여 진원외가 누워 있음에도 불구하고 일행이 앉을 자리 정도는 충분히 남아 있었다.

명한청은 일행에게 사건의 정황과 해야 할 일을 설명하고 있었다. 그 옆에서는 진연이 볼이 잔뜩 부은 채로 앉아 있었다. 그녀는 이 정체 모를 자들을 명한청이 받아들인 것이 썩 마음에 들지 않았고, 특히 저 시건방진 젊은 자에게 유하검을 대가로 청부를 맡기는 것이 정말 마음 내키지 않았다.

명한청이 명석한 판단력의 소유자라는 것을 잘 알고 있기에 '무슨 이유가 있겠지.' 하고 생각하며 이 돌발 행동을 제지하지는 않았지만 나중에 둘만 남았을 때 단단히 쏘아붙일 작정이었다.

그녀가 무슨 생각을 하거나 말거나 명한청은 열심히 사건의 경위를 장건 일행에게 설명했다.

"그래서 청면객 조립은 우리에게 정보와 함께 해결책을 제시한 거요. 내일 오후 양양을 지나치는 집마부의 마차를 털어서 현명단을 구해오라는……."

설명을 다 들은 장건은 알겠다는 듯 고개를 끄덕였다.

"그럼 당신의 조건은, 나보고 마차 터는 일을 대신 하란 거로군?"

"그렇소. 알다시피 집마부란 세력은 강호 어느 문파라 해도 건드리기를 주저하는 강대 세력이오. 우리가 그 마차를 털어야 한다면 어쩔 수 없이 소동이 일어나게 될 것이고, 빠르든 늦든 무당파와 천의문이 자신들을 건드렸다는 것을 집마부에서 알게 될 거요. 그렇게 되면 우리의 사문은 큰 곤란을 겪게 되겠지. 그러나 만약 당신이 나서서 소문대로의 실력을 보여준다면 그러한 사태는 일어나지 않을 거요."

명한청의 말을 듣던 장건은 미묘한 표정으로 입을 열었다.

"좋소. 그런데 만일, 그 조립이란 자의 정보가 잘못된 거라면? 내가 그 마차를 털었는데 현명단이 없다던가 하면 어떻게 되는 것이지?"

"정보가 잘못되었다면… 그땐 어쩔 수 없지요."

"그렇다 해도 유하검을 넘겨주겠소?"

"무슨 말도 안 되는……!"

진연이 발끈하여 핏대를 올렸지만 명한청이 손을 들어 그녀를 제지했다.

"알겠소. 당신이 마차를 털었음에도 현명단을 발견하지 못한다면, 유하검을 넘겨주겠소."

그 말에 장건은 만족스러운 듯 고개를 끄덕였다. 청부를 수락한 것이다.

진연은 다급히 명한청을 마부석으로 끌고 나갔다. 고삐를 쥐고 있던 백담까지 안으로 들여보낸 그녀는 명한청을 매섭게 쏘아붙였다.

"너 대체 정신이 있는 거야, 없는 거야?"

백담 대신 고삐를 쥔 명한청은 멀뚱한 표정으로 대꾸했다.

"왜 또 그래. 천군만마를 얻게 되었는데."

"천군만마 좋아하네! 저 시건방진 치가 뭐가 대단하기에 그리 벌벌 떠는 거야?"

"쉿— 조용히 좀 말해! 안에 다 들리겠다."

명한청은 손가락을 입에 대며 그녀를 진정시켰다.

"이봐, 잘 들어. 우리가 집마부의 마차를 털고 소리 소문 없이 현명단을 훔쳐 낼 확률이 지금까지 일 할이었다고 한다면, 마차 안의 친구가 청부를 허락한 지금은 구 할이라고 할 수 있어. 저 친구는 그만큼 대단한 친구라고. 유하검이 지금 너에게는 소중한 물건이라고 할 수 있지만 너희 아버지 목숨만 하겠니?"

진연은 명한청의 말을 믿을 수 없다는 듯 눈을 동그랗게 떴다.

"그게… 정말이야? 저 작자가 대체 누구기에?"

"너, 풍파투도라고 들어본 적 없어?"

"풍파투도? 어디서 들어본 것 같긴 하네. 그럼 저자가 도둑이야?"

"도둑이지. 강호에서 가장 실력 좋은 도둑."

진연은 그제야 알겠다는 듯 고개를 끄덕였다. 생각해 보니 그녀도 그의 실력을 견식한 바가 있었다. 괴인에게서 유하검과 오행신단을 훔쳐 낸 장본인 아닌가. 비록 완전히 훔쳐 내지는 못하고 두 보물을 놓쳐 버리기는 했으나 괴인의 엄청난 무위를 감안하자면 그의 품에서 물건을 끄집어낸 자체가 대단한 재주임에는 틀림없었다.

"저자에 대해 강호에서 떠도는 온갖 소문이 있지만, 본 파에서만 알고 있는 은밀한 정보에 의하면 그는 소문 이상의 고수이고, 또 소문 이상의 능력자야. 그가 하겠다는 마음만 먹으면 내일 상대할 자가 설사 집마부주라 해도 영약을 훔쳐 낼 수 있을걸?"

"정말?"

명한청이 좀처럼 허언을 하지 않는다는 것을 아는 진연은 놀라움을 금치 못했다. 그 시건방진 작자가 그런 능력자일 줄은 상상도 못했기 때문이다.

"좋아, 네 말대로 그자가 이 중대사를 맡길 만한 능력자라고 쳐. 그렇다고 해도 대체 왜 그런 불리한 조건의 계약을 맺은 거야? 마차를 털어서 현명단이 없으면 그만이라니, 그자가 훔치는 시늉만 하고 나와서 '현명단은 없었소. 정보가 잘못되었나 보오. 그러니 유하검을 내놓으시오' 라고 한다고 해도 우리는 그저 그자의 말을 믿을 수밖에 없잖아. 그렇게 되면 유하검이야 둘째 치고 아버지를 구명할 기회조차 잃게 될 수도 있어."

진연은 자기 아버지의 생명이 달려 있는 일이니만큼 불안함을 금치 못했다.

"그런 걱정은 붙들어놔. 그가 도둑임에도 불구하고 공명정대한 성격이라는 것은 정평이 나 있으니."

명한청의 태평스런 대꾸에 진연은 이해를 못하겠다는 듯 오만상을 찡그리며 중얼거렸다.

"도둑이 공명정대하다니, 대체 그런 말이 어디 있어?"

명한청은 마차 고삐를 힘차게 흔들며 대꾸했다.

"사실 진짜로 성격이 공명정대한지는 나도 잘 모르겠다. 다만 그가 이때껏 도둑질해 온 대상들이 의롭지 않은 자들뿐이었다는 것만 알고 있을 따름이야."

제9장
장건, 행동을 개시하다

장건, 행동을 개시하다

　　늦은 오후, 해가 서산에 뉘엿뉘엿 져가고 서쪽 하늘이 서서히 붉어질 무렵, 조금 한산해진 양양의 대로 중앙을 달리고 있는 검은 마차가 한 대 있었다. 커다란 검은 마차는 매우 호화스러운 장식에 멋들어지게 생긴 흑마들이 끌고 있어서, 일견하기에도 고관대작이나 대부호가 타고 있지 않을까 짐작하게 되는 외양이었다. 어자석의 마부는 마차를 대고 쉴 객잔을 찾는 듯 말을 몰면서도 끊임없이 주변을 두리번거리고 있었다.

　　마차가 막 숙박 업소가 많은 거리로 들어서는 참이었다. 막 교차로를 지나칠 때 왼쪽 길에서 소란스러운 소리가 들리더니 소가 끄는 수레 하나가 갑자기 튀어나왔다. 수레를 끌고 있던 소는 고개를 마구 휘저으며 경중경중 뛰고 있었다.

　　길을 걷던 사람들은 비명을 지르며 날뛰는 소를 피했고, 수레 임자는 하얗게 질린 얼굴로 손을 휘저으며 외쳤다.

"모두 피하시오! 소가 벌에 쏘인 모양이오! 어서 비켜요, 어서!"

왼쪽 편에 있던 사람들은 놀라 도망치며 우르르 몰려와 교차로를 막지나고 있는 검은 마차를 지나쳤다.

검은 마차의 마부는 화들짝 놀라 고삐를 당겼다. 사람들이 말의 앞으로 막 지나가고 있었기 때문에 더 이상 전진했다가는 지나치는 사람들을 말이 깔아뭉갤 수도 있었다.

한녘 발광하며 이리저리 뛰던 소는 하필 검은 마차 쪽으로 방향을 선회하여 마구 돌진해 왔다. 마부가 다급히 고삐를 챘지만 사람들이 여전히 말들 앞으로 도망치고 있기 때문에 말들이 제대로 움직이질 못했다.

쾅!

결국 달려온 소는 곤봉 같은 두 뿔로 마차의 앞부분을 받아버렸다. 충돌의 순간 소의 뒤에서 애처롭게 끌려오던 작은 수레는 왈칵 뒤집혀져 버렸고, 그 위에 위태롭게 앉아 있던 수레 임자는 공중을 붕 날아 마차 어자석의 마부를 덮쳐 버렸다.

어자석을 반쯤 박살 낸 소는 여전히 진정이 안 되는 듯 차문을 뿔로 박으며 길길이 날뛰었다.

그때, 마차의 문이 열리더니 검은 인영이 미끄러지듯 밖으로 나왔다. 그리고는 일순 섬광이 번쩍였다.

우어!

소는 크게 비명을 지르고는 땅에 고꾸라졌다. 쓰러진 소의 목덜미에는 긴 칼자국이 나 있었고, 피가 샘물처럼 콸콸 흘러나왔다. 즉사를 한 듯 보였다.

몇백 근은 나가는 커다란 소를 단 일격에 죽여 버린 자는 검은 옷의 젊은 무사였다. 무사는 귀찮은 표정으로 마차 뒤를 돌아 반대편의 마부가 쓰러진 곳으로 다가갔다.

마부는 수레 임자와 함께 사이좋게 누워 있었다. 수레 임자는 정신이 있는 듯 조금씩 꿈틀거리고 있는데 반해 마부는 기절해 버린 듯 눈을 감고 꼼짝하지 않고 있었다.

무사는 우선 마부를 반쯤 깔아뭉개고 있는 수레 임자를 집어 올렸다.

수레 임자는 몸이 들어 올려지자 비틀거리며 무사에게 기댔는데, 무사는 귀찮은 듯 그를 땅바닥에 팽개쳤다. 그리고는 기절한 마부를 흔들었다.

"이봐, 이봐!"

거세게 흔들어보아도 마부는 완전히 정신을 놓아버린 듯 꼼짝도 하지 않았다.

젊은 무사가 난감한 표정을 짓고 있는 사이 여기저기서 사람들이 모여들었다.

"아이구, 이거 큰일났군요."

등 뒤에서 들려온 늙수그레한 목소리에 젊은 무사는 고개를 획 돌렸다.

오십쯤 되어 보이는 중년 사내는 무사의 날카로운 눈빛에 찔끔한 표정이면서도 능글맞은 웃음을 잃지 않으며 말을 이었다.

"복장을 보아하니 이렇게 사람이 많이 모이는 소동이 일어나는 것을 좋아하지 않을 분 같은데, 안 그렇습니까?"

젊은 무사는 눈에 잠시 이채를 띠었다. 중년 사내는 그가 강호인이고, 대문파에 소속된 사람이라는 것을 직감적으로 알아챈 모양이었다. 중년 사내를 보아하니 강호 밑바닥에서 몸을 굴리고 있는, 하오문 패거리인 듯한 인상이었다.

말이 통할 만한 상대라고 느낀 젊은 무사는 원하는 바를 그에게 말했다.

"빨리, 그리고 조용히 상황을 처리하고 싶네만."

중년 사내는 두 손을 싹싹 비비며 대꾸했다.

"걱정 마십시오. 사고 처리는 소리없이 조속히 해드리겠습니다. 아, 마부도 필요하실 듯합니다만?"

"음, 일단 이 자리를 뜨고 싶군."

"알겠습니다."

중년 사내는 모여 있는 사람들 중에 한 덩치 큰 사내에게 손가락을 까딱였다. 사내는 기다렸다는 듯 튀어나왔다.

"야, 네가 이분들을 모셔라. 날이 저물고 있으니 조용한 객잔으로 모시면 되겠지요?"

무사는 흡족한 표정으로 고개를 끄덕이고는 중년 사내에게 품 안에서 꺼낸 은원보 하나를 쥐어주었다. 중년 사내는 황송한 표정으로 고개를 조아렸고, 덩치 큰 사내는 어자석에 올라 고삐를 쥐었다.

무사도 사람들의 시선을 계속 받는 것이 부담스러운 듯 얼른 마차 문을 열고 기절한 마부를 번쩍 들어 마차 안으로 집어넣었다. 그리고는 무사까지 열린 문 안으로 들어가는 사이 땅에 쓰러져 있던 수레 임자가 고개를 털며 몸을 반쯤 일으켰다. 마차 문이 꼭 닫히는 순간, 멍청하던 수레 임자의 눈이 일순 번득였다.

혀를 차며 수레 임자를 부축해 일으킨 중년 사내는 저 멀리 달려가는 마차를 보며 작은 목소리로 말했다.

"그래, 확인했나?"

수레 임자 역시 중년 사내에게만 들릴 정도의 작은 목소리로 대꾸했다.

"예, 생각했던 대로군요."

*　　　　*　　　　*

진연과 명한청은 술시가 되었음을 확인하고 진원외의 저택을 나섰다. 장건 일행은 그들에 앞서 오후부터 밖에 나가 있었다. 그런데 특이하게도 둘에게는 해가 떨어질 때까지 저택에서 기다리다가 자신들에게로 오라는 말을 남겼었다. 그래서 둘은 진원외 곁을 지키다가 이제서야 밖으로 나오고 있었다.

막 집을 나서는 순간, 둘은 저택 방향으로 오는 조립과 군룡회의 의원을 볼 수 있었다. 전날 진원외의 차도를 살피기 위해 저택을 방문하겠다고 한 약속을 지키러 온 것이었다.

"어서 오세요, 아저씨."

조립은 반가이 자신을 맞이하는 진연을 의아하게 쳐다보았다.

"어찌 된 일이냐? 집마부의 마차를 털러 나간 것이 아니었나?"

"지금 막 나가는 참이에요."

"그래? 분명 오늘 오후에 양양에 들어선다고 했는데… 너무 행동이 늦는 것 아니냐?"

"걱정 마세요. 방수들이 미리 그들의 위치를 파악하러 갔으니까."

진연의 대답에 조립은 고개를 갸웃거렸다.

"방수? 자네들을 도와주는 사람이 있었나?"

"예, 어쩌다 보니 구하게 되었네요."

"그게 누군가?"

조립의 질문에 진연은 무심코 대답했다.

"아저씨도 아실 거예요. 풍파투도라고."

명한청이 그녀가 대답하지 못하도록 옆구리를 쿡 찔렀지만 이미 대답이 나온 뒤였다.

조립은 찢어질 듯 눈을 부릅떴다.

"풍파투도? 그런 자를 어떻게 방수로 부리게 되었느냐?"

"하하, 어쩌다 보니 그렇게 되었습니다. 그런데 여기서 더 이상 지체할 시간이 없군요. 저희는 이만 약속 장소로 나가봐야겠습니다."

명한청은 웃으며 말을 얼버무리고는 다급히 진연을 잡아끌며 자리를 떴다. 조립은 뭔가 더 물어보려는 듯했으나 두 사람이 황급히 걸어가는 바람에 그들을 불러 세우지는 못했다.

금세 두 사람의 모습이 멀어져 가자 조립은 혀를 차며 의원과 함께 저택으로 들어섰다.

진원외가 있는 안채로 들어가자 백담이 그들을 맞았다.

"원외의 상세는 좀 어떤가?"

"여전히 의식이 돌아오질 못하고 계십니다."

"너무 걱정 말게. 연아가 현명단을 구해오기만 한다면 소생의 가능성이 있네. 그런데, 방수로 풍파투도란 자를 구했다고?"

조립의 질문에 백담은 무심코 고개를 끄덕였다.

"예, 그렇다고 합니다."

"그자는 내가 듣기로 물건을 훔치는 도적이라 하던데, 어떻게 그자를 수소문하여 고용하게 된 건가?"

"그것은……."

백담은 자신이 아는 바를 간략하게 설명했다.

"호오, 괴인을 저지했던 자가 바로 그 풍파투도라? 이거 정말 놀라운 일이로군. 그자가 무공도 그렇게 뛰어났었나?"

의외라는 표정을 짓고 있던 조립은 진원외의 상세를 살피고 있는 의원에게 다가갔다.

조립은 뒤에 있는 백담이 잘 들리지 않을 정도의 작은 목소리로 의원과 대화하다가 문득 고개를 돌리더니 백담에게 말했다.

"우리 의원 얘기로는 상세가 조금 나빠졌다는군. 지금 당장 치료를 해야겠는데, 뜨거운 물 좀 데워오겠나? 상처를 좀 씻어야 할 것 같아서 말일세."

상세가 악화되었다는 말에 놀란 백담을 알았다고 하며 냉큼 방을 나섰다.

그가 방을 나서자 조립은 의원에게 중얼거렸다.

"좀 이른 치료를 시작해야겠군."

"알겠습니다."

의원은 기다란 장침 하나를 꺼내더니 눈을 꼭 감은 채 누워 있는 진원외의 정수리를 향해 서서히 장침을 가져갔다.

조립과 헤어진 후 저택이 안 보일 정도의 거리까지 이른 진연은 자신을 잡아끌고 있는 명한청에게 물었다.

"왜 그래 대체?"

"몰라서 물어? 풍파투도와 공조 중인 것을 외인(外人)에게 함부로 말하면 어떻게 해?"

명한청의 대답에 진연은 인상을 찌푸렸다.

"난 아저씨를 외인이라고 생각한 적 없는데. 네가 무당파라 군룡회를 의식하는 것은 알고 있지만 너무 지나치게 경계하는 것 아니니?"

명한청은 답답한 듯 가슴을 쳤다.

"이건 그런 문제랑은 거리가 먼 사안이라고. 저 사람과 내 문제가 아니라, 풍파투도와 우리의 문제란 말이야. 그자는 자신이 청부를 맡은 것을 함부로 말하고 다니는 의뢰자를 결코 좋아하지 않을걸?"

듣고 보니 일리가 있는 지적이었다.

"이따가 아저씨를 다시 뵈면 그때 다른 사람한테 비밀로 하라고 그러면 되지 뭐."

진연은 풀이 약간 죽은 채로 종알거렸다.

그때, 둘 앞에 몇 사람이 불쑥 나타났다. 둘은 나타난 네 사람을 보고 깜짝 놀랄 수밖에 없었다.

"아니, 어떻게 된 일입니까? 왜 모두……."

명한청은 놀라서 말을 잇지 못했다. 나타난 사람들은 다름 아닌 장건 일행이었던 것이다.

"일은 끝났소. 저택으로 다시 들어갑시다."

장건은 둘에게 한 마디 던지고는 멍청히 서 있는 둘을 지나쳐 저택 방향으로 걸어가기 시작했다.

진연이 황급히 그를 따라가서 물었다.

"대체 어떻게 된 일이에요? 집마부의 마차는 만난 거예요?"

"그렇소."

"그런데 왜 돌아온 거죠? 설마 일이 벌써 끝난 것은 아닐 거 아녜요?"

"일은 다 끝났소."

장건의 간단한 대답에 황망한 표정을 짓던 진연은 다급히 다시 물었다.

"그럼 현명단을 구했다는 거예요?"

장건은 그녀의 물음에는 대답하지 않고 엉뚱한 말을 했다.

"해가 아직 다 지지도 않았는데 왜 벌써 나온 거요?"

"그거야……!"

진연과 명한청은 장건이 공시한 시간보다 조금 일찍 저택에서 나왔다. 한시라도 빨리 현명단을 구하는 일에 동참하려는 마음에 그런 것이었다.

"지금 그게 문제가 아니잖아요? 왜 자꾸 엉뚱한 말만 하는 거죠? 일이 끝났으면 현명단을 구했다는 말 아니에요? 어서 나한테 그 약을 보여 봐요!"

"약은 없소. 놈들은 애초부터 그걸 갖고 있지도 않았소."

설마설마 했는데 장건의 입에서는 그녀가 가장 듣기 두려워하는 대답이 나오고 말았다.

진연은 충격에 휩싸여 그 자리에 못 박힌 듯 서버렸다. 장건은 그녀가 그러거나 말거나 성큼성큼 저택을 향해 걸어가고 있었다.

뒤늦게 쫓아온 명한청이 얼어붙은 듯 멈춰 서 있는 진연에게 물었다.

"왜 그래? 일이 어떻게 됐데?"

명한청을 잠시 말없이 바라보는 진연은 입술을 꽉 깨물고 저 멀리가고 있는 장건을 다시 쫓아갔다.

"기다려요! 정말 마차를 만나긴 한 거예요? 진짜 뒤져 보고서 그런 얘길 하는 거냐구요!"

진연은 폭발직전이었지만 장건은 눈썹 하나 까딱하지 않았다.

"의뢰자에게 거짓을 고하지는 않소. 지금 중요한 것은 현명단이 아니오. 혹시 집에 찾아온 사람은 없소?"

"도대체 당신이란 사람은……!"

계속 엉뚱한 소리만 하는 장건에게 진연이 발작을 하려는 찰나, 뒤에서 쫓아온 명한청이 다급히 그녀의 입을 틀어막았다.

"좀 진정해라. 뭐라고 하셨소?"

"집에 찾아온 사람이 없느냐고 물었소."

"조립과 군룡회의 의원이 찾아왔소."

명한청의 대답에 장건의 눈이 번득였다.

"언제 찾아왔소?"

"조금 전에. 막 저택에서 나오는 우리랑 대문 앞에서 인사를 나눴소. 저택에 들어간 지 아직 일각도 안 되었을 거요."

그 말을 들은 장건은 저 멀리 보이는 저택을 향해 쏜살같이 달려가기 시작했다.

그가 달리자 나머지 세 동료도 일제히 그를 쫓아 뛰기 시작했다. 진연과 명한청은 도무지 영문을 알 수 없었지만 낌새가 이상한 것을 알아채고 그들을 쫓아 내달렸다.

경공을 시전하여 한달음에 저택 앞까지 도착한 일행이 막 대문을 열고 안으로 진입하는 참이었다.

우당탕! 쿵쾅!

저택의 안채에서 뭔가 박살나는 요란한 소리가 들리더니 한 사람이 피를 철철 흘리며 건물 밖으로 튀어나왔다.

"이놈! 나를 속였구나!"

그는 구르다시피 밖으로 나오며 고함을 내질렀다.

"조 아저씨?"

대문을 막 들어서던 진연이 자신의 눈을 의심하며 중얼거렸다.

튀어나온 사람은 바로 조립이었다. 그의 신색은 지금 말이 아니었다. 머리는 산발이 되어 있었고, 손으로 가린 한쪽 가슴에서는 피가 철철 흘러나오고 있었다.

진연은 이 광경을 이해할 수가 없었다. 대체 어째서 조립이 저런 꼬락서니를 한 채 안채에서 튀어나온 것일까? 저택의 안채에는 백 사형과 환자인 자신의 아버지가 있을 뿐인데?

조립은 왼쪽 가슴에서 피가 샘물처럼 솟구치고 있었지만 오른손에 어설피 쥔 장검을 고쳐 잡으며 다시 안쪽으로 뛰어들어 가려 했다. 그러나 뒤늦게 대문 안으로 들어서는 일행을 알아차리고는 그 자리에 못 박힌 듯 우뚝 서버렸다.

"네, 네놈들도 알고 있었나?"

그의 뜻 모를 중얼거림을 진연은 도무지 이해할 수 없었지만 장건은 성큼 앞으로 나서며 그의 말을 받았다.

"당신의 계획은 실패했다. 죽기 싫으면 순순히 해약을 내놓으시지."

조립은 상처와 놀람으로 인해 잔뜩 흥분한 상태로 보였지만 장건의 말을 듣자 떨리던 눈동자가 영악하게 반짝였다.

"해약? 크흐흐흐 그렇군. 놈이 아직 몸에서 독을 다 몰아내지는 못한 거로군. 그렇다면 아직 내가 놈의 생살여탈권을 가지고 있는 것인가?"

조립은 갑자기 큰 이득을 얻은 듯 의기양양한 표정을 지었다. 장건이 살짝 눈을 찌푸리고, 여전히 이 상황을 이해할 수 없는 진연이 다시 입을 열려고 할 찰나, 안채에서 목소리가 들려왔다.

"그렇지 않다, 조립. 네놈의 해약은 나에게 필요치 않다."

진연은 자신의 귀를 의심했다. 안에서 들려온 목소리는!

"아빠?"

과연 백담의 부축을 받으며 안채 복도에서 걸어 나온 사람은 그녀의 아버지, 진원외였다. 진원외는 핏기 없는 안색이었고 입가에 혈흔도 비치고 있었으나 두 눈만은 정광이 이글거리고 있었다.

"조립, 네놈과 군룡회는 본 문을 먹어치울 제법 그럴듯한 계획을 세운 듯하다만 애석하게도 내게는 통하지 않았다."

조립은 조소하며 대꾸했다.

"만용 부리지 마라, 진원외. 넌 동굴에서 내 암습으로 치명적인 상처를 입고 사경을 헤맸다. 너를 찌른 내 칼에는 극독이 묻어 있었고. 당시 정신을 잃은 네놈이 그 독이 몸에 퍼지는 것을 막아냈을 리가 없다."

조립의 말에 진원외는 냉소를 띠었다.

"과연 그럴까? 그렇다면 극독에 당한 내가 어떻게 지금까지 살아 있었겠느냐?"

조립의 눈꼬리가 파르르 떨렸다. 진원외의 마지막 말에 반박할 여지가 없는 듯했다.

진원외는 진연 쪽으로 고개를 돌렸다.

"연아, 한청아, 저놈을 잡아라. 치명상을 입은 상태라 함부로 날뛰지 못할 것이다. 생포하여 놈들의 흉계를 낱낱이 알아내야 한다."

진연과 명한청은 여전히 상황을 파악할 수 없었지만 진원외의 말에 따라 조립의 퇴로를 차단했다. 장건 일행도 그들과 함께 움직여 조립을 삥 둘러싸 버렸다.

"조립, 순순히 항복하라. 안의 의원으로 가장한 놈은 네놈이 달아나기 전에 이미 즉사했다. 널 도울 자는 아무도 없다."

진원외의 말을 듣는 조립의 얼굴은 딱딱하게 굳어 있었다. 그러나 체념한 표정은 아니었다. 그는 서서히 굳은 표정을 풀며 비웃음을 흘렸다.

"후후후. 진원외, 네놈이 검술을 제법 하는 것은 익히 알고 있었다만 머리도 쓸 줄 안다는 것은 오늘 처음 알았구나. 다 죽은 척하며 함정을 파고 있었을 줄이야. 그러나 네놈 머리의 한계는 거기까지다. 설마 내가 홀로 여기 왔을 거라고 생각하는 게냐? 네놈 딸과 완상공자란 놈이 있는 것을 알면서도?"

그 순간 장건의 시선이 등 뒤의 담장 쪽으로 향했다. 낌새를 알아챈 진원외와 진연들도 그를 따라 저택의 담장으로 눈을 돌렸다.

언제 나타난 것인지 검은 복면을 한 흑의경장인들 열댓 명이 어둑해지는 하늘을 등지고 담장 위에 우뚝 서 있었다.

"본 회의 암영대(暗影隊)의 위력을 뼈저리게 맛 보게 해주마."

암영대라는 말에 진원외의 표정이 침중해졌다. 암영대는 군룡회의 비밀 행동대로, 대외에 알리기 어려운 은밀한 업무를 수행하는 부대였다. 진원외가 알기로는 뛰어난 능력자들이 모인 군룡회원들 가운데에서도 정예 중에 정예만을 뽑아 회주 운중룡(雲中龍) 구태진(俱太辰)이 친히 키운 최정예들이라 들었다. 이들의 위력은 한 오(伍)가 웬만한 중

소문파를 쑥대밭으로 만들 정도라는 확인되지 않는 소문도 있었다.

'한청이를 의식해서 단단히 준비해 왔나 보구나!'

진원외의 표정이 어두워졌다.

어제 그를 암습해 쓰러뜨린 조립이 멋모르고 뛰어든 백담까지 처치하려다가 몰래 손을 거둔 이유는 진연과 명한청이 때마침 뛰어들어 왔기 때문이었다. 특히 완상공자라 불리며 무당파 최고의 후기지수로 꼽히는 명한청의 실력도 실력이지만 무당파라는 그의 뒷배경을 더욱 의시했기에 더 이상의 행동을 취하지 않고 마치 괴인이 암습한 듯 연극을 꾸몄던 것인데, 오늘은 그까지도 염두에 둔 듯 막강한 암영대가 준비되어 있었다.

"살(殺)!"

발각된 이상 시간을 더 오래 끌 필요도 없다는 듯 조립이 암영대에게 호령했다. 조립의 짧은 한 마디가 끝남과 동시에 담장을 둘러싸고 있던 암영대가 일제히 몸을 날렸다.

마당의 진연 일행이 일제히 방어세를 취하는 가운데, 장건은 다가오는 암영대를 피해 뒤로 훌쩍 몸을 날렸다. 그가 노리는 것은 암영대가 아닌 부상을 입고 있는 조립이었다.

조립은 치명상을 입고 있었지만 엄연히 강호의 일류고수였다. 그는 장건의 움직임을 감지하고 다가오는 그를 향해 일검을 날렸다. 장건은 날아오는 장검을 피하지 않고 왼팔로 막아냈다. 그리고는 단숨에 검을 잡아채고 조립의 마혈까지 짚어버렸다.

그야말로 눈 한 번 깜짝할 시간에 벌어진 일인지라 장내의 다른 인물들은 그가 조립을 제압했다는 사실을 알아차리지도 못한 채로 싸움을 시작했다.

뛰어내린 암영대의 절반 가량은 가까이 위치하고 있던 진연들과 장건의 나머지 일행에게 유엽도의 광채를 흩날리며 덤벼들고 있었고, 나머지 절반은 좌우로 산개하며 한 손을 떨쳐 일제히 유성추를 날렸다. 근거리와 원거리 공격이 조합된 지극히 효율적인 공격이었다.

떨쳐 낸 유성추 중에 네 개는 마당을 가로질러 안채 문간에 서 있는 백담과 진원외를 향해 쏟아져 나갔다. 백담이 다급히 몸이 불편한 진원외를 뒤로 물리며 그의 앞으로 섰지만 날아오는 유성추의 기세가 심상치 않아서 모두 방어하기는 힘겨워 보였다.

그때, 장건이 조립을 이끌고 그들의 앞을 막아섰다.

장건은 마혈을 제압한 조립을 날아오는 유성추를 향해 번쩍 들어올렸다. 그를 인질삼아 전투를 유리한 고지로 이끌 셈이었다.

그러나 섬전처럼 날아오는 유성추는 눈이 없는 듯, 조립을 알아보지 못했다.

퍼퍼퍼픽!

"끄으으으."

유성추 네 개는 조립의 몸을 꿰뚫어 버렸다. 조립의 입에서는 채 다 새어 나오지 못한 신음성이 흘러나왔고, 믿을 수 없다는 듯 부릅뜬 그의 두 눈에서는 피가 흘러나왔다.

그의 몸을 관통한 유성추는 그의 뒤에 있는 백담과 진원외에게로 도달하는 듯했으나 장건이 시체가 된 조립을 던져 버리는 바람에 그의 몸뚱아리와 함께 땅바닥에 박혀 버렸다.

"놈들, 오늘 우리를 제거하려고 작심을 한 모양이군!"

진원외가 조립의 시체를 보며 침통하게 중얼거렸다. 암영대는 충분히 유성추를 거둘 수 있음에도 불구하고 조립을 꿰뚫도록 방치했다.

그렇다면 진원외의 암격으로 전투 불능이 된 조립을 구하는 것보다는 여기 있는 사람들을 모두 제거하는 게 더 중요하다는 의중임에 틀림이 없었다.

장내에는 난전이 벌어지고 있었다. 전투 개시 후 얼마 시간이 지나지 않았지만 암영대의 공격이 워낙 효율적이라 진연 쪽 인물들은 벌써 크게 흔들리고 있었다. 진연과 명한청은 수시로 날아오는 유성추에 스친 듯 몸 군데군데에서 혈흔이 비치고 있었다. 반면 노련한 석초진과 나할라리, 범생은 유성추가 함부로 자신들을 공격하지 못하도록 유엽도를 휘두르는 암영대와 바싹 붙은 채로 교전을 벌이고 있었다.

진원외는 입술을 깨물었다. 마음 같아서야 당장 달려가서 딸을 돕고 싶지만 백담의 부축을 받고 있는 그의 몸은 지금 힘이 하나도 없었다. 오로지 단 일격을 위하여 어제부터 성치 않은 몸으로 몰래 기력을 모았었다. 그리고 그 일격을 성공시키고 난 지금 그 후유증이 엄습한 듯 내상이 도지고 있었다.

"담아, 나를 놔두고 너도 어서 사매를 도와라."

백담이 고개를 끄덕이며 나설 찰나, 장건이 먼저 땅을 박차며 날아올랐다.

휘이이이익—!

그가 긴 휘파람 소리를 내며 싸움터로 뛰어들자, 유성추가 그를 향해 일제히 날아왔다. 진연들과 싸우고 있는 일곱 명을 제외한 나머지 여덟 명이 던진 여덟 개의 유성추가 이름대로 유성처럼 장건에게로 쏟아져 들어왔다.

그러자 장건의 오른손이 정면으로 뻗어 나왔고, 오른 소매 속에서 검은색의 창 같은 것이 툭 튀어나왔다. 소매 밖으로 여섯 자쯤 뻗어 나온 창 모양의 물건은 끝에 창촉 대신 마디가 진 기다란 손가락 세 개가 달려 있었고, 세 손가락에서 장건의 팔까지 이어진 막대기는 검은색 일색이어서 그 성분을 짐작할 수가 없었다.

유성추가 장건에게 육박할 즈음이었다. 검은 물체의 중간 부분이 탁 꺾어지더니 직각이 되어 마치 쭉 편 팔을 반쯤 구부린 것과 같은 모양새가 되었다.

그리고는 그 형태로 빙글빙글 회전하기 시작하자 장건에게 날아오던 유성추들이 몽땅 거기에 걸려 버렸다. 유성추와 이어진 밧줄들이 관절 부위에 꼬이면서 유성추 여덟 개가 모두 그 물체에 꼬인 꼴이 되어버린 것이다.

그 순간 장건이 손목을 살짝 비틀자 물체 끝에 달린 세 개의 손가락이 움직이더니 한데 꼬인 밧줄들을 꽉 물었다.

유성추가 묶인 암영대원들이 일순 어쩔 줄 몰라 하는 사이 장건이 팔을 확 잡아끌었다. 그러자 유성추와 이어진 밧줄이 암영대의 손에서 일제히 빠져나와 버렸다.

일수로 암영대의 원거리 공격을 무력화시킨 장건은 검은 물체를 소매 속으로 추스리며 물체에 복잡하게 얽혀 있는 유성추의 밧줄들을 한 손으로 슥 훑었다. 그러자 밧줄들이 잘린 머리카락처럼 우수수 떨어져 나갔다.

그가 만만치 않음을 짐작한 암영대원들이 일제히 그에게로 뛰어들었다. 진연들과 싸우고 있는 일곱 명을 제외한 유성추를 빼앗긴 여덟 명이 모두 그에게로 덤벼든 것이다.

장건의 두 눈이 날카롭게 번득였다. 그는 다가오는 암영대와 맞서지 않고 한 걸음씩 물러서며 한 손 한 손을 짧게 휘둘렀다. 그의 손이 움직일 때 마다 '윽!' '윽!' 하는 단말마의 비명과 함께 다가오던 암영대원이 한 명씩 쓰러졌다.

그가 어둑해져 시야가 흐린 것을 이용, 보이지 않을 정도로 빠른 암기를 시전한다는 것을 눈치챈 나머지 암영대원은 좌우로 산개하며 그에게 짓처 들었다. 최대한 그의 사정거리에서 벗어나며 그에게로 접근하려는 의도였다.

암영대가 퍼지는 순간 장건의 양손이 날카롭게 번득였다. 그러자 바람 소리와 함께 두 명의 임영대원이 땅으로 추락했다.

보이지도 않는 암기에 여섯 명이 쓰러지고, 이제 남은 대원은 단 두 명. 둘은 간신히 장건에게로 근접할 수 있었고, 둘의 몸에서 유엽도의 광채가 전광석화처럼 장건을 향해 쏘아져 나갔다.

장건은 왼쪽의 유엽도는 왼팔의 용완구로 막은 후 왼손을 빙글 돌려 가볍게 적의 무기를 빼앗았다. 한편 오른쪽 암영대원에게로 뻗어간 그의 오른팔의 소매 속에서는 예의 검은 물체가 튀어나왔다. 소매 속에서 빠져나온 흑색의 강철손은 세 손가락을 꼿꼿이 세운 채 섬전과도 같은 속도로 대원의 유엽도를 지나쳐 그의 머리에 박혀 버렸다.

파직!

수박 깨지는 음향과 함께 머리를 잃은 오른쪽 대원이 바닥에 쓰러졌고, 그를 처리한 강철손은 방향을 돌려 무기를 잃은 왼쪽 대원의 머리통마저 박살을 내버렸다.

여덟 명의 암영대를 촌각의 시간에 전멸시킨 장건은 쓰러진 자들을 잠시 일별한 후 다시 난전의 장소로 몸을 날렸다. 칠 대 오로 엉켜 싸우고 있었기에 끼어들기가 영 까다로웠지만 장건은 망설이지 않았다.

그는 품 안에서 승표 두 개를 꺼내어 양손에 하나씩 쥐더니 정면 사선으로 휙 날렸다. 사선으로 날아가며 좌우로 퍼진 두 개의 승표는 왼쪽의 나할라리, 오른쪽의 진연과 치열하게 싸우고 있는 암영대원의 머리 뒤를 지나가는 듯했다. 그러나 장건이 양 손목을 까딱거리자 마치 선회하는 제비처럼 승표의 끝에 달린 표창의 방향이 틀어졌고, 두 승표는 두 대원의 목을 정확히 휘감았다.

휘감음과 동시에 장건이 빠르게 팔을 잡아당기자 두 대원은 영문도 모른 채 싸움터에서 밖으로 끌려나왔고, 곧 숨이 막혀 질식한 채로 쓰러졌다.

장건이 같은 방식으로 두 명을 더 처치하자 전투는 이내 종결되었다. 두 명의 암영대가 석초진과 명한청에 당해 쓰러지고, 홀로 남아 포위된 암영대원이 독단을 깨물고 자결해 버리자 장내에는 더 이상 싸울 자가 남아 있지 않았다.

생각 외로 손쉬운 승리를 거둔 진연들은 장건을 귀신 보듯 쳐다볼 수밖에 없었다. 그의 실력은 융중에서 괴인과 싸울 때 익히 알아보았지만 설마 이 정도로 경이적인 신위를 보여줄 줄은 이 자리의 그 누구도 짐작하지 못했기 때문이었다.

"오른팔의 그것은 혹시 대붕수(大鵬手)인가?"

뒤에서 들려온 물음에 장건은 고개를 돌렸다. 진원외였다.

"그렇소."

"대붕수는 비응방의 이대보물 중 하나이지. 그렇다면 자네가 풍파투도겠군?"

장건은 대답하지 않았다. 무언의 긍정임을 알아챈 진원외는 경탄한 눈빛으로 고개를 흔들었다.

"명불허전이란 말도 여기에는 맞지 않을 것 같군. 내 명현에게 자네가 대단하다는 얘기를 들었네만 이 정도일 줄은… 연아, 너 정말 대단한 방수를 구했구나!"

진원외의 칭찬에 마냥 기뻐할 수도 없고 하여 어리벙벙한 표정을 짓고 있던 진연은 그제야 정신 차린 듯 목소리를 높였다.

"대체 어떻게 된 거예요, 아빠? 정신이 온전했는데 왜 어제부터 내내 저에게는 언질 한 번 주시질 않은 거예요? 그리고 이자들은 어째서 아빠를 노린 거죠?"

"얘기가 길다. 모두 일단 안으로 들어가서 얘기하도록 하지."

"유하검을 얻으러 융중으로 갈 때만 해도 괴인이나 군룡회의 움직임에 대해서 큰 의심을 하지 않았었다. 그 괴인은 아마도 실종된 진검성의 부성주, 무광(武狂) 반우재일 거라는 생각을 했었지."

진원외의 설명에 명한청, 석초진 등은 고개를 끄덕였다. 그들 역시 괴인의 정체가 그가 아닐까 의심을 하고 있었기 때문이다.

반우재는 별호처럼 무공에 미친 자였다.

그가 처음 강호에 발을 들일 당시에는 하오문의 최말단 무사였다. 그러나 오래지 않아 그는 몸담고 있는 하오문의 모든 절기를 습득했고, 곧이어 하오문의 최고수가 되었다. 그의 편벽한 성격과 지나치게 뛰어난 실력을 두려워한 하오문의 문주는 그를 같은 지역의 유력 방파에 팔아넘겼다.

그런데 그곳에서도 곧 같은 일이 벌어졌다. 길지 않은 시간이 흐른 후 그는 그 유력 방파의 주력 무공들을 완벽히 섭렵했고, 또다시 그 방파의 최고수로 발돋움했다. 그곳의 수좌 역시 그의 넘치는 실력이 두려워 더 큰 방파로 그를 팔았고, 그 같은 과정을 몇 번 더 거친 후 그는 천하에서 가장 강한 세력, 진검성의 초빙 무사로 섭외되기에 이르렀다.

초빙 무사가 되고도 그의 무공 탐닉은 끊이지 않고, 진검성의 최상승 무공들을 익힌 후로는 실력이 더욱 일취월장하여 마침내 검진만리를 제외하면 겨룰 자가 없을 정도의 실력에 다다르게 되었다.

무공 외에는 아무것도 관심을 두지 않는 괴팍한 성격 탓에 진검성의 유력자들은 다들 그를 우려의 눈으로 보았지만 검진만리 영호진만은 그의 무공에 대한 열정과 집념을 높이 평가, 부성주의 자리에 앉히는 파격적인 인사를 단행한다.

그런데 그가 부성주가 된 지 얼마 지나지 않아 검진만리가 급사를 하게 되고, 자신을 인정해 주던 주군의 죽음에 상심한 탓인지 그는 무공 수련 중 주화입마에 빠지는 변을 당하고 만다. 그 사고로 인해 무공을 크게 상실하고 정신적으로도 반미치광이 상태가 된 그는 진검성의 한구석에 유폐된 상태로 있다가 진검성의 무너짐과 함께 그 행방을 알 수 없게 되었다.

그 후 지난 십팔 년간, 강호에는 한 괴인에 관한 소문이 떠돌았다. 웬 봉두난발한 괴인이 무림의 고수라 인정받는 자들에게 불현듯 나타나 겨룸을 청하곤 했는데, 실력이 엄청나서 그에게서 단 몇 초식을 받아내는 자가 드물었다.

괴인은 특정 무공을 쓰는 것이 아니고, 세상의 온갖 무공들을 잡다하게 구사했는데 그럼에도 불구하고 상대의 허점을 정확히 파고들어 쓰러뜨리기 일수였다. 그의 출몰 횟수가 늘어나고 패배하는 고수가 점점 늘자 그의 정체에 대해 무수한 소문이 돌았다. 그러다가 귀결된 결론은 그가 실종된 무광 반우재가 틀림없다는 것이었다.

우선 그 외에 그렇게 천하에 산재한 온갖 무공을 습득하고 적절히 사용하는 초고수가 존재하질 않았고, 또 하나의 근거는 그에게서 십 초 이상을 버틴 단 한 사람, 천의문주 노해성이 그에게 받은 물건이었다.

괴인은 노해성과 이십 초를 겨룬 후 훌쩍 물러서서 천의문의 천명검 법(天明劍法)이 진검성의 현음검(玄陰劍) 못지않다고 칭찬한 후, 좋은 겨룸을 해주어 고맙다며 그에게 한 가지 선물을 던지고는 사라졌다. 그런데 그 물건이 바로 강호십일대비기에 속하는 천고의 기병, 번천제 룡환이었다.

번천제룡환은 진검성이 무너질 때 사라진 물건이었고, 번천제룡환 같은 기병은 진검성 고위층이 아닌 한 만질 수도 없었다는 것을 고려 하면 괴인이 실종된 무광 반우재라는 가정은 점점 현실적으로 들렸다.

무광 반우재로 추정되어 무광자(武狂者)라는 별칭까지 생긴 괴인은 삼 년 전에 마지막으로 모습을 보인 이후 강호에 다시 출몰했다는 소 문이 들리지 않고 있었다. 그런데 요번에 융중에 불현듯 나타난 괴인 이 진검성에서 나온 보물들인 오행신단, 제석천을 운운하며 초식 겨루 기를 꾀하자 그 소문을 들은 대부분의 강호인들은 무광자와 융중의 괴 인이 동일인물일 거라고 예측했다.

진원외도 그런 사람들 중에 한 명이었다. 그는 괴인이 유하검을 가 지고 있다는 것을 듣고 진연 생각에 나서볼까 하는 생각도 잠시 했지 만 딱히 적극적으로 나서서 괴인을 만나려는 생각은 없었다.

"그런데 그때 청면객 조립에게서 서신이 한 통 날아왔다. 군룡회의 동료인 손우병이 비참한 죽음을 당했는데, 그 괴인과는 정정당당한 비 무를 한 것인지라 대결 외에는 복수할 도리가 없다는 말이었지. 그래 서 나보고 자신을 좀 도와달라는 것이었어. 출신 성분을 알 수 없는 괴 인과 상대하기가 막막하니, 융중에 자리를 친 괴인을 내가 먼저 상대하여 자신과 이사자가 이길 수 있는 허점을 좀 발견해 줬으면 한다는 부탁이었지. 그와는 오 년 전부터 교분을 쌓았고, 어려울 때 경제적인 도움도 약간 받았던지라 거절을 할 수가 없었다. 그래서 유하검도 얻을 겸하여 삼 초만 버텨보자 하고 부담없이 융중을 찾아간 것이다."

진원외는 융중에 가서 괴인과 상대하다가 암습을 받은 상황도 설명했다.

"괴인의 무력은 상상 이상이었지만 근근이 삼 초는 버틸 수 있었지. 삼 초를 버티니까 괴인이 훌쩍 물러서기에 '유하검을 먼저 주려나?' 하는 생각에 조금 방심하며 검을 내리고 말았다. 그런데 그 순간 등 뒤쪽에서 강한 살기가 파고들더구나. 본능적으로 한 발 비켜서며 몸을 돌려 다가오는 상대에게 역공을 펼쳤지. 상대는 피를 뿌리며 뒤로 물러섰는데, 그를 보고는 깜짝 놀라고 말았다. 조립과 함께 온 군룡회 이사자의 얼굴이었기 때문이다. 놀라서 옆에 있던 조립을 찾는 순간, 뒤쪽 옆구리로 놈의 칼이 박혀들었다. 억지로 몸을 비틀어서 치명상을 피했지만 어느새 다가온 괴인의 일격이 가슴을 강타했지. 나는 피를 뿌리며 날아가 벽에 처박혔고, 동굴 뒤에 있던 담이가 소리를 듣고 놀라 뛰어들어 오는 것이 보였다. 쓰러진 나를 보고는 얼굴이 새하얗게 질린 담이가 주변 경황을 살필 새도 없이 나를 향해 달려왔고, 조립이 담이의 뒤를 슬며시 따라오며 그의 등에 칼을 박으려는 광경이 보였지. 당시 나는 의식은 깨어 있어서 그 광경을 똑똑히 볼 수 있었지만 부상이 워낙 심해 손가락 하나 까딱할 수가 없었다. 담이의 등에 놈의 칼이 막 박히려는 순간, 입구 쪽에서 비명이 들리더니 두 명의 가벼운 발소리가 안으로 달려오는 소리가 들렸지. 무척 다행이었던 것은, 조립과 함께 융중에 막 들어섰을 때 내가 그에게 무당의 명현이 한청이를 데리고 나를 방문할 작정이라고 말을 했던 것이다. 혹시 연아에게 나에 대한 얘기를 듣고는 그들이 이곳으로 쫓아올지도 모르겠다는 얘기를 했었는데, 과연 조립이란 놈은 명현이 군룡회의 저지를 물리치고 들이닥치는 것으로 착각한 듯 보였다. 놈이 당황한 얼굴로 부상당한 이사자와 괴인에게 물러나라고 손을 내젓자, 괴인이 먼저 사라지고 이사자는 마치 놈을 쫓는 듯 '이놈!' 하고 고함치며 괴인을 따라가더구나.”

진원외의 말을 듣던 명한청은 알겠다는 듯 고개를 끄덕였다. 원래 그와 그의 사부 명현자는 근일 양양에 볼일이 있었다. 업무 보는 김에 진원외의 집까지 방문하려던 계획이었지만 그의 사부가 사정이 생겨 양양에 오지 못하고 말았다. 그래서 명한청 홀로 와서 업무를 보고 그냥 무당으로 귀환할 작정이었는데 진연이 그를 갑자기 호출했던 것이다.

“이사자가 나에게 부상을 당한 상태였으니 명현과 한청이를 동시에 상대하기가 부담스러웠겠지. 어쨌거나 그렇게 괴인과 이사자가 연극을 하며 떠나가자, 조립 역시 낯빛을 싹 바꾸며 담이에게 내가 괴인에게 부상을 당한 거라며 즉시 입구의 의원에게 데려가라고 닦달하더구나. 당시 놈은 쓰러진 내가 완전히 의식을 잃었을 것이라고 확신을 한 것이었지. 나 역시 놈의 장단에 맞추어 눈을 감다시피 하고 계속 기절한 척을 했다. 내 경우는 다가오는 발소리 중 하나가 연아의 것이라는 것을 즉시 알아차릴 수가 있었기에 명현이 오지 않은 것을 직감적으로 알아차릴 수가 있었다. 그 당시에는 무엇보다도 놈을 자극하지 않는 것이 최우선이었다. 여차하면 놈과 온산을 둘러싸고 있는 군룡회가 우리에게 칼을 들이밀 수가 있으므로 하산할 때까지는 놈의 연극에 따라주기로 마음을 먹었지.”

"좀 이해가 되질 않네요. 나중에는 결국 조립이란 놈은 아빠의 원군이 우리 둘뿐이라는 것을 알아차렸잖아요? 그때라도 우리를 죽일 마음을 먹었다면 충분히 손을 쓸 수가 있었을 텐데."

진연의 질문이었다.

"그러려면 동굴 안쪽에서 손을 써야 했는데, 놈들은 돌발 상황으로 인해 그 기회를 놓쳐 버렸다. 바로 탈출하는 괴인이 풍파투도에게 붙들렸던 것이지. 그 와중에 우리가 동굴 밖으로 나옴으로써 소리 소문 없이 나를 해하려던 놈들의 목적은 일차적으로 무산된 것이다. 동굴 밖에는 다른 자들—풍파투도와 그의 일행—의 눈이 있고, 또 산 주위에도 무림인들이 운집해 있기에 그 자리에서 우리를 해하려다가는 꽁꽁 숨겨놓은 놈들의 궤계가 만천하에 드러날 수가 있었지. 그랬기에 놈들은 우리에게 손을 대지 못한 것이고, 그 덕택에 무사히 산 아래까지 내려올 수 있었던 것이다. 물론 조립이 내가 곧 죽으리라는 것을 확신하고 있었기에 더 이상 무리한 시도를 하지 않은 바도 있었지."

"그럼 아빠는 계속 기절한 척하고 있었던 건가요?"

"아니, 사실 어젯밤 마차에서 내릴 즈음부터 오늘 오후까지는 내내 기절해 있었다. 융중에서 마차에 실린 후 마차 안에 혼자 있을 때, 군룡회의 의원이 들어오더니 물약을 입속에 흘려 넣더구나. 처음에는 나를 확인 사살 하려는 독약인 줄 알았지. 그러나 입속에 들어오는 약의 향내를 느껴보니 그것은 미혼약이었다. 독의 퍼지는 속도를 억제하고 사람을 가사 상태로 빠지게 하는 약이었지."

"어째서 미혼약을 썼을까요? 당시 우리는 마차 밖에서 조립과 대화 중이었으니 살수를 쓸 수도 있었을 텐데?"

"조립에게 사전 지시를 받았겠지. 그 당시 조립은 너희를 이용하여 집마부의 마차를 치겠다는 계획을 이미 시행하고 있었으니, 내가 빨리 죽어버리면 너희가 집마부의 마차를 칠 이유가 없어지지 않겠느냐."

명한청의 궁금증을 풀어준 진원외는 계속 말을 이었다.

"의원 놈이 미혼약을 흘려 넣을 당시 나는 동굴에서 조립이 옆구리를 찌를 때 파고 들어온 극독의 독기를 체내에 응집시켜 토해낼 준비를 하고 있었다. 어차피 뱃속의 것을 내놓을 작정이었기에 입 안으로 들어온 미혼약까지 가볍게 삼켰다가 잠시 후 한꺼번에 토해 버렸지. 내상을 입고 있었기에 다량의 피가 함께 튀어나왔는데, 의원 놈은 그저 상세가 심해 피를 토하는 것으로 알았는지 별다른 의심을 하지 않고 나가 버리더구나. 그런 직후 너희들이 들어왔고, 마차는 융중 밖으로 출발했다. 내상을 입은 몸으로 독을 몰아내는 행법까지 무리하게 실행했기에 정신이 가물가물했지만 어떻게든 의식을 차리고 너희들에게 뭔가 말해 주려고 했었지. 그런데 그때 마차가 멈추더니 너희가 밖으로 나가더구나. 누군가와 대화하는 소리가 들려왔고, 약간의 시간이 흐른 후 다수의 인원이 마차 안으로 들어오더군. 난 그들이 적인지 아군인지 구분할 수가 없어서 계속 기절한 척하며 그들의 정체를 파악하려 귀만 열어두었다. 그러나 성치 않은 몸이 한계가 달하여 마침내 의식을 잃고 말았지."

당시 진연과 명한청은 마차를 가로막은 장건 일행과 실랑이를 하다가 결국 그들을 방수로 끌어들였는데, 마차 안에 있던 진원외는 저간의 상황을 알지 못하고 그들이 혹시 군룡회의 끄나풀인가 의심하여 계속 기절한 척을 하다 진짜로 의식을 잃었던 것이다.

"하루 동안 기절해 있다가 깨어나 보니 너희들이 집을 나서는 소리가 들리고, 잠시 후 집으로 들어서는 조립의 목소리가 들려왔다. 놈의 목소리에 정신이 번쩍 들더군. 너희들도 자리를 비웠으니 놈이 나를 죽이러 방으로 들어오리란 것을 확신할 수 있었다. 그래서 급히 몸의 내공을 최대한 모으려고 애썼지. 놈이 방에 들어와 살수를 펼친다면 나와 담이는 죽은 목숨일 것이 기정사실이겠지만, 내가 거의 죽은 줄 알고 있을 놈의 의표를 찌른다면 전세를 역전시킬 수 있다는 생각을 했다."

진원외는 성치 않은 몸이었지만 다급한 가운데서도 일격을 내지를 정도의 내공을 간신히 모은 후, 방 안에 있던 자신의 애검을 이불 속에 숨겨둔 채 암격을 준비했다.

과연 방 안으로 들어온 의원과 조립은 곧 백담에게 물을 데워오라며 그를 밖으로 내보냈다. 그리고 의원의 장침이 사혈(死穴)을 향하여 서서히 다가오는 순간, 진원외는 벌떡 일어서며 이불 속에 숨긴 검을 내질러 조립의 심장에 꽂아 넣었다.

창졸 간의 일격이었기에 제아무리 조립이라도 피하기 어려웠으나 진원외의 내상이 심한 탓에 심장을 꿰뚫지는 못했다. 조립은 막 검이 가슴으로 파고드는 순간 사력을 다하여 몸을 비틀며 문을 부수고 밖으로 튀어나갔다.

진원외는 튀어나가는 그를 잡지 않고 검을 휘둘러 방에 남아 있는 의원을 목을 쳐버렸다. 그때 소리를 들은 백담이 방으로 뛰어들어 왔고, 밖에서도 장건과 진연들이 막 도착했던 것이었다.

저간의 상황을 다 알아들은 진연은 긴 한숨을 내쉬었다. 생각해 보면 아찔한 순간의 연속이었다. 만일 동굴 안에서 시간을 조금이라도 더 끌었거나, 아니면 오늘 자신의 아버지가 조금만 늦게 깨어났거나, 혹은 자신들이 조금만 늦게 귀가했어도 지금쯤 이 집은 주인 없는 폐가가 되어 있었으리라.

"그건 그렇고, 나름대로 명문정파를 표방하던 군룡회가 진 대협을 노린 이유가 뭐라 생각하시오?"

석초진이 궁금한 표정으로 물었다.

"그건 짐작 가는 바가 있긴 하오만… 그전에 그쪽에서 오늘 이행한 청부 결과에 대해 알고 싶소."

진원외는 장건 일행이 집마부의 마차를 턴 결과를 묻는 것이었다.

"조립이란 놈이 왜 한청이와 연이에게 히필 집마부의 마차를 털라고 한 것인지 그 이유가 무척 궁금하군. 이유를 알 수 있다면 놈들의 속내를 좀 더 명확히 파악할 수 있을 듯하오."

"맞아요. 게다가 그쪽은 우리랑 길에서 마주쳤을 때 마치 조립이 아빠를 해할 것을 아는 듯 급하게 움직였어요. 대체 어떻게 그 사실을 알 수 있었던 거죠?"

진원외와 진연의 연달은 물음에 중인의 시선이 일제히 장건에게로 쏠렸다.

장건은 무표정한 얼굴로 천천히 대답했다.

"청부의 결과를 말하라면, 애초부터 청부에 대한 정보가 잘못되었소."

"……?"

"군룡회에서 가르쳐 준 마차에 타고 있던 자들은 집마부의 자들이 아니었소."

"…그럼?"

"그자들은 철무림의 자들이었소."

그 말에 진원외와 진연 등은 놀란 표정을 감추지 못했다.

"철무림의 자들이란 것은 어떻게 알았소? 그들과 직접 겨뤄 보기라도 했소?"

명한청의 물음에 장건은 고개를 저었다.

"한 명의 품에서 명패를 꺼내봤소. 물론 그 정도로는 명확한 신분을 확신할 수는 없지. 운 좋게도 마차 문이 잠시 열렸을 때 안에 타고 있는 인물의 얼굴을 눈으로 확인할 수 있었소. 그 안에는 주붕이 타고 있었소."

"주붕이라면… 광염객(光焰客)?"

명한청과 진원외의 눈이 커다래졌다. 광염객 주붕은 기라성 같은 강자가 우글거리는 철무림 내에서도 다섯 손가락 안에 들어가는 절정고수이다. 풍파투도가 그를 알아봤다고 하면 분명 그 마차의 주인은 집마부가 아닌 철무림이 확실할 것이다.

명한청과 진원외는 장건의 대답을 듣고 깊은 생각에 빠졌다. 한편 강호 사정에 밝지 못한 진연은 갑자기 대화가 단절되자 답답한 듯 발을 동동 구르며 장건을 닦달했다.

"아직 내 질문에는 대답하지 않았잖아요! 조립이 아빠를 해할지 어떻게 알았냐고요!"

장건은 귀찮은 듯 인상을 찌푸리며 대꾸했다.

"난 애초부터 이 융중의 사건이 무광자가 발발시킨 것이 아니라고 확신하고 있었소. 무광자는 무공과 비무에 광적인 집착을 보이긴 하나 온갖 어중이떠중이를 모아놓고 일일이 초식을 겨뤄보는 귀찮음을 감내할 만한 행동거지를 보인 적이 없소. 다만, 손우병을 죽인 것은 왠지 무광자 같다는 생각이 들긴 하오. 아무튼 무광자가 아니라면 뭔가 다른 의도가 있는 자들이 벌이는 연극일 거라고 짐작을 했지. 그리고 융중에 가보니 연극의 주체가 누구인지는 명확해지더군. 산을 둘러싼 채 괴인에게 이르기까지의 과정을 완전히 주관하고 있는 군룡회, 바로 그들이 특정한 목적을 위해 고수들을 꼬시고 있다는 생각이 들었지. 따라서 그 괴인 역시 군룡회의 고수였을 거고."

"그 목적이란 게 우리 아빠를 해하는 거였단 말이군요?"

"당신한테 당신 아버지의 상황을 듣고서는 그렇게 짐작했지. 그러나 당신 아버지가 군룡회에서 그런 요란한 연극을 하면서까지 남들 몰래 죽여야 할 정도로 거물이라고는 보지 않았소. 그래서 확신할 수는 없었지."

그 말에 진연의 얼굴이 붉게 상기되었지만 딱히 뭐라 반박하지는 못했다. 장건의 말이 그녀가 듣기에도 일리가 있었기 때문이다.

그의 말처럼 그녀의 아버지는 군룡회가 그런 기이한 짓을 하면서까지 해할 정도의 명성이나 직위를 강호에서 얻지 못하고 있었다. 군룡회가 군이 진원외를 해하려 했다면 그저 솜씨 좋은 암살자나 암영대를 보냈다면 간단히 해결할 수 있었을 것이다(물론 진연은 그렇게 생각하지 않았지만).

화가 나 씨근덕거리며 장건을 쏘아보던 진연은 날카롭게 말했다.

"그럼 그놈들의 목적이 대체 뭐였다는 거죠?"

"물론 진 대협을 해하려는 의도도 목적 안에 끼어 있었겠지. 그러나 그것은 부수적인 것이고, 보다 근본적인 원인은 오늘에야 알 수 있었소. 철무림의 마차 안을 들여다보고는."

그때 아무 말 없이 이어지는 대화를 듣고 있던 명한청이 돌연 목소리를 높였다.

"그래, 바로 그거로군! 광염객 주붕은 무광 반우재 못지않은 무공광이오. 또한 승부 근성에 있어서는 가히 타의 추종을 불허하지. 융중에서의 그 연극은 바로 주붕을 끌어들이기 위한 것이었어!"

진원외도 고개를 끄덕였다.

"주붕이라면 오 초를 받아내면 천하십일대비기를 주겠다는 광오한 발언에 그 특유의 승부욕이 활활 불타올랐을 게야. 특히 오늘 양양을 지나치는 여정이었으니 결코 융중을 그냥 지나치지 못했겠지. 그런데 어제 풍파투도 소협의 활약으로 괴인이 달아나게 되면서 그 계획이 무산되자, 조립은 꾀를 내어 너희들에게 그 마차를 치게 하도록 한 것일 게다."

"차도살인지계(借刀殺人之計)였단 말이군요?"

진연의 말에 진원외는 빙긋이 웃으며 대꾸했다.

"너희만으로 주붕을 쓰러뜨릴 수 있다고는 놈들도 기대하지 않았을 게다. 그러나 한청이가 나서서 무당파의 동료들까지 끌어들여 마차를 친다면 상당한 피해를 입힐 수도 있다고 기대했겠지. 그리고 나서 피해가 막심할 주붕을 자신들이 나서서 마무리하겠다는 속셈이었을 것이다."

진원외는 장건에게로 고개를 돌렸다.

"딸과 얘기하는 것을 듣다 보니 좀 의아한 점이 있군. 자네는 군룡회가 우리를 노리고 있다는 것을 미리부터 예상하고 있었나 본데, 청부를 받아들인 다음 이 아이들에게 귀띔이라도 해줄 수 있지 않았는가?"

"당신 따님과 나는 어제 처음 보았소."

장건이 무미건조한 음성으로 대꾸했다.

"당신 같으면 어제 처음 본 뜨내기 낭인의 말을 믿겠소, 아니면 아버지의 절친한 친구라 철석같이 믿고 있는 강호의 명사를 믿겠소? 어차

피 내가 무슨 얘기를 해봐야 믿지 않을 게 뻔했소. 되려 의심이나 받지
않으면 다행이었겠지."

진원외와 명한청은 무슨 말인지 알겠다는 듯 고개를 끄덕였고, 진연
은 뭐라 반박은 못하고 그저 원망스러운 눈초리로 그를 쏘아보았다.

"그래서 우리보고 늦게 나오라고 한 거였구려? 혹시 놈이 와서 진
숙부를 해할까 봐."

명한청의 말에 장건은 고개를 끄덕였다.

"그렇소. 당신들이 말을 듣지 않고 일찍 나오는 통에 사고가 날 뻔
했지만."

*   *   *

"자, 여기 있네. 우리 식구의 목숨을 구해주어 정말 고맙네."

진원외에게서 청부 대가인 유하검을 건네받은 장건은 무덤덤하게
고개를 끄덕이고는 자리에서 일어섰다.

"아, 잠깐만. 이왕 청부를 이행해 준 김에 한 가지 청탁을 더 받는
것은 어떻겠나?"

진원외의 말에 장건은 손을 내저었다.

"호위라면 사양하겠소. 누굴 보호하고 지키는 식의 시간 많이 끄는
일은 딱 질색이오."

진원외는 탄복한 눈으로 장건을 보았다. 그는 자신이 무엇을 부탁할
지를 이미 읽고 있었던 것이다.

"무슨 말이에요 아빠? 왜 저 사람한테 호위를 부탁해요?"

진연의 물음에 명한청이 끼어들었다.

"아마도 조립과 암영대가 귀환하지 않은 것을 눈치챈 군룡회의 이차 공격이 있을 거란 거겠지. 숙부님, 그렇다면 일단 이곳을 잠시 떠나 무당으로 몸을 피하시죠. 놈들이 무당산까지 쫓아오지는 못할 거라 생각합니다만."

양양에서 무당산으로 가는 길에는 무당파의 속가와 분타가 많이 있다. 제아무리 야심만만한 군룡회라 해도 무당과 전면전을 치를 담량이 아니라면 감히 쫓아오지는 못할 거라는 게 명한청의 생각이었다.

그러나 진원외는 고개를 저었다.

"무당으로 가면 내 몸 하나는 건사할 수 있겠으나 사문이 돌이킬 수 없는 위험에 빠지게 될 게다. 내가 지금 당장 가야 할 곳은 형문산이다."

호광성 중부의 형문산에는 천의문의 본 타가 위치하고 있었다.

"아빠, 아직 몸도 성치 않은데… 남쪽으로 가게 되면 육중에서 남하하는 군룡회와 반드시 부딪치게 될 거예요. 그렇게 되면 누구 도움 청할 사람도 없다고요."

진연이 안타까운 표정으로 말했다.

"도움 청할 사람은 눈앞에 있다. 자네, 다시 한 번 생각해 보게. 내 보수는 섭섭치 않게 주겠네."

진원외의 말에 장건은 냉소를 흘렸다.

"나를 섭섭하지 않게 하려면 엔간한 보수로는 어림도 없을 텐데."

"이건 어떤가. 대가로 번천제룡환을 준다면."

번천제룡환이란 단어가 진원외의 입에서 떨어지자 장건의 눈이 일순 번득였고, 진연과 명한청은 의아한 표정을 감추지 못했다.

현 천의문주이자 진원외의 사부인 노해성이 무광자와의 이십 초 비무 이후에 천하의 고수로 인정받고 그 표식으로 얻은 번천제룡환은 그 비무가 있은 지 십 년이 흐른 지금은 천의문주의 신물처럼 굳어진 물건이었다. 그런 보물을 노해성의 허락도 받지 않고 진원외가 함부로 청부대가 운운한다는 것은 진원외의 평상시 성정으로 볼 때 있을 수 없는 행동이었다.

"당신이 그걸 줄 만한 자격이 있소?"

장건은 날카롭게 물었다. 최소한 차기 천의문주 정도가 되지 않는 한 번천제룡환의 수여 운운은 신용할 만한 제안이 아니었다.

진원외는 확신에 찬 얼굴로 대꾸했다.

"자격이 있다마다. 청탁을 들어준다면 내 목을 걸고라도 번천제룡환을 내어주겠네."

그 후로도 한참 동안 진원외를 탐색하듯 쳐다보던 장건은 마침내 고개를 끄덕였다.

"좋소. 우선 청부의 정확한 내용이나 들어봅시다."

"나와 내 딸을 본 문까지 무사히 호위해 주고, 그 후 천의문의 차기 장문인이 인선되기까지 우리와 함께 행동해 주게."

제10장
장건, 실력 행사를 하다

장건, 실력 행사를 하다

　　　장건의 청부 수락이 떨어진 후, 진가의 부녀
와 장건 일행은 즉시 저택을 떠났다.

　진원외는 우선 명한청을 무당으로 돌려보냈다. 명한청은 함께 가겠
다고 고집을 부렸지만 굳이 돕고 싶다면 사부와 조력자 몇 명을 대동
하고 나중에 천의문으로 직접 찾아오라는 진원외의 말에 결국 뜻을 굽
혀야 했다.

　장건은 석초진, 나할라리, 범생에게 약속한 보수를 건넸다. 애초의
목적이던 유하검을 얻었기 때문에 응당한 대가를 지불한 것이었다.

　장건은 보수를 건넨 후 세 사람에게 뜻밖의 제안을 했다. 자신과 함
께 형문산까지 동행하자며 융중건 이상의 보수를 제시했다.

　"그 정도 보수를 준다면야 우리야 좋지만… 좀 의외로군. 자네가 연
속으로 같은 방수를 고용한다는 말은 들어본 적이 없는데."

석초진은 고개를 갸웃거렸다. 풍파투도가 이 근방에서 이름을 날린 지도 수년이 돼가고 있었지만 워낙 비밀스럽게 움직이는 자라서 아직 그의 정체를 제대로 아는 자가 없을 정도였다. 특히 타인과의 연계를 극도로 주의한다는 소문을 들었는데 연속적으로 자신들을 고용하겠다고 하니 석초진으로서는 다소 의외라는 생각이 들었던 것이다.

"상황이 좀 다급한지라 어쩔 수가 없소. 그리고 이건 명심하시오. 보수가 후하다는 것은 그만큼 일이 위험하다는 걸 반증하는 것임을. 형문산까지 도검으로 깔린 길을 가야 할지도 모르오."

무시무시한 말이었지만 석초진은 장건이 겁을 주는 것이라 생각하여 오히려 발끈했다.

"이 승천창이 그깟 군룡회 나부랭이를 겁내 할 줄 알았나? 걱정 말고 보수나 두둑이 준비하게!"

석초진의 호언장담을 들으며 장건은 나할라리와 범생에게로 시선을 돌렸다.

나할라리는 쓴웃음을 지으며 고개를 끄덕였다.

"나라도 괜찮다면. 혈겸이 부서진 터라 큰 도움은 못 될 터인데."

"아까 암영대랑 싸우는 것을 보니 듣던 바 이상의 실력이시더군. 도움이 되고 안 되고는 내가 판단할 테니 그런 건 신경 쓸 것 없소."

듣기에 따라서는 건방지게 들릴 수도 있는 발언이었지만 나할라리는 왠지 이 패기만만한 청년이 오만하다기보다는 믿음직스럽게 느껴졌다.

"나도 가겠네. 그 정도 보수라면 도산검림 아니라 시산혈해라도 건너야지."

범생의 말에 장건은 미묘한 웃음을 지을 뿐이었다.

일행은 군룡회에서 빌려주었던 마차를 버리고 새 마차를 하나 구입하여 성문이 닫히는 이경(밤 10시경) 전에 양양을 빠져나갔다.

*　　　*　　　*

"조립이 죽었다고?"

묻는 목소리는 여인의 그것처럼 높고 가늘었다.

"예, 함께 간 저희 대원들도 모두 전멸했습니다."

대답이 떨어진 후, 가는 목소리는 한참 동안 말이 없었다.

"재미있군. 변수가 많을수록 계산은 복잡해지지. 그러나 복잡한 계산일수록 다 풀고 난 후의 쾌감은 커지는 법."

가는 목소리가 좀 더 높아졌다.

"변수가 나타난 원인이 뭐라고 생각하느냐? 진원외가 생각보다 뛰어난 검객이라서?"

"그자가 알려진 것보다 실력이 있다는 것은 익히 경계하고 있었습니다. 다만… 뜻밖의 불청객이 있었던 듯합니다."

"불청객?"

"융중에서 가짜 무광자와 맞닥뜨려 그의 행보를 방해한 자들이 있었습니다. 그놈들이 진원외와 합류한 것으로 보입니다."

"그놈들이 누구기에?"

"이 근방에서 꽤 명성이 있는 승천창 석초진과 혈겸 나할라리, 그리고 장건이라는 젊은 놈입니다."

"장건? 설마 풍파투도?"

"풍파투도의 이름이 장건입니까?"

가는 목소리는 혀를 찼다.

"하긴 별호는 유명해도 이름은 유명하질 않으니 자네같은 친구들은 모를 수도 있겠군. 어쨌거나 풍파투도가 놈들과 함께 있다면… 결코 만만하게 볼 수 없겠는걸."

"일개 도둑놈이 그렇게 대단할까요?"

"풍파투도에 대해 알려지지 않은 것은 그의 이름만이 아닐세. 근자에 곳곳에서 일어난 사파 거두들의 죽음, 사고, 이런 것에 그가 상당 부분 관여하고 있다는 소문이 암암리에 돌고 있어. 놈이 훔치는 능력만 뛰어난 것이 아니라는 근거가 될 얘기들이지."

"……."

"주붕도 놓쳤는데 진원외까지 놓친다면 우리의 이번 행사는 최악의 실패로 기록될 것이다. 어떤 일이 있어도 놈들이 천의문에 도달하지 못하게 하도록 동원 가능한 전 인원으로 놈들의 길목을 차단하라."

"존명!"

우렁차게 대답한 자는 곧 있던 자리에서 모습을 감췄다. 명령을 이행하러 간 것이다.

"풍파투도라면 암영대만으로 모자랄지도 모르겠군. 변수를 완벽히 제거하려면 맹수들을 좀 더 풀어야겠는걸."

가는 목소리의 임자는 나직해진 목소리로 중얼거렸다.

*   *   *

콰직! 우당탕탕탕!

객잔 이층의 모든 창문이 일제히 부서져 나가고, 불 꺼진 여러 이층

객실에서는 찢어지는 비명 소리가 새어 나왔다.

잠시 후, 객실들의 문이 활짝 열리더니 검을 든 복면인들이 우르르 몰려나왔다.

"여긴 없습니다."

"여기도 없습니다!"

복면인들은 입이라도 맞춘 듯 없다는 말을 반복했다.

"없을 리가 없다! 객잔 밖에 놈들의 마차가 묶여 있는 것을 확인하고 들어왔다. 모든 객실을 다시 뒤져라!"

덩치 큰 복면인이 목소리를 높였다.

복면인들은 객실 안으로 다시 들어가 안에서 벌벌 떨고 있는 투숙객들을 자세히 확인했다. 반항하는 몇몇 손님을 찔러서 쓰러뜨리기까지 했지만 그들이 찾는 대상은 보이질 않았다.

일층과 부엌까지 샅샅이 뒤지던 복면인들은 그제야 무슨 일인가 하며 기어나오는 점소이를 잡아 족쳤다.

객잔 밖에 매인 마차의 주인이 어느 방에 묶고 있는지를 묻자 점소이는 벌벌 떨며 한 방을 가리켰고, 복면인들은 그 방으로 쳐들어가 상인 몇 명을 끌고 나왔다.

"너희가 저 마차의 주인이냐?"

복면인의 물음에 상인들은 새파랗게 질린 얼굴로 고개를 끄덕였다.

"예, 그런뎁쇼."

"거짓말 마라! 우리가 어제부터 내내 저 마차를 뒤쫓고 있었다. 너희는 거기에 타고 있지 않았어!"

"아이고, 나리, 저흰 그저 오늘 오후에 만난 어떤 미친놈이 마차를 은 두 냥에 사라기에 이게 웬 떡이냐 하고 구입한 죄밖에 없습니다요."

"뭣이?"

복면인은 망연한 표정을 지을 수밖에 없었다.

허탕 치는 것이 이번이 처음이 아니었다.

암영대 열다섯과 청면객 조립을 쓰러뜨린 놈들이었기에 긴장하고 추적을 개시했건만 추적 대상들은 싸울 의사가 전혀 없는 듯 추적자들을 요리조리 피하기 급급했다. 그런데 문제는 도망치는 놈들을 도무지 잡기가 어렵다는 것이었다.

놈들은 둔갑술이라도 익히고 있는 듯, 수시로 모습을 바꾸어 자신들을 혼란에 빠뜨렸다. 혼례 행렬의 일원으로 가장하여 포위망을 빠져나간 적도 있고, 표행, 장례 행렬, 심지어 관원으로까지 위장하여 추적자들의 혼선을 초래했다.

근 사백 리를 추격한 끝에 간신히 꼬리를 잡아서 이곳 객잔까지 쫓아왔건만 놈들은 타고 있던 마차까지 도마뱀 꼬리처럼 자르고 이미 도망을 친 상태였다.

"여기서 놓치면 놈들의 목적지까지 못 따라잡을 수도 있습니다."

부하의 말에 덩치 큰 복면인은 짜증스레 대꾸했다.

"못 따라잡긴 왜 못 따라잡나! 놈들은 말과 마차를 버렸으니 이제 도보로 백 리 길을 가야 한다! 부상자도 있고 길이 평탄치 않으니 결코 빠르게 도망가지는 못할 것이다! 지금부터 전력질주하여 놈들을 따라잡는다!"

덩치의 명을 받은 복면인들은 들어왔을 때와 같은 날랜 동작으로 객잔 밖으로 우르르 몰려 나갔다.

"저, 나리!"

꿇어 앉아 있던 상인 하나가 머뭇거리며 불렀지만 복면인들은 이미 경신술을 발휘하여 저 멀리 사라지고 있었다.

"나리! 나리! 아이고 벌써 다 가버렸네."

옆에 있던 상인이 일어서서 목청을 높이고 있는 상인의 바지자락을 잡아당겼다.

"자네 미쳤나? 기껏 사라져서 안도하고 있는 판에 왜 다시 부르려고 하는 거야?"

"아니, 그래도… 저렇게 자기 발로 달려가면 못 잡을 텐데. 마차만 우리한테 팔고 말을 그네들이 타고 갔다는 얘기도 해줘야 하는 거 아닌가?"

"내버려 둬! 뭐 이쁜 놈들이라고 그런 얘기까지 해주나? 밤새 죽자고 말꽁무니나 쫓아가라고 하라고."

휘이이이이—

오후의 강바람이 끝없이 펼쳐진 갈대밭을 쓸고 지나갔다. 바람이 지나갈 때마다 갈대들은 몸을 눕히며 구슬픈 울음을 토해냈다.

바람이 잦아들며 갈대들의 울음소리도 서서히 작아졌다. 잠시 고요가 찾아들던 강변은 멀리서 다가오는 말발굽 소리로 다시금 적막이 깨지기 시작했다.

두두두두두두—

평원을 질주하던 여섯 마리의 마필이 호아산(虎牙山)에 도착한 것은 해가 서서히 저물어 가는 늦은 오후였다.

석양을 머리에 이고 있는 호아산의 뒤쪽으로는 남실대는 장강이 붉은 기운을 띠고 있었고, 그 뒤로는 우뚝 솟은 형문산이 보였다.

호아산과 형문산은 장강을 낀 채 마주보고 있는 특이한 지형이었다.

여섯 마필이 형문산으로 가기 위해서는 호아산을 돌아 장강을 넘어가야 했다.

산기슭을 끼고 돌아 계속 전진하던 여섯 마필은 탁 트인 장강이 보이는 지점에서 걸음을 멈추어야 했다.

장강의 갈대밭 앞에 진을 치고서 그들의 진로를 막아서고 있는 인영들이 있었기 때문이다.

"양양에서 오신 분들인가?"

음산한 목소리가 갈대밭을 울렸다.

말에 타고 있던 진원외 부녀와 장건 일행은 소리 낸 자를 쳐다보았다.

그들의 앞길을 막아선 자는 방금 소리 낸 자를 포함하여 고작 세 명, 그냥 말을 타고 달려가며 밀어버려도 될 듯한 숫자였다.

그러나 진원외는 넓게 퍼진 갈대밭을 한 번 쓱 둘러보더니 말에서 내렸고, 뒤이어 장건, 석초진, 진연 등도 말에서 내려왔다.

"이거 말 꺼낸 사람 민망하게 하시는군. 인사나 좀 하십시다, 진 대협."

"너랑 나눠야 할 인사는 없다, 손중문."

진원외는 차갑게 대꾸했다. 앞에서 떠드는 자는 안면이 있는 자였다.

군룡회의 여섯 번째 사자, 혈성랑(血星狼) 손중문.

여섯 사자 중의 막내이지만 무공 실력으로 따지자면 세 손가락 안에 드는 강자였고, 심성이 잔혹한 면이 있어 조립과 좋은 관계를 유지할 때에도 진원외가 별로 좋아하지 않던 자였다.

손중문은 진원외의 냉랭한 반응에도 여유자적한 웃음을 풀지 않았다.

"몸도 성치 않으신 분이 예까지 오느라 많이 무리하셨을 텐데, 화까지 내시면 건강을 해치실까 두렵소이다."

능글맞은 언사였으나 진원외는 무표정으로 일관하며 그의 도발에 응하지 않았다.

겉으로는 무표정을 가장하고 있었으나 실상 진원외의 속은 타들어 가고 있었다. 추적하던 암영대를 완전히 따돌렸다고 생각하고 있었는데 본산의 바로 앞에서 뜻밖의 복병을 만난 것이다. 손중문의 옆에 있는 사내들은 안면이 없었으나 군룡회의 고수임이 틀림없었다. 물론 그 세 명뿐이라면 충분히 싸워볼 만한 상대였으나 아무래도 주변의 기운이 심상치 않았다. 이곳저곳에서 매복의 낌새가 느껴지고 있었다.

그때 손중문 뒤에 서 있던 중년 사내가 한 발짝 앞으로 나섰다.

"오랜만이군, 석 노제. 그간 잘 있었나?"

그의 인사에 대꾸한 것은 석초진이었다.

"잘 있었소. 험상궂은 인상은 여전하시군, 삼두표(三頭豹)."

삼두표란 말에 진원외를 비롯한 다른 일행은 해연히 놀랐다.

'삼두표 관회!'

삼두표 관회는 군룡회의 제일사자이며, 천하를 넘보는 강대 세력인 군룡회에서도 열 손가락 안에 꼽히는 초강자였다.

관회는 느릿한 투로 말을 이었다.

"노형을 기억해 주니 고맙군. 고용인과 피고용인의 관계였지만 오년 전에는 꽤 죽이 맞질 않았나, 우리? 어떤가, 그때의 관계로 다시 돌아가 보는 것이. 보수는 그쪽의 갑절로 주도록 하지. 물론 자네의 동료들도 이쪽으로 오겠다면 대환영이고."

어차피 돈으로 고용되었을 낭인이기에 세가 불리한 쪽에 붙어 있지 말고 자기네 쪽으로 넘어오란 얘기였다.

진원외와 진연의 표정이 조금 딱딱해졌지만 석초진은 유들유들한 미소를 잃지 않으며 대꾸했다.

"미안하지만 그건 좀 곤란하겠소. 제아무리 돈에 끌려 다니는 몸이지만 신용을 잃으면 이 바닥에서도 오래 버티기 힘들거든."

"신용을 잃지 않게 해주면 될 일이 아닌가? 저 두 부녀는 무조건 여기서 죽게 되어 있어. 따라서 우리끼리만 입을 닫으면 자네들이 배신한 것은 새어나갈 일이 없게 되지."

"글쎄, 당신의 가정이 현실화되리라고 확신하오? 되려 당신들이 쓰러질 수도 있지 않은가."

석초진의 지적에 관회는 어처구니없다는 듯 고개를 저었다.

"그 옆의 풍파투도란 친구를 믿고 하는 말인가? 암영대 두 오를 쓰러뜨린 것은 높이 평가할 만하네만, 여기 모인 자들이 설마 그 정도 전력이라고 생각하는 것은 아니겠지."

말이 끝남과 동시에 그가 손가락을 튕기자, 갈대밭 주변의 이곳저곳이 들썩이더니 검을 든 사내들이 장건 일행의 전후좌우에서 일어나기 시작했다.

갈대 속에서 나온 사십 명가량의 사내들은 이내 세 사내와 진원외 일행을 뺑 둘러싸게 되었다.

"암영대의 추적을 뚫고 예까지 온 것은 참으로 가상한 일이네만 하필 본 회의 잠룡단이 이 근처에 볼일이 있어서 여기 와 있던 게 자네들로서는 불행한 일이겠지."

평온하게 얘기하는 관회의 옆에 있던 손중문이 눈에서 불이 뿜으며 버럭 소리를 질렀다.

"풍파투도, 이놈! 네놈의 피로 이 갈대밭을 붉게 물들여 죽은 셋째 형님의 원혼을 달랠 것이다. 오늘 살아서 여길 지나칠 생각은 버리는 게 좋을 게다."

평정을 유지하던 그였지만 의형인 조립의 죽음이 떠오르자 분노를 참기 힘든 듯했다.

그때 장건이 무미건조한 음성으로 대꾸했다.

"당신 형은 내가 죽이지 않았어. 암영대가 죽였지."

"개수작 마라. 네놈의 목은 내가 따주지."

손중문이 으르렁거렸다.

"물론 네놈이 잠룡단의 포위를 뚫고 나온다면 말이다. 그럴 리는 없 겠지만."

관회의 덧붙임이었다.

휘이이이이—

그때 다시 강바람이 불어왔고, 갈대들이 요란스런 소리를 내며 드러 눕기 시작했다.

갑자기 장건이 칼을 챙 소리 나게 뽑으며 일행의 한 발 앞으로 나섰 다.

"지나치게 말이 많은 놈들이군. 잔말 말고 덤벼라!"

그가 무기를 뽑으며 호령까지 내지르자 나머지 동료들은 어리둥절 한 표정을 지었다. 매사에 침착하고 신중한 태도를 보이는 그이기에 목소리를 높이며 앞으로 나서는 태도가 낯설었기 때문이다.

어쨌거나 장건이 나선 상태에서 가만있을 수는 없는 법, 다른 동료 들도 그에 보조를 맞추어 일제히 무기를 뽑았다.

그러자 관회와 손중문도 무기를 들었고, 내내 말이 없던 그들 오른쪽의 중년인도 칼을 뽑았다.

중년인은 잠룡단과 차림새가 비슷한 것으로 보아 단주쯤 되는 듯 보였다. 그의 움직임이 신호인 듯, 일행을 둘러싸고 있던 잠룡단이 일제히 몸을 날려 포위망을 좁혀왔다.

그 순간, 앞으로 나왔던 장건이 일행의 후미로 훌쩍 물러서더니 옷을 털었다. 그러자 그의 몸에서 분홍빛 기운이 치솟았다.

치솟은 기운은 거세게 불어오는 강바람을 타고 그의 후위에서 달려오던 잠룡단에게로 덮쳐갔다.

"웃!"

"우우욱!"

"도, 독!"

분홍빛 기운에 휩싸인 스무 명 남짓한 잠룡단원은 단발마의 비명과 함께 목을 움켜쥐고 모두 쓰러져 버렸다.

날아오는 바람을 이용해 독을 살포한 장건의 수법에 일행을 포위하고 있던 잠룡단의 절반가량이 순식간에 전투 불능 상태가 되어버리고 만 것이다.

"놈은 독을 쓰고 있다! 모두 바람을 등져라!"

잠룡단주가 다급하게 외쳤다.

바람은 단주가 있는 쪽에서 장건 일행 쪽으로 불고 있었다.

띄엄띄엄 떨어져 있던 단원들은 단주의 호령에 따라 그가 있는 쪽으로 우르르 모여들었다.

그때 뒤로 물러섰던 장건이 궁신탄영(弓身彈影)의 수법을 쓰며 전면으로 튀어나갔다.

섬광처럼 쏘아져 나간 그는 품속에서 뭔가를 꺼내더니 단주 쪽으로 모여들고 있는 잠룡단을 향해 던졌다.

그가 던진 물체는 모여들고 있는 잠룡단의 바로 앞에 정확히 떨어졌다.

펑!

커다란 폭발음과 함께 공같이 생긴 물체가 터지자 그 안에서 다량의 우모침(牛毛針)이 빗발처럼 쏘아져 나왔다.

"악!"

"어이쿠!"

넓게 벌려서 있다 바람을 등지느라고 단주 쪽으로 모여들던 잠룡단원들은 바로 앞에서 튀어나오는 우모침을 피하지 못하고 대다수가 그것에 적중당하고 말았다.

우모침에도 독이 발려져 있는 듯, 단 한 개라도 적중된 단원은 버티지 못하고 제자리에 쓰러져 버렸다.

사십 명이 넘던 단원들이 장건의 단 두 수에 궤멸되다시피 하자 잠룡단주는 눈이 뒤집혔다.

"이노옴!"

그는 광기 어린 포효성을 토해내며 장건에게로 달려들었다. 그 역시 왼 팔에 우모침 한 개를 적중당해 팔이 마비되고 있었지만 분노한 그는 그것을 신경 쓰지 않았다. 그는 수비를 도외시한 채 일격필살의 의지로 장건에게 달려들었다.

장건은 다가오는 잠룡단주를 향해 승표 하나를 날렸다. 승표의 표창은 단주의 어깻죽지에 박혔지만 단주는 그것까지 무시한 채 달려드는 속도를 줄이지 않았다.

달려드는 단주의 검이 막 장건의 가슴팍에 파고드는 순간, 장건은 몸을 비틀며 그를 옆으로 흘려 버렸다.

그 순간, 장건의 측면에서 섬뜩한 예기가 파고들었다. 어느새 다가온 혈성랑 손중문이 낭아도로 그의 옆구리를 베어오고 있었다.

장건은 사선으로 몸을 튕겨 낭아도를 피했다. 그러자 그를 한 번 지나쳤던 잠룡단주가 몸을 돌려 다시 검을 베어왔다. 장건은 마치 나려타곤(懶驢陀滾)을 연상케 하는 몸놀림으로 땅을 굴러 잠룡단주의 검을 피했다.

장건이 몸을 굴려 도망치자 잠룡단주와 손중문은 사력을 다해 그를 쫓았다. 거리가 벌어지면 언제 독이나 암기가 날아올지 모르기 때문이었다.

재빨리 다가온 손중문과 잠룡단주의 칼이 구르다가 몸을 일으키는 장건을 향해 일제히 닥쳐 들었다. 그 순간, 장건이 왼팔을 당겼다.

"헉!"

갑자기 잠룡단주가 몸의 중심을 잃으며 손중문 쪽으로 넘어졌다. 그의 몸에는 좀 전에 장건이 던져 그의 어깨에 박힌 승표의 줄이 칭칭 감겨 있었다.

그가 박힌 승표에 신경 쓰지 않고 장건과 몇 번 교차하는 사이 어느새 줄이 얼기설기 얽혀 버렸던 것이다.

옆의 동료가 갑자기 중심을 잃고 자신의 휘두르는 칼 쪽으로 넘어지자 손중문은 기겁을 하며 낭아도를 거두었다.

그 순간 장건이 움직였다.

그는 한데 뭉쳐진 잠룡단주와 손중문에게로 전광석화처럼 쏘아져 나갔다.

잠룡단주는 중심을 잃고 쓰러지면서도 이를 악물고 그를 향해 검을 휘둘렀다.

그러나 장건이 왼손을 까딱하니 이내 잠룡단주의 몸이 빙그르르 돌아가며 휘두르던 그의 검은 땅에 박히고 말았다.

순식간에 둘과의 거리를 좁힌 장건은 땅을 구르는 잠룡단주의 머리를 밟으며 거두었던 낭아도를 다급히 추스리고 있는 손중문에게로 오른손을 내뻗었다.

퍽! 으직!

장건에게 밟힌 잠룡단주의 머리는 수박처럼 으깨져 버렸고, 장건의 오른 소매에서 튀어나온 대붕수는 미처 방어세를 갖추지 못한 손중문의 낭아도를 비껴 그의 얼굴에 박혀 버렸다.

"끄으으으으.."

잠룡단주는 끽 소리도 없이 즉사했고, 대붕수로 머리가 반쯤 날아가 버린 손중문은 바람 빠지는 신음성과 함께 무너져 내렸다

단숨에 두 고수마저 처리한 장건은 등 뒤에서 엄청난 경력이 닥쳐드는 것을 느꼈다.

우우우웅!

장건은 경력을 감지한 즉시 공중으로 몸을 붕 띄웠다. 닥쳐 든 내기는 그의 발밑을 지나쳐 전방에서 천천히 쓰러지고 있는 손중문을 쳐버렸다.

펑!

장력에 맞은 손중문의 시체는 갈대밭에 피를 뿌리며 훨훨 날아가 오장 밖의 땅에 처박혔다.

가공할 장력을 뿌린 지는 삼두표 관회였다.

"네놈을 육시를 하지 않으면 내 여기서 뼈를 묻겠다!"

그는 핏발선 눈으로 외치며 장건에게로 다시 장력을 날렸다. 그의 성명절기인 삼령장(三嶺掌)이었다.

산을 무너뜨릴 듯한 위맹한 장력이 막 착지하고 있는 장건에게로 닥쳐 들었다.

장건은 눈을 번득이며 양장을 뻗어 다가오는 장력과 맞부딪쳤다.

콰앙!

장력과 장력이 충돌하자 엄청난 충격음과 함께 경풍이 휘몰아치며 주변을 갈대밭이 일제히 누워버렸다.

장건은 충돌의 여파로 인해 순식간에 대여섯 발짝을 물러났고, 관회는 제자리에 우뚝 서 있었다.

쌔애애애액―

매서운 기세로 태산 같은 장력을 계속 뿜어내며 밀려 나가는 장건을 압박하던 관회는 문득 들려오는 미세한 파공성이 귀에 거슬렸다. 아주 미약하던 파공음은 조금씩 커지고 있었다. 아니, 커진다기보다도 소리의 진원지가 점점 가까워오고 있는 느낌이었다.

장력을 뿜어내는 와중에도 소리의 정체에 이목을 기울이던 관회는 드디어 다가오는 소리의 진원지를 발견하고는 눈을 크게 떴다.

그것은 붉은 실선이었다. 머리카락만큼이나 가는 실선은 장건의 손에서 나와 관회 자신을 향해 다가오고 있었다. 놀라운 것은 일 척 길이의 실선이 장건의 손과 그의 손 사이의 공간, 그 공간을 팽팽히 유지하고 있는 장력의 줄기를 타고 오고 있다는 사실이었다. 붉은 실선은 그가 뿜어내고 있는 장력의 중심을 가르며 매우 빠른 속도로 접근해 오고 있었다.

관회는 장력을 가르며 접근할 수 있는 물체가 있다는 것은 들어본 일도 없고, 상상해 본 적도 없었다. 그는 장건이 사술을 쓴다고 판단하고 공력을 더욱 끌어올려 장력을 배가시켰다. 장력의 힘으로 다가오는 물체의 속도를 저지하려는 의도였다. 그러나 장력의 힘이 배가될수록 붉은 선의 다가오는 속도는 느려지기는커녕 더욱 빨라졌다. 관회는 삼령장을 극성으로 끌어올렸으나 붉은 선은 점점 가속도가 붙으며 매서운 속도로 닥쳐오더니 마침내 관회의 오른 손바닥을 뚫고 들어갔다.

관회는 오른손에 불로 지지는 듯한 통증을 느꼈다. 그는 중심을 다잡으려 애썼지만 이미 그의 오른쪽 반신이 마비된 상태였다. 몸의 균형이 깨지며 내기가 흐트러지자 그에게 밀리던 장건의 장력이 닥쳐와 가슴을 덮쳤다.

"욱!"

장력에 떠밀려 쓰러진 관회는 피를 한 사발 토하면서도 간신히 몸을 일으켰다.

그는 마비된 자신의 오른손을 왼손으로 붙잡고 억지로 붙들어 올렸다. 구멍이 뚫린 손바닥에서 피가 줄줄 새어 나오고 있었고, 손 안으로 파고든 붉은 선의 흔적은 그 어디에도 보이질 않았다.

"이, 이놈이 비겁하게 암수를!"

몸을 떨며 이를 가는 관회의 귓가로 장건의 차가운 음성이 저승사자의 부름처럼 파고 들어왔다.

"끝났다, 관회. 네놈의 손바닥으로 들어간 비핵표(飛核鏢)가 혈관을 타고 곧 심장까지 파고 들어갈 것이다. 그전에 항복한다면 목숨만은 살려주겠다."

관회는 벼락이라도 맞은 듯한 표정으로 자신의 오른손과 장건을 번갈아 바라보았다. 말도 안 되는 거짓이라고 외치고 싶었지만 상대의 압도적인 실력은 그 어떤 말이라 해도 진실처럼 들리게 만들고 있었다.

"으, 으으, 으아아아아아!"

분을 참지 못하는 듯 부들부들 떨던 관회는 괴성을 지르며 장건에게 달려들었다.

완벽한 승리를 예상하며 데려온 수하들과 의동생까지 너무도 허망한 죽임을 당했고, 자신마저 기이막측한 암기에 당해 버렸다. 당해도 너무 손쉽게 당한지라 항복이고 뭐고를 고려할 만한 심적 여유조차 생기질 않았다. 그저 믿기 어려운 이 상황을 야기한 상대에 대한 극도의 증오만이 그의 마음을 가득 뒤덮고 있었다.

동귀어진할 듯이 달려드는 관회를 무심하게 바라보던 장건은 그가 코앞까지 닥쳐 든 순간 살짝 발을 빼고 옆으로 비껴 움직였다.

맹렬히 닥쳐 들던 관회는 자신을 피하는 장건을 지나쳐 몇 발짝 더 달려가더니 털썩 쓰러지고 말았다. 그리고는 다시 일어서지 못했다.

"비핵표는 피시전자가 공력을 일으키면 더욱 빨리 심장으로 향해가는 성질이 있지."

장건은 중얼거리며 몸을 돌렸다. 그리고는 경악한 얼굴로 자신을 바라보고 있는 동료들을 향해 걸어갔다.

"밑천을 너무 많이 드러냈나?"

장건은 동료들의 표정이 맘에 들지 않는 듯 눈살을 찌푸리며 중얼거렸다.

제11장
장건, 형문산에 오르다

장건, 형문산에 오르다

　　　　　　"도둑이 아니라 사신(死神)이었군. 소문이
믿을 게 못 된다고 하지만 저 친구에 관한 소문처럼 잘못된 것도 없을
게야."

석초진이 머리를 흔들며 중얼거렸다.

그와 나할라리, 진연은 형문산 중턱 외진 곳에 있는 동굴 앞에 서 있
었다.

장건의 상상을 불허하는 활약 덕택에 그들을 가로막았던 군룡회원
들은 거의 전멸당했다. 장건의 두 번의 공격에서 운 좋게 살아남은 몇
명의 잠룡단원들이 도망치다가 석초진 등에게 생포되었을 따름이다.

생포된 세 명의 잠룡단원은 암영대와는 달리 자살 같은 것은 시도하
지 않았다. 이들은 실력은 뛰어나지만 군룡회 소속 무인치고는 비교적
나이가 어리고 교육을 받은 기간이 짧아서 암영대와 같은 극단적인 충

성심은 없는 듯했다.

진원외는 자신이 어릴 적 본산에서 수련할 때부터 알고 있던 이곳 외진 동굴로 생포한 잠룡단원들을 끌고 왔다. 지금은 장건과 진원외가 동굴 안에서 그들을 심문하고 있었다. 행여 말을 듣지 않으면 고문까지 하기로 결심한 진원외는 장건을 제외한 나머지 일행에게는 자리를 피해줄 것을 요청한 상태였다.

"두 분은 저 사람 동료가 아닌가요?"

진연의 질문이었다. 그녀는 석초진이 마치 장건을 처음 보는 사람처럼 말하는 것이 이상하게 들려 묻는 것이었다.

"우린 그저 일 관계로 잠시 함께하고 있는 방수일 뿐이오."

석초진이 진연의 궁금증을 풀어주었다.

"어쨌거나 볼수록 점점 무시무시해지는 친구로군. 일 끝나도 돈 달라기 겁나겠는걸. 이거 부러진 낫 값은 고사하고 수고비도 못 받는 거 아냐?"

나할라리가 초조한 빛으로 말하자 석초진이 코웃음을 치며 대꾸했다.

"이 친구 안 그런 척해도 간 작은 것은 예나 지금이나 여전하구먼. 신용이 확실한 친구로 유명하니 그런 걱정은 놔도 될 걸세."

"석 협사님은 그에 대해 좀 아시나 봐요?"

진연이 눈을 반짝이며 물었다.

석초진은 뒤통수를 긁으며 대꾸했다.

"근자에 내 활동 영역이 그와 좀 겹치는 통에… 최근 들려온 그에 대한 소문은 거의 다 섭렵했었소. 유명한 비응방 사건부터 시작해서 철골타, 은검장 사건 등 굵직한 사건 사고에는 그 친구가 직, 간접적으로 개입했었다는 것을 알고 있지. 세 문파 모두 각 지역의 패주를 자처

하던 강대 세력이었음에도 불구하고 그 친구 하나를 잡으려다가 되려 패가망신해 버리고 말았다오. 은검장 같은 경우 그 친구가 은형검(隱形劍)을 훔쳐가기만 하게 내버려 뒀으면 됐을 것을 괜히 잡아서 오체 분시를 하겠네, 어쩌겠네, 깝치다가 장주를 비롯하여 가신들까지 떼죽음을 당해 버렸지."

진연도 은검장의 패망 소식은 들었으나 그 원인이 풍파투도인 줄은 몰랐었다. 그녀는 눈살을 찌푸리며 말했다.

"보통 손속이 잔인한 사람이 아닌가 보군요. 기병을 훔치는 것도 모자라 되찾겠다는 사람들까지 다 죽여 버리다니."

진연은 갈대밭에서 나온 지 반 시진이 흐른 지금까지도 놀란 가슴을 진정시키지 못하고 있었다. 장건의 압도적인 무공과 일점의 망설임도 없이 적을 살상하는 행태에 완전히 질려 버린 상태였다.

석초진은 그녀의 말에 동의 못하겠다는 듯 어깨를 으쓱하며 대꾸했다.

"글쎄, 난 그렇게 생각하지 않소. 그 친구가 그저 아무 생각 없이 살인을 밥 먹듯 하는 강도였다면 같이 일하지도 않았을 거요. 근자에 그 친구가 벌인 소요가 많았음에도 이 근방의 정파인 무당, 종남 등은 그를 척살 대상으로 삼거나 하지 않았소. 왜냐하면 그가 손을 대었던 비응방, 철골타, 은검장 등은 자신들이 직접 쓰러뜨리지 못함을 못내 아쉬워하던 자들이었거든. 비응방은 서안의 밤을 주름잡으며 온갖 비리를 저지르던 사파의 거두였고, 철골타는 소저도 알겠지만 이 근방 녹림도와 결탁하여 양민을 괴롭히던 악적들이었소. 게다가 은검장은 은형검의 본 주인과 그 가정을 잔인하게 살해하고 검을 빼앗는 만행을 저질렀었지. 그 외에도 그가 벌인 여러 사건을 접했지만 의인의 물건을

훔치거나 이유없는 살인을 벌였다는 얘기는 단 한 번도 들어본 적이
없소."

"그런가요."

진연은 조금 안심한 표정을 지었다.

사실 그녀도 아까 장건의 과감한 행동이 아니었다면 자신들이 무사
히 형문산에 오르는 것이 불가능했으리란 것쯤은 잘 알고 있었다. 어
쩌면 갈대밭에 뼈를 묻었을지도 모를 위기 상황이었던 것이다.

결국 장건에게 큰 도움을 받은 셈이었지만 그의 손속이 지나치게 잔
인한 듯하여 명문의 교육을 받고 자란 그녀로서는 고마운 한편 꺼려지
는 마음이 있던 것이 사실이었다. 그러나 석초진에게 그의 행적을 듣
고 있다 보니 꺼림칙함이 사라지고 왠지 모를 안도감마저 들기 시작했
다.

"그나저나 이 아저씨는 대체 어딜 간 거지? 혹시 동굴로 따라 들어
간 거 아냐?"

나할라리가 주변을 두리번거리며 투덜거렸다. 분명 범생이 좀 전까
지 함께 있었는데 잠시 한눈을 파는 새에 어디론가 사라져 버렸기 때
문이다.

동굴 안에서는 생포된 잠룡단원들에 대한 심문이 원활하게 이루어
지고 있었다.

장건을 끌어들인 진원외의 의도는 정확히 들어맞았다. 어두운 동굴
에서 그와 잠룡단원 한 명 한 명을 독대하게 만들어놓으니 그와 마주
한 잠룡단원들은 공포에 질려 딱히 고문할 것도 없이 묻는 말에 술술
불기 시작했다.

잠룡단원들에게는 갈대밭에서 촌각의 시간에 동료들을 궤멸 상태에 이르게 한 장건이 염라대왕을 마주한 것보다 더 두려운 듯 벌벌 떨며 그의 질문에 척척 응답했다.

그러나 아쉽게도 그들의 입에서 나온 말들은 그다지 귀 기울일 만한 정보가 없었다. 잠룡단은 군룡회의 본거지가 있는 무창에서 이곳으로 곧바로 왔다고 한다. 그저 관회의 명을 받고 출전한 것이고, 잠룡단주조차 이번 일의 내막에 대해 자세히 몰랐을 것이라는 게 세 단원의 공통적인 견해였다.

세 명은 융중에서의 괴인 소동에 대해서도 모르고 있었다. 다만 군룡회에서 철무림의 주봉을 노리고 있는 것은 알고 있었다고 입을 모았는데, 군룡회와 철무림이 수년간 으르렁대고 있는 것은 장건과 진원외도 익히 알고 있었기에 딱히 도움 되는 정보가 아니었다.

진원외는 군룡회에서 천의문을 노리는 것에 대해 알아내려고 애를 썼지만 세 단원은 워낙 말단인지라 그 내막을 전혀 알지 못했다. 장건이 고문의 분위기를 폴폴 풍기며 위협도 해보았지만 눈물을 흘리고 오줌까지 싸면서도 세 명다 더 이상의 정보를 토해내지 못했다.

"그만 하고 본산으로 올라가는 게 좋겠네. 고문을 한다 해도 별다른 얘기가 나올 것 같지 않군."

진원외는 장건과 세 명을 이끌고 동굴 밖으로 나왔다.

일행은 생포한 세 명을 천의문까지 끌고 가기로 결정했다.

그리고 산을 다시 올라가는 사이, 나할라리는 문득 바로 뒤에 범생이 따라오고 있음을 알아차렸다.

"어디 갔다 오셨소?"

"동굴 안에 있었네."

"그 안에서 뭘 했소? 같이 고문이라도 했소?"

"아니, 어떻게 고문하나 지켜봤지."

"그런 거 뭐 볼 게 있다고?"

"볼 게 있지. 고문받는 자와 고문하는 자의 심성을 읽을 수 있거든."

범생은 왠지 모를 여유가 느껴지는 표정으로 대답했다.

제12장
장건, 천의문에 들어서다

장건, 천의문에 들어서다

천의문은 형문산의 깊숙한 내지에 들어서 있었다.

지금은 웅장한 규모의 천의문 본관 건물이 우뚝 서 있지만 백 년 전까지만 해도 이 장소에는 작은 도관 하나가 덩그러니 세워져 있을 뿐이었다. 그러나 백 년 전, 천의문의 개파 조사인 무량검(無量劍) 한우등이 도관에 입주하면서 그 성격이 바뀌기 시작했다.

모산파 계열의 도사이면서 뛰어난 검객이기도 했던 한우등은 그의 명성을 듣고 찾아오는 객을 박대하지 않았다. 특히 검에 대한 해박한 지식과 열정을 바탕으로 논검하길 즐겨, 그와 검도를 논하기 위한 검객들의 발길이 끊이지 않아 도관은 항상 문전성시를 이루었다. 그러한 객들 가운데 몇몇은 아예 도관에 상주하기 시작했고, 그러다 보니 차츰차츰 건물이 늘어나고 상주하는 무도가들의 수도 점점 늘어났다.

사람이 한군데 모이다 보면 자연스레 일체감이 깃들기 마련, 어찌어찌 하다 보니 천의문이란 명패가 도관 앞에 떡하니 걸리게 되었고, 모임의 가장 중심이 되는 인물인 한우등이 자연스레 문파의 개파조사가 되기에 이르렀다.

그렇게 천의문이 창설된 지 어언 백 년, 검의 길을 논하던 한우등과 그의 손님들은 모두 이승을 떠나 다른 길로 가버렸지만 그들이 키워낸 사손들이 여전히 그들의 뜻을 이어가고 있었다.

천의문이 있는 호북에는 무림의 태산북두라 일컬어지는 무당파가 자리하고 있었기에 여간해서는 다른 문파가 부흥하기 힘들다. 그러나 천의문은 처음 개파할 때의 순수한 열정을 잃지 않고 지난 백 년간 내실을 탄탄히 다져 왔기 때문에 이런 어려움을 극복할 수 있었다.

무당파, 혹은 다른 방파와 이익 다툼을 일체 하지 않으면서도 검도를 자유로이 논하며 발전시키겠다는 본래의 뜻을 지키며 무공을 닦는 것에 주력, 그 실력을 인정받아 신흥 명문정파로 발돋움하며 주변의 높은 평가를 받고 있는 것이 바로 현재의 천의문이었다.

현재 천의문의 문주는 무광자에게 그 실력을 인정받은 일화로 유명한 수유검객(須臾劍客) 노해성이었다.

노해성은 오 년 전 무광자와 비무하기 전만 해도 그저 그런 실력을 가진 검객이라고 저평가됐었지만, 사상 최초로 무광자의 십 초를 받아낸데다가 그의 천명검법이 검진만리의 절기 중 하나인 현음검에 비교해 부족함이 없다는 무광자의 평가까지 얻어낸 이후 명성이 하늘을 찌르고 있었다.

무광자와의 비무 소문이 강호에 널리 퍼진 후 조용하던 천의문은 제자가 되려고 찾아온 젊은이들로 인산인해를 이루었고, 채 이백이 되지 않던 전체 제자 수는 이제 분관의 수련 제자들까지 합치면 삼천을 헤아리고 있었다.

형문산에 있는 본관 외에 양양에 딱 한군데 있던 분관도 호북 곳곳에 수십 곳이 새로 창설되었고, 분관과 제자가 늘어나자 자연히 수입도 확충되어 이 년 전에는 삼십 년 된 낡은 본관을 허물고 커다랗게 본관을 새로 짓기에 이르렀다.

진원외 일행은 잘 닦여진 큰길을 따라 멀리 보이는 천의문 본관 건물을 향해 걸어가고 있었다.

진원외는 길을 걸으며 격세지감을 느끼는 듯한 표정으로 진연에게 말했다.

"내가 여기서 수련할 적만 해도 이 길은 사람보다 짐승이 더 많이 다니는 오솔길이었는데… 어느새 이런 큰길에 반듯한 계단까지 지어놨구나."

"기쁘지 않으세요? 사문이 발전했다는 증거잖아요."

"물론 기쁘지. 하나, 이 발전이 과연 사문이 추구하는 뜻을 기반으로 진행되고 있는 것인지 의문이구나. 양양 한구석에 처박혀 사문이 어떻게 돌아가는지 관심을 두지 않은 것이 이제서야 무척 후회가 된다. 왜 이익 집단인 군룡회가 우리를 노리고 있는지 많이 의아했었는데, 여기 와서 이 으리으리한 성세를 보노라니 그 의아함이 풀리는 것도 같아."

진원외는 씁쓸한 표정으로 말했다.

그는 원래 천의문이 세운 유일한 분관인 양양 분관의 관장이었다.

그는 성격이 유한 반면 제자들을 훈련시킬 때는 무척 까다로웠다. 늘 기본기 위주의 훈련만을 고집했기 때문에 천의문의 명성을 듣고 찾아온 지원자들은 그의 훈련에 질려 입문 며칠 만에 떠나 버리는 수가 허다했다. 그래서 키워낸 제자도 몇 되지 않았다.

가급적 수련 제자를 많이 받아 교육비를 확충해야 할 분관장으로는 썩 바람직하지 않은 행태였지만 문주인 노해성은 그런 그의 태도를 오히려 칭찬했다.

그가 고집하는 훈련 방식이 바로 천의문 본산의 그것이었으므로 입회비나 걷기 위해 분관을 세운 것이 아닌 이상 그 어려운 훈련 방식을 입문 지원자들에게도 익히게 하는 것이 당연하고, 그걸 못 견디고 나가는 것은 천의문의 제자 될 자격이 없다는 것이 노해성과 그의 애제자인 진원외의 공통된 지론이었다.

그런데 오 년 전 갑자기 노해성이 유명해지면서 상황이 달라졌다. 유일한 분관이던 양양 분관에도 본산처럼 노해성의 명성을 듣고 찾아온 입문 지원자가 인산인해를 이루었는데, 진원외의 엄격한 훈련은 당시에도 여전히 지속되었고, 그로 인해 그 많던 지원자들은 입문 며칠 만에 썰물처럼 빠져나갔다.

그때 본산에서 명이 내려왔다. 사문이 크게 부흥할 호기를 맞고 있는 이때 찾아온 지원자들을 지나치게 다루면 안 된다는 명이었다. 가급적 익히기 쉬운 검술 위주로 교육하고 그중에 가능성이 보이는 자들을 골라 좀 더 상승의 훈련을 시키라는 지시였다.

진원외는 그 명을 거부했다. 검에 대한 기초도 없는 입문자들에게 검을 쥐어줄 수는 없었다.

만약 그 명을 사부가 내린 것이라면 그 어떤 말이라 해도 지켰을 테지만 명은 사부가 아닌 이사형이 내린 것이었다.

천의문 일대제자 중 서열 이위인 전구룡은 옛적부터 이재에 밝아 사문의 살림을 책임지고 있는 자였다. 지나치게 이재를 따지는 면이 있어 어릴 적부터 진원외와 성격적으로 맞지 않는 면이 있었는데, 사부가 명성을 얻은 당시의 호기를 놓치지 않으려는 전구룡의 의도가 대의를 중시하는 진원외와 충돌하고 만 것이었다.

당시 문주 노해성은 무광자와의 비무 이후 큰 심득을 얻어 제자들에게 문파 살림을 맡긴 후 기약없는 폐관수련에 들어간 상태였다. 그래서 문파의 대소사는 대제자인 송영조와 이제자 전구룡이 결정을 하고 있었다.

전구룡과 진원외의 힘겨루기는 결국 문파의 실권을 쥐고 있는 전구룡의 승리로 돌아갔다. 전구룡은 진원외가 명을 거부한 즉시 그의 분관장 직위를 박탈하고 자신의 직속 사제 중 한 명인 견곡을 양양 분관장으로 임명했다.

어이없이 면직된 진원외는 본산에 들어가서 따져 볼까를 고려했으나 사문이 부흥하고 있는 시기에 공연히 잡음을 일으키기 싫어서 아무 소리 없이 칩거에 들어갔다. 그리고 나서 지난 오 년간 이곳 사문을 방문했던 것은 단 한 번뿐이었다.

'삼 년 전 이맘때였지. 사부가 폐관수련을 마치고 나오셨을 때.'

당시를 회상하는 진원외의 표정은 더욱 어두워졌다. 심득을 얻고 폐관수련에 들어갔으니 당연히 더욱 완성된 모습으로 나왔어야 할 사부였다. 그러나 사부는 어이없게도 제자들에게 부축된 채로 수련실 밖으로 실려 나왔다. 수련 중에 주화입마에 들어 내공을 몽땅 상실하고 반폐인이 되어버렸던 것이다.

진원외에게 있어서 더욱 어이없었던 것은, 그 사실이 비밀로 밀봉된 것이었다.

당시 주화입마를 당해 실려 나온 사부를 본 사문의 원로들, 그리고 이제자 전구룡은 한데 입을 모아 이 일을 강호에 알리면 절대 안 된다고 주장했다. 한창 문파가 부흥기를 맞이해 가고 있는 이때, 부흥의 계기가 된 노해성의 명성에 흠집이 가는 사실이 밖으로 유포되면 안 된다는 주장이었다.

진원외는 어째서 열심히 수련하다가 주화입마당한 것이 부끄러운 일이고, 명성에 흠집이 된다는 것인지 이해할 수가 없었다. 그는 가감 없이 모든 제자에게 이 사실을 알리고 사부가 나을 수 있도록 전 제자가 힘을 모아야 한다고 주장했으나 원로들과 전구룡의 목소리는 혼자인 그를 압도했다.

노해성의 유고로 문주 대행을 맡게 된 송영조는 무공이 뛰어나고 인자한 성품을 갖고 있었으나 우유부단하고 귀가 얇은 자였다. 그는 진원외의 의견도 일리있다고 생각하는 듯했으나 우유부단하고 강한 의지를 표명치 못하는 성격 탓에 압도적인 다수의 의견을 묵살하지 못했다. 결국 원로들과 전구룡의 의견에 따라 노해성의 주화입마 사실을 극비에 부치기로 결정했다.

진원외는 분기탱천하여 사문을 박차고 나갔고, 그 후 지난 삼 년간 양양의 저택에 틀어박혀 사문의 행사에는 일절 관심을 끊었다. 송영조가 가끔 서신을 보내어 사문으로 돌아와 자신을 돕기를 청했으나 진원외는 그 서신을 한 번 훑어보고는 장작불에 던져 버리곤 했다. 제 목소리를 못 내는 그에 대한 실망이 무척 컸기 때문이었다.

'그러나 이제는 대사형을 도와야 할 때이다.'

진원외는 마음을 굳게 먹으며 가까이 다가온 사문의 거대한 대문을 바라보았다. 사문의 정신을 흐리는 것도 모자라 군룡회 같은 승냥이 떼까지 끌어들여 사문을 위태롭게 만드는 무도한 자들을 도저히 용서할 수 없었다.

"원외가 왔다고?"

전구룡은 놀란 눈을 들어 소식을 전한 제자를 바라보았다.

"예, 그런데 군룡회 무사 세 명을 끌고 오셨습니다."

"끌고? 군룡회 무사를?"

전구룡은 섭선을 살랑거리며 이맛살을 찌푸렸다. 그는 미간이 좁고 째진 눈에 매부리코, 뾰족한 턱을 가지고 있어서 매우 날카로운 인상의 소유자였다. 그는 자신의 각진 인상을 해소하려는 차원에서 항상 부채를 휴대하고 다니며 얼굴을 반쯤 가리는 버릇이 있었는데, 그로 인해 호선검객(好扇劍客)이라는 별호를 갖고 있었다.

잠시 생각에 잠겼던 전구룡은 부치던 섭선을 탁 소리 나게 접고는 몸을 일으켰다.

"놈은 어디 있나?"

"접객당에서 문중의 제자들과 만나고 계십니다."

"알겠다."

전구룡은 집무실을 나섰다.

그가 접객당에 다다랐을 때는 이미 많은 제자들이 몰려와 진원외와 반가운 해후를 하고 있었다. 그중에서도 진원외의 두 손을 꼭 잡고 집 나갔던 아들 돌아온 듯한 표정을 짓고 있는 자는 훤칠한 키에 널찍한 이마, 큼직큼직한 이목구비가 인상적인 사내였다. 그가 바로 천의문의 대제자이자 현 문주 대행인 형문일협(荊門一俠) 송영조였다.

전구룡은 눈살을 찌푸리며 모인 자들을 헤치고 둘에게로 다가갔다.

전구룡이 다가오는 것을 알아챈 송영조가 활짝 웃으며 그에게 말했다.

"이사제, 셋째가 돌아왔다!"

"저도 눈이 있습니다."

전구룡은 퉁명스레 대꾸하며 진원외를 보았다.

진원외는 가볍게 포권지례를 취했다.

"이사형을 뵈오."

전구룡은 탐탁지 않은 표정으로 섭선을 쫙 소리 나게 펼쳤다.

"인사는 나중에 하고, 군룡회 무사들을 잡아왔다는데 무슨 소리냐?"

"들은 바대로요. 본산에 오르기 직전 강가에서 우리 일행을 포위하더군. 그리고는 다짜고짜 우리를 공격했소. 다행히 대다수를 쓰러뜨리고 몇 놈은 잡아오게 되었소."

"대다수를 쓰러뜨려? 그럼 강가에 지금 놈들의 시체가 널려 있다는 말이냐?"

"그렇소. 다른 놈들이 수거해 가지 않았다면 아직 거기 있겠지."

전구룡은 황급히 제자 한 명에게 명을 내렸다.

"너는 당장 애들을 끌고 내려가서 네 사숙의 말이 사실인지 확인하고, 사실이라면 시체를 몽땅 끌고 올라와라. 갈대밭의 흔적은 모두 지우도록 하고."

명을 받은 제자는 그 자리에 있던 많은 제자들을 이끌고 자리를 떴다.

전구룡은 나머지 제자도 모두 물리친 후, 진원외와 송영조를 조용한 방으로 데려갔다.

"군룡회가 왜 너의 앞길을 막은 것이냐?"

진원외는 찬찬히 송영조와 전구룡에게 이때껏 겪었던 일들을 설명했다.

그의 사연을 들은 둘은 모두 매우 놀란 표정을 지었다.

"정말 이해할 수가 없는 일이로구나, 사제. 설마 놈들이 본 문을 노리고서 이런 짓을 저질렀단 말인가?"

송영조가 믿을 수 없다는 듯 중얼거렸다.

"꼭 본 문을 노렸다고 단정할 수만은 없지요."

전구룡의 말에 진원외가 날카롭게 물었다.

"무슨 뜻입니까?"

전구룡은 섭선을 살랑거리며 대꾸했다.

"사제는 본 문의 직책에서 물러난 지가 오래인데, 사문에서 특별한 비중도 없는 사제를 놈들이 노린 까닭이 과연 본 문을 해하기 위해서일까? 놈들이 정말 본 문을 노리는 거라면 대사형이나 나를 습격하면 모를까, 직책도 없고 본 문과 거의 의절한 시늉을 하던 사제를 공격할 이유가 없지 않냐, 이 말이다."

"물론 제 경우에만 국한한다면 충분히 그렇게 생각할 수 있지요."

진원외는 매서운 눈초리로 전구룡을 노려보며 말을 이었다.

"그러나 이번 사건은, 사부가 폐관에서 나온 이후 우리 사형제들에게 닥쳤던 의문의 사고들이 구체화된 것이라고 나는 봅니다."

"사제, 설마……."

송영조가 놀란 얼굴로 입을 열었다. 진원외는 그에게 고개를 끄덕이며 말했다.

"그렇습니다, 사형. 열 달 전 오 사제의 의문스러운 횡사, 그리고 올초 사형이 머무르기로 했던 객잔의 독극물 사건, 이런 일련의 사고들이 우연히 일어난 것이 아닌, 우리를 노리는 의도가 내포된 사건임을 증명해 주는 것입니다. 이번 군룡회 음모의 발각은……."

"지나치게 앞서가는군, 진 사제. 군룡회는 천하제일세력이었던 진검성에서 갈려 나온 단체다. 우리가 비록 지난 오 년간 크게 부흥했다고는 하나 결코 함부로 건드릴 수 없는 곳이란 말이다."

"이사형은 대체 나에게 뭘 말하고 싶은 거요?"

번번이 딴죽을 거는 전구룡에게 진원외가 참지 못하겠다는 듯 목소리를 높였다.

"군룡회가 본 문을 노리고 있다는 구체적인 증거가 우리 앞에 나타나지 않은 이상 네 말만 믿고 논검회 준비가 한창인 지금 본 문을 시끄럽게 할 이유가 없다는 말이다."

"그럼 사형은 내 말을 못 믿겠다는 말이오? 융중에서 군룡회의 두 사자가 나를 노린 것과 이곳에 오르기 전 관회 손중문과 악전고투한 것까지도?"

"관회 건이야 제자들이 시체를 찾아오면 곧 알 수 있겠지. 융중에서 무광자로 추정되는 괴인의 소요가 있었다는 것은 나도 들었고. 그러나 그 사건들이 과연 본 문을 노리고 의도한 것들인지, 아니면 네가 우리 모르게 그들과 분란을 일으켜 놓고 사문으로 달려와 사고 처리를 부담시키는 것인지 네 말만 믿고 어떻게 판단할 수 있겠느냐?"

"전 사제! 말이 심하다!"

진원외가 뭐라 하기도 전에 송영조가 먼저 전구룡에게 호통을 쳤다.

전구룡은 못마땅한 표정으로 접은 섭선을 탁자에 탁탁 두드렸다.

"대사형, 진 사제와 친분이 두텁다고 해서 무조건 그를 감싸는 것은 곤란합니다. 지금 진 사제의 발언은 사실로 받아들이기 어려운 부분이 많습니다. 사제의 말에 의하면 이때껏 그를 도운 것은 고작 무당의 후기지수 한 명과 사제의 딸, 그리고 낭인 나부랭이 몇 명뿐입니다. 그런데도 불구하고 사제는 융중에서, 그리고 장강변에서 군룡회 특급고수들의 포위망을 뚫고 왔다고 하는데, 이게 진정 그럴듯한 얘기라고 생각하십니까?"

그 지적에 송영조는 뭐라 대답하질 못했다. 상식적으로 생각해 봐도 진원외가 말한 군룡회의 전력이라면 천하십대고수 정도가 되지 않고서야 쉽사리 빠져나올 수 없는 전력이었다. 그럼에도 불구하고 그와 몇 되지 않은 조력자들이 다치지도 않고 예까지 왔다는 것은 확실히 신빙성이 떨어지는 얘기였다.

진원외는 답답한 표정을 지었다. 그 상황을 정확히 설명하려면 어쩔 수 없이 풍파투도에 대한 얘기를 해야 하는데, 그렇게 되면 그의 정체를 드러내지 않게 하겠다는 청부 조건에 어긋나게 되므로 함부로 언급할 수는 없었다. 게다가 설사 풍파투도에 대해 얘기를 한다 해도 이들이 믿어줄지가 의문이었다. 그 경이적인 신위를 직접 본 자신도 스스로의 눈을 의심하는 판국이니 말이다.

"게다가 진 사제는 본 문에서 우발적 사고로 판단한 오 사제의 죽음과 독극물 사건까지 끌어들이고 있는데, 이러한 태도는 무척 마음에 들지 않습니다. 지난 오 년간 내내 사문 밖에서 사문의 뜻과 배치되는 행동만 하던 자가 스스로에게 위험한 일이 생기니까 언제 그랬냐는 듯 사문으로 기어들어 와 몸을 의탁하려고 하는데, 사제가 겉도는 시간 동안 나름대로 사문의 부흥에 열과 성을 쏟았던 저로서는 이러한 작태를 용납할 수 없습니다."

전구룡의 말을 듣던 진원외는 참지 못하고 소리를 버럭 질렀다.

"내 안위는 신경 써본 적도 없소! 사문의 코앞에서 군룡회의 거물들이 수십 명의 부하를 이끌고 와 칼부림을 했소! 이것만 봐도 그들이 어떤 의도를 가지고 있는지 눈치를 못 채시겠소?"

"네가 무슨 대단한 말썽을 피웠기 때문이 아니냐? 군룡회의 중요 인사를 죽이기라도 했다던가. 그래서 그들이 복수하려고 찾아온 것이 아닐까?"

"그만!"

송영조가 일갈하며 둘의 말싸움을 멈추게 했다.

"둘 다 도를 지나치고 있다. 각자의 말에 다 일리가 있다. 일단 구체적인 증거를 확인한 후 향후 대책을 논의하도록 하자. 조금 있으면 제자들이 시체를 갖고 오겠지. 관회와 손중문은 내가 얼굴을 아는 자들이다. 만일 진짜로 그들이 진 사제를 습격한 거라면 이것은 단순히 개개인의 원한 관계라고 보기 어려운 사안이다. 그 둘을 확인하는 즉시 군룡회의 도발에 대한 대책 회의를 열겠다."

전구룡은 뭐라 더 말하려는 듯했으나 송영조의 말에 수긍을 한 듯, 입을 다물었다.

그렇게 세 사람의 논의가 끝나고 전구룡과 헤어진 후 진원외는 송영조에게 따로 불려가 보다 긴밀한 대화를 나누었다.

송영조에게 보다 정밀한 사건 개요를 들려준 진원외는 사문의 행사로 화제를 돌렸다.

"논검회를 열기로 하셨다면서요."

논검회 얘기가 나오자 송영조는 긴 한숨을 내쉬었다.

"그래, 원로들도 그렇고 다른 사형제들도 대다수가 논검회를 바랐기에 나로서도 더 이상 어쩔 수 없었다."

여기서 이들이 말하는 논검회란 강호에서 통용되는 일상적인 의미와는 다른 말이었다. 천의문 내에서 논검회의 의미는 신임 문주를 선

출하는 행사를 의미했다.

송영조는 진원외에게 미안한 기색으로 말을 이었다.

"문주이신 사부님이 두 눈 뜨고 살아계신데 새 문주를 선임하는 행사를 치른다는 것은 사부님의 직계제자인 우리로서는 받아들이기 힘든 일이다. 만약 네가 여기 있었다면 원로들 앞에서 검을 빼 들고라도 논검회 결정을 막았겠지. 그러나 사부님의 상세는 날이 갈수록 안 좋아지고 있다. 지금은 깨어 있는 시간보다 주무시거나 혼수 상태로 있는 시간이 훨씬 길어. 그나마 깨어 있는 시간에도 제정신이실 때가 거의 없을 정도이다. 이러한 상태가 삼 년 이상 지속되다 보니 지휘자를 잃은 사문은 한창 뻗어나가야 할 시기임에도 불구하고 침체일로를 걷고 있다. 나는 끝까지 반대했지만 논검회를 열고 새 문주를 뽑아 사문을 정상화하자는 주장을 이 이상 거부할 명분이 없었다."

한동안 아무 말이 없던 진원외는 천천히 입을 열었다.

"논검회는 언제 개최하기로 했습니까."

송영조는 그가 논검회 개최에 대해 화를 내지 않는 것을 의아해하며 대답했다.

"아직 날짜는 정해놓지 않았다. 금년 안에 열기로 잠정적인 결정을 한 상태다만… 우선 각지의 일대제자들을 다음 달 정도에 소집한 후, 보다 구체적인 논의를 해봐야겠지. 너에게 서신을 보낸 것도 그러한 까닭에서였다."

진원외는 눈을 반짝이며 뜻밖의 얘기를 꺼냈다.

"논검회를 이왕 열 거면, 한시라도 빨리 여는 게 좋겠습니다."

"빨리 열자고?"

"그렇습니다. 사형, 실은 제가 여기 오면서 각지의 사형제들에게 급전을 보냈습니다. 가능한 한 빨리 사문으로 돌아오라고요."

"네가? 왜 그런 짓을……."

"그들이 오는 대로 논검회를 개최하는 겁니다."

송영조는 해연히 놀란 표정을 지었다. 누구보다도 사부에 대한 충심이 강한 진원외가 논검회 반대는커녕 한시라도 빨리 개최하자는 말을 하다니.

"아니, 사제… 뭐가 그렇게 급해서 그런 짓을… 설마 일대제자 모두에게 급전을 보낸 것이냐?"

"아닙니다. 직계 사형제와 우리 계열의 이 사제, 호 사제만 불렀습니다. 그들과 사부님의 직계 사형제들인 원로 사숙들만 거들어도 논검회 발의는 충분합니다."

"그래, 그건 그렇다 치고, 논검회를 그렇게 서두르는 이유는?"

"아까도 말씀드렸습니다만, 오 사제의 죽음과 사형의 객잔 사건, 그리고 저에 대한 공격은 개개인에게 벌어진 우발적 사고가 아닌, 본 문을 위해하고자 하는 적이 행한 은밀하고도 일관된 공세가 틀림없습니다."

"그 적이 군룡회라는 것인가."

"그렇습니다. 그리고……."

진원외가 말을 이으려는 찰나, 복도에서 발자국 소리가 들려오더니 잠시 후 누군가가 문을 두드렸다. 전갈을 가져온 이대제자였다.

"장강변에 갔던 제자들이 돌아왔습니다."

"알았다. 금방 나가겠다."

송영조가 대답했다.

진원외가 몸을 일으켰다.

"사형, 일단 시체부터 확인하고 얘기를 계속하시죠."

"그러자꾸나."

둘은 대화를 중단하고 문밖을 나섰다.

장강변에 갔다 온 제자들은 겸연쩍은 표정으로 앞마당에 서 있었다. 그들은 벌써 나와 있는 전구룡에게 보고를 하고 있었다.

전구룡은 밖으로 나오고 있는 송영조와 진원외를 보며 냉소를 띠었다.

"대사형, 나갔다 온 아이들이 그러는 데, 장강변에는 어떤 시체도 없었다고 합니다."

"뭐라?"

전구룡의 말에 송영조는 깜짝 놀란 표정을 지었고, 진원외의 눈빛은 날카로워졌다.

"싸움의 흔적도 없었답디까?"

진원외의 물음에 전구룡은 고개를 저었다.

"싸운 흔적은 있었다고 하더군. 핏자국도 조금 남아 있고. 그러나 사제의 말처럼 몇십 구의 시체가 갈대밭에 널린 광경은 전혀 볼 수가 없었다더군. 근처 강변을 한참 돌아다녔음에도 불구하고."

"그렇다면… 누가 와서 그것들을 치웠단 말인가?"

송영조가 고개를 갸웃거리며 말했다.

"아니면 그들을 죽인 자가 미리 치우고 왔는지도 모르지요. 얼마 되지도 않았던 적을 과대 포장하여 우리에게 겁을 주기 위해."

전구룡은 조소 띤 얼굴을 한 채 섭선을 살랑거렸다.

"전 사제!"

송영조가 전구룡을 책망했으나 진원외는 담담한 표정을 유지하며 대꾸했다.

"그렇게 내가 의심된다면 사로잡아 온 군룡회 무사들을 보러 갑시다. 그들에게 물어보면 자신들이 누구와 같이, 또 몇 명이서 여기를 왔는지 알 수 있겠지. 설마 내가 그들까지 세뇌시켰을 리야 없을 것 아니겠소?"

"좋다. 네 말대로 해보자꾸나."

전구룡은 흔쾌히 고개를 끄덕였다.

세 사람은 감금한 잠룡단원들이 있는 곳으로 발길을 돌렸다.

잠룡단원들은 본관 한구석의 창고에 갇혀 있었고, 이대제자 네 명이 창고를 지키고 있었다.

잠긴 문을 열고 창고 안으로 들어선 세 명은 모두 얼어붙은 듯 걸음을 멈춰서고 말았다.

갇혀 있던 세 잠룡단원은 모두 죽어 있었다. 쓰러져 있는 세 구의 시체는 극약이라도 삼킨 듯 아직까지도 입 밖으로 피와 침이 질질 흘러나오고 있었다.

제13장
장건, 경호를 서다

장건, 경호를 서다

　　　　　　　　"사형, 제가 한시라도 빨리 논검회를 열자고
하는 이유는 단 한 가지입니다."

　송영조와 진원외는 송영조의 집무실에서 아까 전의 대화를 마저 나
누고 있었다.

　"우리가 한시라도 빨리 본 문의 지휘 체계를 정비하지 않는다면 자
칫 싸우기도 전에 놈들에게 먹혀 버릴 수도 있습니다."

　"그게 무슨 말이냐?"

　"사형은 이사형이 나를 지나치다 싶을 정도로 의심하는 이유가 뭐라
고 생각하십니까?"

　"글쎄, 원래 너와 사이가 좋지 않았던 데다가, 분관 문제로 다툰 뒤
감정의 골이 더 깊어진 감이 있지."

　"그가 단순히 감정적인 문제 때문에 나를 의심한다고 보지 않습니다."

진원외의 목소리가 한층 낮아졌다.

"말씀드렸듯이 군룡회가 나를 노리고, 또 사문을 노린다는 것은 이미 백일 하에 드러난 일입니다. 그들이 나 개인을 노린 것이라면 군이 형문산 앞에 진을 치고 있을 일도 없었을 테고, 또 아까와 같은 기이한 일들도 일어날 리가 없었겠지요."

송영조는 눈을 깜빡였다. 기이한 일이라 함은 강변에 있던 시체가 없어진 것과 창고에 가둬놨던 잠룡단원들이 자살한 것을 가리키는 것이리라.

"산 밑에서 붙잡혔을 때만 해도 자살 같은 것을 선택할 결의는 찾아볼 수 없고, 겁에 잔뜩 질려 있던 놈들이 갑자기 스스로 죽음을 선택했다, 이런 일은 사람 심리상 일어나기가 무척 힘든 일입니다. 게다가 사십 구도 넘는 시체가 불과 한 시진 만에 흔적도 없이 사라진 것은 더욱 이해할 수 없는 일이지요."

"사제의 말은, 놈들이 우리가 생각하는 것보다 훨씬 우리 곁에 가까이 다가와 있다는 말인가?"

"가까이 다가온 정도가 아니고 우리와 함께 있다고 확신합니다. 그렇지 않다면 창고 안에 갇혀 있던 놈들이 소리없이 죽어 나올 수는 없는 일이니까요."

송영조의 눈이 커졌다.

"사제, 설마 우리 제자 가운데 놈들과 내통하는 자가 있다고 생각하는 겐가."

"그렇습니다. 사실 드러내 놓고 놈들과 친밀한 관계를 유지하는 자가 있지 않습니까?"

송영조는 곤혹스러운 표정을 지었다. 진원외가 가리키는 사람은 다름 아닌 전구룡이었다. 전구룡은 군룡회의 이대 호법 중 한 명인 광호(狂虎) 석동괴와 막역한 사이였다.

"사제, 그러는 사제도 죽은 조립과 친한 사이였다."

"사형, 지금은 문중의 평안을 위한답시고 이사형을 비호할 때가 아닙니다. 조립과 저야 안면을 익힌 지 얼마 되지도 않았고, 놈이 저를 위해하기 위해 접근한 것이라는 게 이번 읍중 사건으로 증명되었습니다. 그러나 이사형과 석동괴는 그런 단순한 친분 관계가 아니지 않습니까? 지난 오 년간 본 문의 세를 확장한답시고 이사형이 동분서주하면서 그와 음으로 양으로 다양한 협력 관계를 맺어온 것으로 알고 있습니다. 게다가 석동괴는 그 자신이 이사형한테 접근한 것도 아니고, 이사형이 먼저 그의 도움을 얻고자 접근한 것으로 압니다만."

"그렇긴 하다. 그러나 그런 정황만 가지고 동문인 이사제를 사문에 대한 변절자로 의심하는 것은 지나치게 경솔한 일이다."

"물론 그 정황만 가지고 의심할 수는 없습니다. 그러나 사형, 사라진 시체와 창고에서 죽은 놈들에 대해서는 어떻게 생각하십니까? 시체를 회수하러 강변에 간 제자들은 모두 이사형의 제자들입니다. 또한 창고를 지키던 제자 역시 조 사숙 계열이더군요."

여기서 조 사숙이란 전구룡의 사부이며, 노해성의 사제인 일기검객(日氣劍客) 조광을 가리켰다. 조광은 천의문에서 노해성 다음으로 뛰어난 검객이었고, 그의 제자인 전구룡과 이수, 허강룡, 곡태우 역시 천의문의 일대제자로서 손색이 없는 고수들이다.

조광의 제자들과 노해성의 직계제자인 송영조, 진원외 등과는 아주 어릴 적부터 묘한 알력 관계가 형성되어 있었다.

조광은 지닌 바 뛰어난 실력에 비해 사문에서 큰 인정을 받지 못한

편이었다. 그 원인은 그의 괴팍한 성격 등 여러 가지 요인이 있었지만 무엇보다도 노해성의 그늘이 너무 컸기 때문이었다. 지나치게 뛰어난 사형 탓에 빛을 못 본 한 때문이지 조광은 단명을 했는데, 그가 오십이 세를 일기로 죽은 것이 불과 사 년 전 일이었다.

조광의 제자들은 실력이 있음에도 빛을 보지 못하고 죽은 사부에 대해 늘 한스러운 마음을 갖고 있었는데, 그 한에서 비롯된 원망을 은근히 노해성과 그의 제자들에게 품고 있었다.

그런 연유로 근자에 천의문은 알게 모르게 두 개의 파벌로 나뉘어져 있었다. 일대제자는 물론이고 송영조, 진원외 등이 가르친 이, 삼대제자들과 조광의 제자들이 가르친 이, 삼대제자 간에도 은근한 알력 관계가 형성되어 있었다.

문주 대행을 맡은 후 나름대로 두 파벌의 화해를 위해 애써온 송영조는 진원외의 발언이 마음에 들지 않는 듯 인상을 찌푸렸다. 그러나 전구룡이 군룡회와 내통하고 있다는 그의 가정이 진실이라면 이것은 보통 문제가 아니었다.

"사형, 전 사형 일파와의 화해를 지나치게 의식하다 사문에 닥쳐오는 큰 화를 간파하지 못한다면 그것만큼 큰 착오가 없는 것입니다. 오 사제의 죽음을 떠올려 보십시오."

오 사제란 말에 송영조는 괴로운 표정을 지었다.

그들의 넷째 사제인 오범우는 천의일검(天意一劍)이라 일컬어지며 사문의 각광을 받았던 기대주였다. 그러한 그가 십 개월 전 뜻밖에 허무한 죽음을 맞고 말았다.

일 년 전 부인이 다른 남자와 눈이 맞아 달아난 바람에 크게 상심했던 그는 아픈 마음을 달랜답시고 두어 달을 술독에 빠져 지냈다. 그러던 그가 하루는 만취한 채로 도박장에서 시비가 붙었는데, 어처구니없게도 삼류 무사들의 집단 칼질에 난자되어 살해당하고 말았던 것이다.

비보를 접한 천의문도들, 특히 그의 사형제들은 자신의 귀를 의심했다. 오범우가 절정의 검수답지 않게 심성이 유약한 면이 없지 않았으나 삼류 무뢰배들에게 난자당할 정도의 허술함을 보였으리라고는 도저히 믿을 수가 없었다.

그의 사형제들을 주축으로 한 천의문의 조사대는 그가 살해당한 도박장이 있는 마을로 찾아가 그곳의 하오문을 쑥대밭으로 만들었다. 그러나 그를 죽인 삼류 무사들은 이미 천의문이 찾아온다는 소문을 듣고 다 도망친 상태였고, 남아 있던 무뢰배들을 아무리 족쳐도 살인자들의 신원 파악을 할 수가 없었다.

사형제들은 호북을 다 뒤져서라도 살인자들을 잡아내려 했으나 천의문의 지휘부에서 그것을 만류했다. 그렇게 했다간 오범우의 어처구니없는 죽음에 대한 사연이 외부로 널리 알려지게 되어 사문의 위신이 크게 깎이리란 이유 때문이었다.

결국 사문의 위신이란 명제에 발목을 잡힌 오범우의 사형제들은 분루를 삼키며 조사 활동을 중지해야 했다. 개인적으로라도 놈들을 붙잡겠다고 하는 사형제도 있었으나 대사형이자 지휘부의 수장격인 송영조까지 뜯어 말리니 더 이상 어찌해 볼 도리가 없었다.

그러나 진원외와 셋째인 마근재 같은 이들은 아직까지도 오범우의 죽음에 뭔가 다른 사연이 숨어 있을 거라고, 누군가가 그를 노리고 의도적으로 저지른 범행이라고 굳게 믿고 있었다.

"저는 오 사제의 사망 소식을 늦게 들어 조사대 활동에는 참가 못했습니다만 나중에 셋째를 만나서 조사할 때 겪었던 여러 가지 의혹에 대해 자세한 얘기를 들었습니다. 허술한 삼류 무뢰배치고는 지나치게 깔끔한 뒤처리, 그에 반해 본 문의 지휘부는 계속 조사대의 활동에 부정적이었고, 그 중심에 전 사형이 있었다는 것을요."

송영조는 무거운 표정으로 진원외의 말을 듣고 있었다. 조사대의 철수 명령을 그가 내리긴 했으나 진원외의 말처럼 철수를 강하게 종용한 것은 전구룡이었다. 그가 원로들을 구워삶아 더 이상 사문의 망신을 대외에 퍼뜨리고 다니는 짓을 못하게 해야 한다고 하여 결국 조사대 철수 명령을 내렸던 것이다.

"게다가 무창에서 있었던 객잔의 독극물 사건도 그렇습니다. 사형이 갑자기 계획을 변경하여 예정보다 하루 늦게 그 객잔에 도착하는 바람에 횡액을 피하셨지요. 그 당시 사형을 무창으로 보낸 자가 누구입니까? 부문주 대행을 맡고 있는 이사형 아니었습니까?"

진원외의 말을 들을수록 송영조도 점점 그의 말에 수긍하는 눈치였다.

"그런가? 설마 전 사제가… 조 사숙의 제자들이… 우리를 쓰러뜨리고 사문을 지배하려 했단 말인가?"

송영조는 믿을 수 없다는 듯 중얼거렸다.

진원외는 안타까운 표정을 지었다. 지금껏 그 누구보다도 사문의 화합을 위해 애써왔던 대사형이었기에, 지금 느끼는 상실감, 혹은 배신감이 엄청나리란 걸 충분히 짐작할 수 있었다.

"사형, 받아들이기 어렵겠으나 현실을 직시해야 합니다. 왜 논검회가 거론되기 시작한 이즈음에 이르러 우리 직계 사형제들에게 보이지 않는 적의 칼이 들이닥쳤겠습니까? 우리가 사고를 당하여 가장 이득을 보는 쪽이 누구겠습니까? 이대로 그들을 방치했다가는 나머지 직계 사형제들에게도 위험이 닥칠 것은 불을 보듯 뻔한 일입니다."

송영조는 굳은 낯으로 입을 꾹 다문 채 아무 말이 없었다. 그러나 진원외는 그의 눈에서 분노와 실망감이 흘러나옴을 엿볼 수 있었다. 대사형이 내부의 적을 인식하기 시작했다는 것을 알아본 진원외는 재빨리 말을 이었다.

"이렇게 된 이상 상대가 대비책을 마련하기 전에 우리가 먼저 선수를 쳐야 합니다. 제 서신을 받은 네 사제가 이틀 안에 도착할 것입니다. 그들과 저, 대사형과 저희 측 원로 사숙 여섯 명이 합쳐진 숫자면 문규에 따라 논검회 개최를 발의, 확정할 수 있는 정족수가 됩니다."

진원외의 말을 듣고 한참을 고심하던 송영조는 무거운 표정을 풀지 않은 채 입을 열었다.

"그렇게 되면 사상 유래가 없는 진짜 논검회가 될 수도 있겠군."

"그렇습니다. 이때껏 논검회라 해서 제자들 간의 진검 비무가 이루어진 적은 없었지요. 그러나 이번에는 백 년 전 개파조사님이 처음 의도하셨던 진정한 의미의 논검회가 열리게 될 것입니다."

＊　　　　＊　　　　＊

"당신이 아니라 문주 대행을 지켜달라는 말이오?"

장건은 이해할 수 없다는 표정으로 물었다.

"그렇네. 논검회 개최가 선언되면 사문의 변절자들은 가장 먼저 대사형을 노릴 것이야."

진원외는 무거운 표정으로 입을 열었다.

"우리 천의문의 문주가 뽑히는 기준은 명쾌하네. 다른 문파처럼 성품, 자질, 인성, 잡다한 능력 등을 고려하지 않네. 오로지 검의 경지가 가장 뛰어난 자가 문주 자격이 있는 것일세. 그 기준은 타인이 평가해서 변별하는 것은 이치에 맞질 않지. 그래서 개파조사님은 문도들 간의 진검 비무 방식을 선택하셨네. 그게 바로 논검회란 것이지."

천의문의 논검회는 일대제자만이 참여할 수 있었다. 처음에는 서열을 무시한 모든 문도가 참여했으나 그렇게 하면 문규의 틀이 잡히지 않는 단점이 있어 일대제자만 참가할 수 있도록 수정된 후 쭉 전통으로 내려왔다.

그러나 진정한 의미의 논검회가 열린 적은 삼대 조사 이후 단 한 번도 없었다. 삼대 이후로는 문파의 기강이 확립되고 문도들 간의 실력의 고하도 명확해져서 굳이 사형제 간의 칼부림이 필요치 않았다. 어쩌다 한 번씩 고하를 가리기 어려운 제자들이 나올 경우를 제외하고는 단 한 번의 비무도 이루어지지 않은 채 논검회가 끝나는 경우가 비일비재했다.

"문규에 따라 모든 일대제자는 강제적으로 논검회에 참여하게 되네. 그러나 서로 간의 실력을 잘 알고 있기에 이제까지는 모자란 사람이 양보하여 물러나는 식으로 논검회가 진행되어 결국에는 제일 뛰어난 제자가 문주가 되는 식이었지. 그러나 이번에는 그 경우가 다를 걸세. 부끄러운 얘기지만 본 문은 두 파로 갈려져 있고, 상대편이 우리를 잡아먹기 위해 군룡회라는 승냥이 떼까지 끌어들인 판국이니, 논검회가 열린다면 피 튀기는 진검 승부가 회장을 가득 메우게 되겠지."

진원외는 대사형 송영조를 장건이 경호해야 하는 이유를 설명했다.

"대사형이 같은 항렬에서 최고수란 것은 이견을 달 사람이 없네. 그렇기 때문에 놈들은 비무의 승리를 위하여 갖은 암수를 다 쓸 것이야.

고로 우리 편의 최고수인 대사형이 암습의 가장 우선 목표가 되겠지."

"당신은 어떻소? 당신과 당신 사제들은 대사형과 무공 격차가 큰가?"

장건의 질문이었다.

"흠, 만약 내가 몸이 멀쩡하다면… 아마도 내가 사형 바로 뒤 정도 될 걸세. 마 사제가 나와 비슷하고, 그 다음이 정 사제……."

"상대편은 어떻소? 그 이사형이란 자와 나머지의 전력은?"

"이사형은 멀쩡할 때의 나와 거의 비등한 실력이고, 그 밑의 사제들은 아무래도 한 수 떨어지는 편이네."

"그렇다면 대사형보다 당신이 더 위험할 듯한데? 당신 대사형이야 문주 대행이니 사문의 심처에 기거하며 제자들의 경호까지 받을 테지만, 당신은 매복자가 숨어들기 딱 좋은 외진 위치의 접객당에 기거하고 있소. 게다가 상대편에게 불리한 증거는 전부 당신이 갖고 있지. 내가 상대편이라면 대사형보다는 당신을 먼저 노릴 거 같소만."

장건의 지적에 옆에서 듣고 있던 진연은 얼굴이 새파래졌지만 진원외는 낯빛을 바꾸지 않은 채 고개를 저었다.

"상관없네. 내상이 생각보다 빨리 치유되지 않고 있어서 지금 몸 상태로 논검회에 참여할 수 있을지도 의문이야. 이런 내가 죽으나 사나 대세에는 큰 지장이 없네. 그러나 대사형은 반드시 우승하여 문주 자리를 차지해야 할 사람일세."

"아빠, 무슨 말을 그렇게 하세요!"

진연이 말도 안 된다는 듯 소리쳤다.

"연아, 지금 가장 중요한 것은 사문의 안위다. 네 아빠가 여기서 목숨이 끊어지는 한이 있어도 절대 군룡회 놈들에게 사문을 넘겨줄 수는 없다."

기백이 서려 있는 진원외의 어조에 진연은 할 말이 많은 표정이면서도 뭐라 반박하지 못했다. 정작 토를 달고 나온 것은 장건이었다.

"그건 곤란하오. 당신이 죽으면 번천제룡환을 내어줄 물주가 없어지게 되는 것이니."

진원외는 피식 웃으며 말했다.

"그건 걱정 말게. 혹 내게 무슨 사고가 있더라도 대사형에게 말해 반드시 자네에게 그 물건을 건네주도록 할 터이니. 아, 물론 자네가 계약대로 경호 임무를 끝까지 완수했을 때의 얘기일세."

"번천제룡환을 당신 대사형이 갖고 있소?"

장건의 물음에 진원외는 무심코 고개를 끄덕였다.

"그렇네. 그 물건은 이제 천의문주의 상징물 같은 거라, 대행이긴 해도 대사형이 갖고 있지."

진원외의 말을 듣던 장건의 눈이 일순간 번득였다.

"알았소. 이렇게 합시다. 어차피 몰래 경호를 해야 한단 얘긴데, 낮에는 이목도 있고 문주 대행이 암습 받을 확률도 희박하니 밤이 되면 은밀히 경호를 서겠소. 누구에게도 들키지 않도록 할 터이니 문주 대행에게도 나에 대해서는 비밀을 유지해 주기 바라오."

잠깐 생각하던 진원외는 장건의 제안이 타당하게 느껴진 듯 흔쾌히 고개를 끄덕였다.

"좋아, 논검회가 끝날 때까지 사형을 잘 부탁하네."

제14장
장건, 논검회를 구경하다

장건, 논검회를 구경하다

                    진원외 일행이 천의문에 도착한 지도 이레가 지났다. 그간 진원외의 서신을 받은 그의 사형제들이 속속들이 형문산에 도착했다.

    문주 대행 송영조는 그들 외에 사문 밖에 나가 있는 모든 일대제자를 소집했다. 전 지휘부가 참석한 대책 회의를 열고 논검회 개최를 발표하기 위해서였다.

    전구룡 측 사형제들을 포함한 직계 일대제자 열세 명이 모두 모인 후 그들과 전대 원로 열 명이 포함된 비상 대책 회의가 열렸다.

    그 자리에서 송영조는 논검회 개최를 발의했다. 단순히 군룡회에 대한 대책 회의인 줄만 알았다가 의표를 찔린 전구룡 측이 벌떼처럼 일어나 반발했으나 이미 송영조 측은 발의 통과를 위한 모든 대비를 마친 상태였다.

결국 노해성 계열의 일대제자 여섯 명, 그리고 전대 원로 여섯 명 등 참석 인원 중 과반이 넘은 열두 명의 찬성으로 논검회 발의가 통과되었다. 전구룡 측은 새파랗게 질린 얼굴로 급작스러운 논검회 개최를 끝까지 반대했으나 이미 화살은 시위를 떠난 후였다.

논검회 개최 시기와 절차도 송영조 측이 준비한 바 대로 일사천리로 진행되었다. 군룡회의 움직임이 심상치 않기 때문에 일대제자가 모두 모인 김에 회의 다음날 바로 예선을 열기로 결정이 되었다.

회의가 종료된 그날 저녁.

식사를 마친 진연은 잠깐 바람을 쐬러 접객당 밖으로 나왔다. 처음 왔을 때만 해도 넓은 접객당 건물에는 그들 일행뿐이었지만 외지에 있던 일대제자들이 속속 들어오고 그들이 데려온 이, 삼대제자들이 접객당에 기거하면서 이제는 건물 마당까지 문도들이 북적대고 있었다.

진연은 흔치 않은 여인이다 보니 아무래도 남자 제자들의 시선이 집중되었다. 그들의 시선이 불편했던 진연은 접객당 뒤를 돌아 그 뒤의 울창한 대나무 숲으로 들어갔다.

은은한 대나무 향을 만끽하며 한참을 걷던 그녀는 사그락거리는 소리에 문득 걸음을 멈추었다.

소리가 나는 쪽을 보니 대나무 숲 끝에 공터가 있었고, 거기서 한 남자가 검무를 추고 있었다.

'응?'

호기심이 일어 공터로 접근한 진연은 검무를 추고 있는 자가 장건임을 깨달았다.

가공할 무공 실력을 갖춘 장건이 그녀가 접근하는 것을 모를 리 없건만 그는 진연이 공터 안까지 들어왔음에도 눈길 한 번 주지 않고 검무에 열중했다.

실상 장건은 양 다리를 전혀 움직이지 않고 있었기 때문에 펼치는 동작을 검무라 명명하기에는 무리가 있었다. 그러나 손에 들린 연검이 낭창낭창하게 휘어지고 그에 맞추어 왼손의 검결지가 너울너울 춤을 추는 것이 보는 이로 하여금 절로 어깨가 들썩이게 할 정도의 운율이 느껴지는 동작들이었다.

지금 장건이 휘두르고 있는 연검은 진원외에게서 청부의 대가로 얻은 유하검이 분명했다. 유하검은 진연이 평상시 몹시 탐을 내었던 천하제일의 연검이었지만 지금 그녀는 그 검이 탐난다거나 그걸 가진 장건이 부럽다거나 하는 생각은 들지 않았다. 다만 그 검을 저리도 멋진 동작으로 조종하는 그의 검술 실력이 놀랍고 부러울 뿐이었다. 그녀도 연검을 쓰는 검객이기에 종잇장 같이 얇고 부드러운 연검을 장건과 같이 완벽하게 조종하는 것이 얼마나 어려운 일인가를 너무도 잘 알고 있었다.

진연은 장건이 연검을 쓰는 장면을 처음 본 것이지만 그 모습이 전혀 낯설게 느껴지지 않았다. 이미 그는 지난 몇 번의 전투에서 그녀에게 지나치게 완벽한 모습을 보여주었기에, 진연은 은연중에 그가 하지 못할 일은 없을 거라는 생각을 가지고 있었다. 만일 그가 연검 아니라 창이나 편을 들고 저런 검무를 춘다고 해도 진연은 조금도 이상하게 생각지 않았을 것이다.

마침내 화려한 검무가 끝나고 공중을 휘젓던 연검이 땅으로 축 늘어졌을 때, 계속 지켜보던 진연은 참지 못하고 박수를 쳤다.

"와, 정말 대단하네요!"

환호하며 다가오는 그녀에게 장건은 한 손을 쳐들었다. 접근하지 말라는 의사인 듯 보였다.

진연이 멈칫 하는 사이 장건은 왼손을 정면에 대고 휘휘 젖더니 쭉 펼치는 동작을 취했다. 순간 진연은 뭔가 비릿한 내음이 코 안을 파고 드는 것을 느꼈다. 그녀는 왠지 속이 매스껍다는 생각이 들었다.

그러는 사이 연검을 갈무리한 장건이 그녀에게로 다가왔다.

"무슨 일이오?"

진연은 무뚝뚝하게 말을 건네는 장건을 삐딱한 표정으로 보았다.

사실 좀 전만 해도 그녀의 마음속에는 그의 실력을 경탄하는 마음뿐 이었다. 그래서 검무가 끝났을 때 칭찬 한 마디를 해주려던 참인데, 장 건이 냉큼 손을 들어 자신의 입을 막아버리니 좋던 기분이 갑자기 확 나빠져 버렸다. 그러면서 기분 탓인지 냄새 탓인지 모를 매스꺼움까지 느끼고 나자 처음 하려던 칭찬의 말은 쏙 들어가 버리고 퉁명스러운 대꾸가 그녀의 입 밖으로 튀어나왔다.

"여기서 뭘 하는 거예요? 경호 임무에 들어갈 시간 아닌가요? 오늘 논검회 개최까지 결정된 마당인데."

장건은 멀뚱히 하늘을 올려다보았다. 사실 그녀의 발언은 조금 억지 에 가까웠다. 해가 서산에 걸리고 땅거미가 지고 있기는 하나 아직 밤 이라고 하기에는 무리가 있었다.

그러나 장건은 그 말에는 반박하지 않고, 다른 얘기를 했다.

"소저의 부친은 자꾸 대사형을 지키라고 종용하고 있지만… 내 생 각에는 절대 송영조에게 사고가 일어날 것 같지는 않소."

진연은 눈을 동그랗게 떴다.

"어째서요?"

"상대편은 이쪽에서 논검회를 이렇게 급작스럽게 개최하리라고는 상상도 못했을 거요. 그러니 이제부터 대책을 세우고 문주 대행을 암살할 준비를 한다 해도 그 기회를 엿볼 수 있는 기간은 논검회가 열리는 삼 일간뿐이오. 게다가 논검회는 내일 열리지. 이런 촉박한 시간 내에는 천하제일의 살수라 해도 상대를 소리 소문 없이 해하는 것은 불가능하오. 특히 살해 대상이 이런 명문의 장문인 정도의 위치에 있는 자라면 더 더욱 그렇지. 제아무리 잘나가는 살수라 해도 적어도 보름 이상의 조사 기간과 그 몇 배의 기회 포착 시간이 걸려야 할 거요. 물론 같은 사문의 내부자라면 그 기간을 크게 단축할 수 있겠지만 지금부터 삼 일간이라면… 내가 도전한다 해도 무리일 거요."

마지막 말은 얼핏 건방지게 들릴 수도 있었지만 진연은 그의 믿기 어려운 능력을 두 눈으로 똑똑히 본 사람이다. 장건이 어렵다고 한다면 정말 실현 가능성이 없다는 말이 아닐까.

"그러면 대사백을 지키지 않겠다는 말인가요?"

"청부자가 지키라 하는데 어찌 그 명을 거역하겠소. 다만 내가 걱정하는 것은, 청부자의 안위요."

"아빠가 위험하다는 말인가요?"

"그렇소. 일전에도 말했지만 진 대협은 군룡회의 혈로를 뚫고 여기까지 오면서 이미 군룡회, 그리고 이곳의 그들과 내통하는 자들의 목표물이 된 상태요. 따라서 논검회 건이 나오기 훨씬 전부터 그들이 암살을 노리고 있었을 거요. 그리고 이제 논검회가 발표되었으니 노리는 이유가 한 가지 더 붙게 되었겠지. 군룡회의 음모를 파헤친 유일한 인물에다가 논검회를 좌지우지할 몇 안 되는 고수 중에 하나, 이만큼 살해 대상으로 알맞는 인물이 또 어디 있겠소? 게다가 문주 대행과는 달리 암살 시도하기도 손쉬운 장소에 기거하고 있지. 접객당에 지금 머무르고 있는 문도들 중에는 전구룡 측 사람들도 많은 것으로 아오. 바로 옆방에 머무르고 있는 목표물을 노리기 딱 알맞은 구도 아니오?"

장건의 말을 듣던 진연의 얼굴이 새파래졌다. 그녀는 발을 동동 구르며 말했다.

"그럼, 그럼, 사백 대신 아빠를 지켜주세요!"

장건은 매몰차게 고개를 저었다.

"그러다가 만에 하나 문주 대행이 다치기라도 하는 날에는 의뢰자의 명을 어긴 죄로 청부 파기가 될 수도 있소."

장건이 아까와는 전혀 다른 소리를 하자 진연은 어이가 없어 소리를 빽 질렀다.

"무슨 소릴 하는 거예요! 방금 사백이 습격당할 일은 절대 없을 거라 했잖아요!"

"내가 언제 '절대'라는 말을 했단 말이오? 그저 가능성이 희박하다고 했을 뿐, 절대 없을 거란 말은 한 적이 없소."

진연은 초조함과 분함이 뒤범벅된 얼굴로 발을 쾅쾅 굴렀다.

"수시로 말을 바꾸는 무뢰배 같으니라고. 난 당신이 처음부터 정말 마음에 안 들었어!"

매섭게 외친 그녀는 잽싸게 몸을 돌려 접객당 쪽으로 달려갔다. 장건의 말을 듣다 보니 진원외가 갑자기 걱정이 되어 견딜 수가 없었던 것이다.

다급히 뛰어가는 진연의 뒷모습을 보며 장건은 피식 웃음을 지었다.

등 뒤에서 갑자기 목소리가 들려왔다.

"놀려먹는 재미가 있는 처녀인가 보군?"

장건은 뒤에 누군가 있었다는 것을 이미 인지하고 있은 듯, 표정의 변화없이 대꾸했다.

"좀 어릿어릿한 맛이 있어서 별것 아닌 얘기에 잘 넘어오는군요."

"대체로 여자들은 자신이 관심있어 하는 남자의 얘기에 잘 넘어가지."

장건은 어깨를 으쓱했다.

"그럴 리가요. 처음 만났을 때부터 저를 못 잡아먹어 안달이었는데."

"그것도 다 관심의 표현 아니겠나. 저만하면 상당한 미인인데, 효심도 지극하고. 한번 잘해보지 그래."

장건은 엷은 미소를 지으며 몸을 날렸다.

"근무 시간이 되어 전 이만."

신형을 띄운 그는 대나무 숲을 넘어 송영조의 거처가 있는 본관 후위 방향으로 바람같이 사라졌다.

공터에 서서 그가 사라지는 광경을 지켜보던 범생은 가벼운 미소를 머금은 채 천천히 접객당으로 발을 돌렸다.

논검회 당일이 밝았다.

수많은 제자가 중앙 연무장으로 모인 가운데, 원로들은 논검회의 대진과 방식을 상세히 설명했다.

논검회의 참가자는 천의문의 일대제자로 활동하고 있는 열세 명의 제자이고, 이들은 추첨에 따라 각 상대를 결정하여 하루에 한 번 단판 승부를 벌인다. 여기에서 패한 자는 탈락하고, 이긴 자는 올라가서 다음날 역시 일 승을 거둔 상대와 승부를 겨룬다. 일 인이 나흘 동안의 결투에서 모두 승리하면 그가 최종 우승자가 된다. 참가하는 제자들은 독과 암기 혹은 숨겨진 무기 같은 암수를 제외한 그 어떤 수법을 써도 상관이 없다. 천의문의 무공뿐 아니라 강호의 여타 무공을 적절히 배합하여 사용해도 무방하다는 것이 백 년 전 처음 설립되었을 때부터 지금까지 죽 이어져 내려오는 논검회의 전통 규칙이었다.

모든 일대제자는 공정한 조건 하에서 참여하게 되어 있으나 이번 논검회에서는 참가한 일대제자의 수가 짝이 맞지 않는 관계로 부득이하게 세 명의 부전승자가 원로들에 의해 결정되었다. 송영조, 전구룡, 진원외 세 명은 원로들이 평가한 우승 후보들로서 이들은 부전승으로 첫날 비무를 거르고 둘째 날의 이회전부터 참여하게 되었다.

첫날 일회전은 다섯 조의 비무가 열렸다. 앞의 세 명을 제외한 열 명의 일대제자가 추첨에 따라 상대를 정하고 각 조의 비무가 진행되었다.

일차전은 노해성 계열의 정남상과 조광 계열의 허강륭이 맞붙었다. 서로 맞서고 있는 세력에서 나온데다가 본신의 실력도 비슷한 이들은 초장부터 치열하게 싸움을 전개했고, 결투가 길어지자 피 튀기는 혈전으로 이어졌다. 반 시진 넘게 진행된 비무는 결국 접전 끝에 허강륭의 오른팔을 잘라 버린 정남상의 승리로 돌아갔다.

정남상의 승리로 비무가 종결되었으나 승리한 노해성 계열도, 패배한 조광 계열도, 그리고 비무를 지켜본 모든 제자들도 아무 말 없이 깊은 침묵에 잠겼다. 한쪽이 승리했다고 환호하기에는 명망있는 문중의 일대제자의 한쪽 팔이 잘린 참혹한 결과가 너무도 큰 손실로 느껴졌기 때문이었다. 첫 번째 비무의 유혈이 낭자한 종결은 모두의 눈에 논검회의 향후 전개를 예언하는 듯 비쳐졌다.

그러나 그 다음의 비무들은 의외로 모두 싱겁게 끝났다. 그것은 다분히 대진운이 기묘하게 작용한 결과인데, 이차전에 나선 이수와 신강원은 둘 다 조광 계열의 제자였다. 게다가 내일의 이회전에서 이들의 승자와 맞붙기로 정해진 것이 하필 전구룡이었기 때문에 같은 편끼리 힘 겨루기를 할 이유가 없었다. 결국 이차전은 실력 차를 자인하며 신 강원이 기권하여 이수의 부전승으로 돌아갔다. 중인들은 내일의 이수 대 전구룡 전도 역시 이 같은 결과가 나오리라는 것을 미루어 짐작할 수 있었다.

삼차전은 노해성 계열의 호중문과 논검회에 참여한 일대제자 중 유일하게 중립을 표방하고 있는 기화성과의 대결이었다. 그런데 기화성은 군이 중립인 자신이 두 패로 갈라져 다투는 논검회의 현 상황에 끼일 필요가 없다고 생각한 듯, 먼저 패배를 자인하고 연무장에서 내려왔다. 그래서 삼차전 또한 호중문의 부전승으로 간단히 끝났다.

연이어 벌어진 사, 오차전도 묘하게 같은 계열의 제자들끼리 편성된 바람에 일사천리로 진행되었고, 결국 혈전이 벌어졌던 일차전을 제외하고는 모두 부전승으로 승리자가 결정되었다. 다소 의외의 결과였지만 어찌 보면 당연한 결과이기도 했다. 참여한 제자들이 두 패로 갈라져 대립하고 있기 때문에 상대가 아닌 같은 편끼리 만나면 당연히 더 강한 사람에게 약자가 양보하여 힘을 비축하는 것이 현명한 선택이었고, 그렇기에 일, 이회전에서 부전승이 쏟아져 나오리라는 것은 충분히 예견된 일이었다.

다음날 이회전이 벌어졌다.

이회전 역시 부전승이 속출했다. 송영조와 맞붙게 된 정남상은 기꺼이 송영조에게 승리를 양보했고, 진원외와 맞붙게 된 호중문도 검 한 번 뽑지 않고 패배를 자인했다. 전구룡과 맞붙게 된 이수 역시 자청하여 연무장에서 내려갔다.

그리고 나서 이회전의 유일무이한 결투가 사차전에서 벌어졌다. 송영조의 셋째 사제인 마근재와 조광 계열의 견곡의 결전이었다.

모처럼 양쪽이 검을 뽑고 격돌한 승부였으나 결투는 의외로 시시하게 끝났다. 천의문 전체를 통틀어 다섯 손가락 안에 꼽히는 빼어난 검수인 마근재를 맞은 견곡은 승리할 자신이 없는 듯 시종일관 수비로 일관하다가 불과 오십여 초 만에 패배를 자인하고 검을 내렸다.

비무는 마근재의 승리로 돌아갔지만 패배한 견곡의 표정은 그다지 어둡지 않았고, 오히려 마근재의 안색이 더 어두웠다. 그 이유는 다음 날 삼차전에서 마근재와 맞붙게 된 자가 하필 그의 직계 사형 송영조였기 때문이다. 견곡 입장에서는 어차피 마근재를 꺾어봐야 송영조와 싸워 이길 수 없고, 마근재가 올라가 봐야 강력한 우승 후보인 송영조한테 결승을 양보할 수밖에 없을 것이기에 굳이 힘들여 그와 결전을 벌일 이유가 없었던 것이다.

이회전이 끝난 결과, 노해성 계열에서는 송영조와 진원외, 마근재 세 명이 삼회전으로 올라갔고, 조광 계열에서는 전구룡 홀로 올라갔다. 이회전의 결과로만 보면 세 명이 올라간 송영조 측이 크게 득세한 셈이었지만, 삼차전의 대진은 양 진영의 희비를 엇갈리게 만들었다. 전구룡은 비록 혼자였으나 세 명의 상대 중 가장 몸 상태가 좋지 않은 진원외와 삼회전을 붙게 되어 손쉬운 승리를 장담하고 있었고, 송영조 측은 하필 강력한 우승 후보인 송영조와 마근재가 맞붙게 되어 수적 이득을 얻은 것이 별 소용이 없게 되어버렸다.

"진 대협이 참 아쉽게 되었군. 뭔 놈의 대진운이 그따위로 안 좋은 것인지 원……."

석초진이 혀를 차며 하는 말이었다.

장건 일행은 이틀째 논검회가 끝난 후 진원외의 숙소에 모여 있었다.

"그러게 말이지. 그런데 진 소저, 아버님은 어떻게 하신다고 하오?"

멍하니 생각에 잠겨 있던 진연은 나할라리의 돌연한 질문을 받고 어리둥절한 표정으로 되물었다.

"뭘 어떻게 해요?"

"비무 말이오. 몸도 성치 않으신데 천의문 일대제자 중 첫째 둘째 간다는 전구룡과 일전을 벌이게 되지 않았소."

진연은 긴 한숨을 내쉬었다.

"저도 그게 걱정이에요. 아빠가 몸이 멀쩡하신 상태라면 전구룡도 충분히 이길 거라 믿지만… 지금은 그저 몸 성하게 비무를 끝내시기만 바라는 마음이에요."

"글쎄, 그게 소저 원하는 대로 될지. 진 대협은 어떻게 해서라도 전구룡과의 비무를 길게 끌려 할 거요. 가급적 그의 힘을 소진시켜 다음 날 그와 상대할 대사형의 승리를 도우려 하겠지. 그렇게 무리하다 보면 부상을 입을 가능성도 매우 크오. 만일 부상을 무릅쓰고 상대에게 상해를 입히려 한다면 자칫 크게 다칠지도……."

"이 친구, 하여간 입방정은… 그쯤 못해?"

석초진이 나할라리의 말을 날카롭게 끊었으나 진연의 얼굴은 이미 어두워져 있었다.

한편 진원외는 내일의 논검회 일정에 대해 논의하기 위해 송영조의 집무실로 가던 중 맞은편에서 걸어오던 마근재와 마주쳤다. 마근재는 표정이 밝지 않았다.

"마 사제, 대사형과 논의할 게 있어서 가는 길인데 자네도 같이 들어

가지 그래."

마근재는 송영조가 기거하고 있는 집검각(集劍閣)을 눈으로 가리키며 말했다.

"저기에서 나오는 길입니다. 대사형과 더 나눌 얘기가 없을 듯합니다."

그의 목소리에 섭섭함이 묻어나오는 것을 느낀 진원외는 송영조와 그 사이에 무슨 일이 있었는지 캐물었다.

"별것은 아닙니다. 다만, 내일 논검회 말입니다. 저와 대사형이 맞붙게 되었지 않습니까."

"그렇지."

"평상시 같으면야 당연히 제가 대사형에게 승부를 양보해야겠지만… 지금은 때가 때이니 만큼 대사형이 양보하는 게 어떨까 해서 말입니다."

"뭐라고?"

진원외는 황망한 표정을 지었다.

"네가 결승에 나가고 싶다는 말이냐? 마 사제, 혹시 문주 직에 욕심이 있는 게냐?"

"그런 게 아닙니다!"

마근재는 버럭 화를 냈다.

"대사형도 그러더니 진 사형까지 절 그렇게 보시는 겁니까? 전 어떻게든 우리의 승산을 높이고자 하는 마음에 그러는 것입니다."

"그게 무슨 뜻인가?"

마근재는 답답한 얼굴로 말했다.

"사형, 사형은 최근 외지에 나가계셔서 잘 모르셨겠습니다만, 저희 사형제의 실력의 고하가 예전과 많이 달라졌습니다. 한 십 년 전만 해도 대사형이 최고수였습니다만 지금은 그렇지 않습니다. 대사형은 진보가 없이 정체되어 있던 반면 나머지 사형제들은 기량이 일취월장했습니다. 직설적으로 말하자면 대사형으로는 전구룡을 당해내기 어렵습니다. 진 사형이 몸이 멀쩡하다면 전구룡이 결승에 올라올 리 없다고 생각합니다만, 지금 몸이 불편하시기 때문에 그를 막기는 어렵지 않습니까."

"……."

"제 입으로 이런 말하기 뭐합니다만 저라면 전구룡을 감당할 수 있습니다. 그를 이길 자신이 있습니다. 하나 대사형은……."

"그만 해라!"

진원외는 단호히 마근재의 말을 끊었다.

"우리가 단합하여 논검회를 우승하려 하는 까닭은 단순히 전구룡 일파를 몰아내려 함이 아니다! 대사형을 중심으로 똘똘 뭉쳐서 곧 본색을 드러낼 강대한 적 군룡회를 상대하려 함이다. 대사형이 아닌 네가 그 중책을 감당할 수 있으리라 생각하는 게냐!"

"하지만 사형, 그것도 우선 전구룡을 물리쳐야 가능한 일입니다."

"마 사제, 네가 대사형에 이어서 나까지 우습게 보는 게냐? 내 비록 몸이 불편하긴 하나 놈의 팔 한쪽 정도 못 쓰게 할 힘은 남아 있다! 내일 내 목을 걸고라도 놈이 몸 성히 비무대를 내려가지 못하게 할 것이니 더 이상 사형제끼리 분란을 일으키는 일은 없도록 하라!"

진원외의 호통에도 불구하고 마근재는 수긍하지 못하는 표정이었다. 그는 몇 번이고 뭐라 말하려다가 결국 입을 다물었다. 그리고는 우울한 얼굴로 진원외를 떠나갔다.

진원외 역시 무거운 표정으로 송영조의 집무실에 들어섰다.

"마 사제가 이상한 말을 하던데, 그와 얘기를 나눠보셨습니까?"

진원외의 물음에 송영조는 긴 한숨을 내쉬며 대답했다.

"다 내가 못난 탓이지 어쩌겠나. 마 사제는 최근에 절정기일세. 무공의 성취도 크고 자신감도 충만해 있네. 침체일로를 걷고 있는 나와는 대비가 극명한 친구지. 어쩌면 그의 말이 맞을지도 모르네. 나보다는 그가 전구룡을 상대할 적임자일 수도 있어."

"사형, 그런 약한 말씀 하지 마십시오. 그리고 전구룡은 걱정 마십시오. 제가 어떻게든 막아보겠습니다."

"몸도 불편한데 무리하지 말게."

송영조는 진원외가 걱정스러운 기색이었다. 진원외는 그런 그를 다독이고는 집검각을 나섰다.

숙소로 돌아오는 길에 뜻밖의 광경이 그의 눈에 들어왔다. 마근재와 견곡이 후미진 곳에서 걸어 나오고 있었다. 둘은 눈을 한 번 마주친 후 제각기 다른 길로 갈라져 갔다.

진원외는 눈살을 찌푸렸다. 견곡은 조광 계열의 일대제자이고 마근재와 오늘 격돌했다가 다분히 고의적인 패배를 선언한 자였다. 그런 자가 왜 마근재와 으슥한 곳에서 함께 나오는 것일까. 혹시 둘 사이에 모종의 대화가 있었던 것이 아닐까? 방금 전의 수상한 광경이 집검각 앞에서 마주쳤던 마근재의 수긍하기 어려운 태도와 겹쳐져 진원외의 마음을 복잡하게 만들었다.

숙소로 들어선 진원외는 장건에게 오늘밤 송영조의 경호에 만전을 기해줄 것을 당부했다.

"전구룡은 몸이 성치 않은 나를 이길 수 있다고 확신하고 있을 걸세.

고로 그에게 있어서 가장 위협적인 존재는 마지막 날 결승의 상대가 될 대사형이겠지. 그가 대사형을 위해할 기회를 포착할 수 있는 날은 오늘과 내일 밤뿐이네. 하나 비무자 단 두 명만을 남겨놓게 될 내일 밤에 야습을 감행한다거나 하는 것은 지나치게 표가 나는 일이기에 교활한 그가 그럴 리는 없다고 생각하네. 고로 그가 대사형을 암습할 가능성은 오늘밤이 가장 크다고 봐야겠지. 이제껏 잘해줬네만 부디 각별히 신경 써주게.”

장건은 고개를 끄덕였다. 그 옆에 있던 범생이 진원외에게 물었다.

“진 대협, 내일 비무는 어떻게 할 작정이신지? 몸도 성치 않은데 아예 기권하는 게 낫지 않겠소?”

진원외는 고개를 저었다.

“몸은 완전하진 않지만 많이 회복된 단계요. 하나 전구룡은 무시 못할 상대이고, 몸이 완전할 때 맞붙는다 해도 승리를 장담할 수 없소. 내일 이기려는 욕심을 부리지는 않겠지만 할 수 있는 데까지는 최선을 다하여 최소한 그가 몸 성히 비무장을 내려오지는 못하도록 할 작정이오.”

송영조의 상대인 마근재의 수상쩍은 태도도 마음에 걸렸기에 몸이 아무리 불편하다 해도 그가 이 비무를 피할 수는 없는 상황이었다.

진연이 걱정스러운 얼굴로 말했다.

“아빠, 말려도 듣지 않으실 테니 하지 말라고는 못하겠어요. 그래도 지나치게 무리하지 마세요.”

진원외는 애써 미소를 지으며 진연의 어깨를 감쌌다.

“걱정하지 마라, 네 아버지가 그렇게 호락호락하게 놈들의 계략에 쓰러질 사람은 아니니까.”

진원외는 장건에게 다시 한 번 경호에 신경 써줄 것을 당부하고 숙소 한켠에 마련된 임시 연공실로 들어갔다. 밤새 내공심법으로 몸을 다스려 조금이라도 회복된 모습으로 결전에 임하겠다는 각오였다.

장건도 자기 임무를 시작하러 숙소를 나섰다.

소리없이 천의문 내를 움직여 송영조가 기거하는 집검각 근처에 다다른 그는 지난 며칠간 은신 장소로 사용하고 있는 높다란 소나무 위로 올라섰다. 솔잎이 무성한 큰 가지 안쪽에 자리잡은 그는 나무에 등을 기대고 불 켜진 집검각을 응시하기 시작했다. 그는 집검각의 불이 꺼지고, 그믐달이 산 너머에서 떠올랐다가 질 때까지 그 자세 그대로 앉아 있었다.

지는 달이 서서히 산봉우리에 걸리던 이른 새벽 무렵, 반개하고 있던 장건의 눈이 돌연 번득였다. 잠시 후, 집검각 내부로 사뿐사뿐 걸어 들어가는 그림자 두엇이 그의 눈에 들어왔다.

장건은 가지에서 몸을 일으켰다. 그리고 소리없이 나무 아래로 내려와 기쾌한 동작으로 집검각으로 향했다.

그가 움직인 지 얼마 안 되어 고요하던 집검각은 잠시 소란스러워졌고, 약간의 시간이 흐른 뒤 몇몇 그림자가 나타나 그 안을 들락날락거렸다. 그런 후 집검각은 다시 조용해졌다.

『창천일성』2권으로 계속…

태산을 바라보다 望嶽

태산은 무릇 어떠한가
제나라와 노나라는 푸르름 끝없고
조물주는 신묘한 위풍을 모았고
산의 북쪽과 남쪽은 아침저녁을 갈랐다
층층이 일어나는 구름이 가슴 설레게 하니
눈을 부릅뜨고 돌아드는 새를 바라다본다
반드시 정상에 올라
뭇산이 작은 것을 한번 보리라

岱宗夫如何, 齊魯青未了. 造化鍾神秀, 陰陽割昏曉.
蕩胸生層雲; 決眥入歸鳥, 會當凌絶頂, 一覽衆山小.